黒衣の歳時記

文藝編集者という生き方

久米 勲
Kume Isao

共育舎

黒衣の歳時記

文藝編集者という生き方

目次

I

小説家の生理

小説家吉行淳之介は、男と女、とくに女のことだけを考え、そのことだけを書いていると、一般的には思われているきらいがある。人間の真の姿を見極めようとすると、そのすべてが赤裸に出てきてしまう男女の関わりに目が行く。最も不可思議な存在は人間だと思っている吉行淳之介という作家は、男と女をじっくり見つめ、しっかり描ききることにその創作法を向ける。そこに自ずと人間のありようが表現され、自分をも含めた心裡の奇妙な姿が浮きあがり、生の光景が展開してくる。「原色の街」を書いた時、吉行さんはその舞台となった原色の街には、ほとんど足を踏み入れたことがなかったという。非常に高度な観念小説として、完成したと言えよう。

この随筆集（『街角の煙草屋までの旅—吉行淳之介エッセイ選』講談社文芸文庫・平成二十二年六月）には、昭和五十一年五月刊の『石膏色と赤』、五十四年三月刊の『街角の煙草屋までの旅』（ともに講談社刊）を中心に、現在、『吉行淳之介全集』（新潮社版）に収められている最も古い「言葉と表情」（昭和二十七年三月「世代」）から、亡くなる一年前に執筆、全集収載最後の「井伏さんを偲ぶ」（平成五年九月「新潮」）まで、四十一年間の文章を収めた。

著者自筆年譜に、昭和二十五年一月の「真実」に発表した「薔薇販売人」について「散文としての処女作といってもよいもので、十返肇氏に激励されて書き、氏の推挙で活字になった。大井広介氏に認めてもらい、嬉しかった記憶がある」と書いている。「言葉と表情」はその二年後の発表である。ということは、この随筆集は、小説家吉行淳之介の創作期間とほぼ時を一にしている。則ち、小説家吉行淳之介を側面から照射している筈である。

　さて、目次を四つに分けている。「パチンコ雑話」から「高峰秀子さんの手相」までは『石膏色と赤』、「長部日出雄の乱れ酒」から「サーモンピンクの壁」までは『街角の煙草屋までの旅』に収められたもの、冒頭の八編と最後の六編は、この二冊の随筆集以前と以後の文章で、それぞれの中で、発表順に掲載した。

　この解説を書くために、作品を選んだあと「井伏さんを偲ぶ」から発表順を逆に辿って読んでみた。四十年以上に亙る時間の推移、次第に若くなっていく年齢の変化を感じさせないことに気がついた。発表順に読んでも同じ印象だろう。この本には収めなかったが、「「文章」と「文体」」（原題「文体とは何―内容と外形の照応」、昭和五十二年九月「文体」）にこんなことを書いている。

「長年にわたって私も小説その他を書いてきているから、文章について考えないわけにはいかない。原稿はかならず推敲するから、この何十年間のうちのかなりの時間そのことを考えているということにもなってくる。しかし、それはあくまで自分自身の文章についてのことで、つまり自己流で、自己流ということは自分に最も適合した流儀を身につけることでもある。そして、昭和三十三年の末ごろ、一応自分の文体ができた、とおもっている」

「娼婦の部屋」を三十三年十月、「寝台の舟」を十二月に発表しているから、この頃、あるいは三十四年三月発表の「鳥獣虫魚」では完全に吉行淳之介の文体が出来たと言っていいのだろう。

その吉行さんにとって、随筆の文章も、小説の文章に劣るものであってはならない。特に二、三枚から十数枚という短い文章の中で、言いたいことをキッチリ書くには、一字一句疎かにしてはいけない。当り前の言葉と言い回しでそれをやってのける。決して人を驚かすような突飛な表現や漢字を遣う訳ではない。生半可なことで出来る技ではない。


世界一短い詩形の俳句は、全く関わりないような二つのものを詠み込み、そこに繋がりを籠める、そういう創り方をするのだという。たった十七文字で言いたいことを言うには、この方法が最適だそうだ。

そこであらためて吉行さんの随筆を思った。

たとえば「三島事件当日の午後」「怪しい笑い」「白色嫌厭症」などを読むと、アレッと首を傾げる人がいるかもしれない。書き出しと直接関係ないと思われる話が、後半に出てきたり、題名とこれも直接関わりなさそうな話になっていたりする。はじめは奇異な感じを抱くのだが、よく読んでみると、実によく理解出来る話になっている。あの俳句の創り方と同じではないか。もちろん、それまでとまったく関係ない話ではないのだが、ちょっと方向を変えることにより、その短い文章が、深みと拡がりを持ってくる。だからといって、吉行さんがこの俳句の作法《さくほう》に則っているというのではない。

日本独特の詩歌創作技法に本歌取りがある。古典の世界を藉りて、その上に新しい自分の世界を創出するのが本歌取りだ。一つの頂点に到り着いた文学の、衰弱の形だと見る人もいるが、決してそうではない。山本健吉氏が、次のように言う。

「中世の歌人たちにことに愛好された本歌取りは、古歌の中の『まくら』すなわち生命標ともいうべき部分を取りこむことで、その本歌の威力を自分の新作歌にまるごと包含させることだった」

（『短歌　その器を充たすもの』昭和五十七年角川書店刊）

もちろん、吉行さんの随筆はこの本歌取りをしている訳ではないが、ある世界に異なった物を取り合わせることにより、より以上の世界を展開し、たのしませてくれる。たとえば「怪しい笑い」のB29のBはボンバーなのかボーイングか、どうでもいいような事にかかずらうことによって、戦中派二人の怪しい笑いの複雑さを示すことになる。「三島事件当日の午後」は、たまたま三島由紀夫事件のその日に「仰ぎ見るという感じ」で「それに、たいへん怒りっぽい人で『怒りの大岡』とかいう異名がある」大岡昇平に、別にその日でなくてもいいかもしれない電話を掛け、その折に三島事件について然り気なく触れたことに対する大岡昇平の反応を書き、その反応に対する、いや、電話した己のことに思いを置く、ちょっと奇異な印象の終り方。その奇異が、この文章のいわば眼目になるのかもしれない。この結末でなければ、大岡昇平とのどうでもいい関わりを、ただ頼まれ原稿として書いた、という文章で終ってしまう。また「白色嫌厭症」でまるで関係ない電気カミソリ充電の話を付けることにより、ただ白色が怖いだけではない心の不思議な動きを伝える。

繰り返すが、吉行さんは本歌取りをしている訳ではないし、俳句の創り方を意識して書いている訳でもない。しかし、短かい中で、あることを言うには、こういう書き方がもっとも適していることを自ずと会得したのに違いない。

年譜の昭和十六年の項に、「戦中少数派の発言」から引用して、

「一二月八日、真珠湾の大戦果を報告する校庭のスピーカーに蝟集する生徒たちを、ただ一人三階の教室の窓から見下ろしていた。『そのときの孤独の気持と、同時に孤塁を守るといった自負の気持を、私はどうしても忘れることはできない』」

と記した。吉行さんは、戦争に対して、徹底的な嫌厭感を持っていて、そのことが、男と女のことを書いた小説にも、常にその底に流れている。その嫌厭感は、

「私の生理は、幼年時代から続いている戦争やそれに伴うさまざまの事柄を、はなはだしく嫌悪していた」

というように、生理だと言う。そしてその生理による嫌厭感で、ここに収載しなかったが「戦没者遺稿集について」という文章を書く。そこには戦争が原因で死んだ人たちの死は、すべて「犬死」だと言い切る。そして、

「後に残った人々がそう認識することが、彼らにたいする『慰霊』なのである」

とこの文章を結ぶ。この生理としての嫌厭感と、実体験から、戦争を正面に置いたただ一作（連作）の小説「焔の中」がある。昭和二十年五月の東京山の手大空襲に燃える我家と、空襲前及び終戦直後の話を、得意の男女の話を綯い交ぜにして描いている。そこから放たれる吉行さんの生理は、寒くなるようなものとして伝わってくる。

実は、戦争に関わる文章だけで一冊まとめることさえ出来るほど、随筆では、この間の戦争（太平洋戦争）、軍隊、空襲、死という題材が多く取りあげられている。そしてそれはまた、小説の中にも、言葉として記されている。「『暗室』メモのこと」を読んでもわかるだろうが、「暗室」は女のことし

か書いていないような作品だが、その中に、「敗戦後二十三年が経っている。(略) 時代は戦後の混乱期……」「『ついでに生きている』ことは、敗戦後の一時期の流行に過ぎなかったのだろうか」「軍隊のにおいを思い出した」「死屍累々という言葉を、私は思い出した (略) 東京に最後の大空襲があった。(略) 焼夷爆弾が落ちてきた」といったふうな文章が出てくるのだ。それも、突然、といった感じで。

どうしても、ぼくは、この戦争に対する吉行さんの感じ (生理だから、思いとか、考えとは言えなかった) を、この随筆集で盛り込み、伝えたかった。また、処女作「薔薇販売人」や「鳥獣虫魚」の冒頭の、石膏色に変った街の様は、空襲で焼野原となった東京の街が、風雨に晒され、焦げ臭さも焼け焦げも消え、色が無くなり、何の感興もそそることのない白い景色となる、それだと、ぼくは考えている。まさに吉行さんの言う石膏色そのものだったと、幼かったぼくの記憶に残った戦災によるあの焼け跡は、教えている。

「書名については、この本の中にある同じタイトルの小文を読んでいただければいいわけだが……。私の家の前は急な坂道で、それを登り切った十字路の角に、煙草屋がある。タバコを買いに行こうとすれば、『街角の煙草屋までの旅』という感じに、息を継ぎながら、坂を上る。この書名も、そういうふうに読んでもらったほうが、いいかもしれない」

これは『街角の煙草屋までの旅』の〝あとがき〟の後半で、本文にも収めたいとは思ったのだが、一冊の本のあとがきなのでとりやめた。だが、この何とも言えないおかしさ、これが吉行随筆の大きな魅力の一つだ。その他、「葉書の書留」のおかしくも人間的な意地の悪さ、仲間や作家の話を書く時の親愛感とユーモア、「テリエ館」や「クレーをめぐる気儘な小文」の文学や美術をとおしての芸術への思い、そしてどの文章にもその底に流れる、人に対しての秘かな心遣いなど、この一冊の随筆集だけでも、様ざまなことを考えさせ、たのしませ、文章を読む喜びを与えてくれる。などと、小難し気なことを言っても、仕方ない。随筆は、文章そのものとして、読む人それぞれが、それぞれのたのしみ方、喜び方をすればいい。

とくに、吉行さんの随筆を読む場合は、文章そのものが持っている香気をそのまま受けとり、ああ、佳い文章とはこういうものだったんだと、酔ってくれればいい。それが、小説を読むときとの違いであり、その違いをたのしむのが、読む人を豊かにしてくれるうれしさだと、いつも吉行随筆に触れるたびに感じている。

最後に一つ、いかにも吉行さんだ、ということを記しておこう。

吉行邸の応接間は一階から二階まで吹き抜けの高い天井だ。その部屋に入ってすぐに目につくのが、そこに相応しいと言えば言える、異様と思えばそれも頷ける暖炉が設えられていることだ。この天井の高い部屋は、簡単に暖まらない。だから暖房にはほとんど使用しないという。しかし、是非とも暖炉を造ってほしいと、吉行さんが希望したものだそうだ。では何の為に?

一度書きあげて編集者に渡した原稿は、二度と見たくないのだという。そう、この暖炉は、出版社から返却された原稿の焼却炉だったという訳だ。ぼくが「好色一代男」の原稿を持参すると、時々、原稿の形をした灰が暖炉に残っているのを見かけたことがある。

一人で暖炉の前に坐りこみ、数枚ずつ原稿を火中に投ずる吉行さんの姿が目の前に泛んでくる。

（二〇〇九・六「街角の煙草屋までの旅」解説・「文芸文庫」講談社）

「焰の中」の熱

吉行淳之介さんから電話があったのは、昭和五十四年七月だった。

十五年勤めた河出書房を三月一杯で退社し、残務整理のために出社していた六月末、八月に予定していた出版物が抜けてしまったので何かないかと、役員に言われた。二ヵ月あるかないかの期間で完成させられる本は普通はありえない。が、思い出したのが、吉行さんの現代語訳「好色五人女」だった。古典全集のために訳してもらったきり、単行本としては刊行していないので、これならすぐに入稿、八月には間にあう、ということで、その仕事が残務整理以外に飛び込んできていた、その時の話だ。

当時、中央公論社から出ていた文芸雑誌「海」から、同じ井原西鶴の「好色一代男」を現代語訳してほしいと依頼があり、前からしたいと思っていたので、これは良い機会と引き受けた。そこで、下訳をやってくれないか、という電話だった。もちろん下訳などなくても現代語訳はできるのだが、君も知ってのとおりサラの原稿用紙を前にすると怖気をふるってしまい、一字も書けないという小説家としてはなんともこまった病（？）だから、とにかく何でもよいから文字を書いてくれ、という頼みだった。

実は、一文字も読んだことのない「好色一代男」だったのだが、その吉行さんの依頼の仕方と、ぼくの友人で俳諧専門の早大教授であった雲英《きら》末雄君に助けてもらえれば大丈夫だろうと、甘い考えで引き受けた。

それはそうと、それからの五ヵ月は、実にたのしかった。十一月に先輩藤田三男さんと編集事務所・木挽社を始めるまで、朝八時頃目覚め、午前中は「一代男」の訳をし、午後は団地の側の市営プールで泳ぎ、その後昼寝、という夏の日々だった。そして何枚か溜ると吉行邸へ届け、酒をご馳走になり、同居の宮城まり子さん手造りの料理をいただく。そして吉行さんと四方山話をする。こんな至福の時はなかった。けれど、別に文学とか人生とかという話はほとんどしなかった。しかし、その状態、それが文学であり、人生の何たるか、の、おのずからなる姿だった、といったものだったように思う。「海」の担当編集者は、後に、「時代屋の女房」で直木賞を受ける村松友視さんで、ときに三人が顔を合わせることがあった。これもまた楽しかった。『わたしプロレスの味方です』という本を出版していた村松さんに、プロレスのどこがたのしいのか、といったちょっと調子のハズレた質問をしたりして笑われたことなどを思い出す。

あの日は本当に暑かった。平成六年七月二十六日、吉行さんが入院中の聖路加病院で亡くなった。上野毛の吉行邸へ伺ったが、玄関から門へ、門前の公園の木陰に、何十人もの編集者や読者たちが汗を拭きながら出棺を待っていた。ぼくは声をかけ、応接間に寝ている吉行さんに別れを告げた。昭和二十年八月十五日までいつ死ぬかわからぬ生活をしていた吉行さんは（当時の人たちはほとんどが死を目前のものとしていたという）、その後の生をついでと思っていたが、そのついでに別れたという、どこか安心したような姿だった。

それから三年半後、講談社刊「文芸文庫」に収められる短篇集『悩ましき土地』に載せる〝吉行淳之介年譜〟を書くように、たのまれた。年譜というものは、読むもの、参考にするもの、そういうものだと思っていたから、ぼくに出来るものではない、断ろうと思ったが、いや、あらためて吉行文学を読み、考えるいい機会だと、引き受けた。うまく出来たとは思えないが、吉行淳之介という小説家、文学者の本質のようなものを見ることが出来た、と感じた。

吉行淳之介という作家は、女のことしか頭になく、小説も男女のことしか書かない、と思っている人がいる。実際、昭和二十九年に発表し、芥川賞を受賞、出世作とも言える「驟雨」は、娼婦との関わりを描いているし、〝夕暮族〟の流行語をうんだ「夕暮れまで」は、中年男と女学生との関係が話の運びとしてつかわれている。だから、そんな風に考える人がいるのも頷けないこともないのだが……。

吉行さんの作品には性が常に描かれる。が、しかし、性を追求しているのではない。性の中に、人間のある本質を見るために描いているのだ。そして、どんな性描写もワイセツではない。それは、性そのものを描くのではないからでもあるが、吉行さんの文章が、ジメジメしていない、つまり粘ついていないからで、乾いている、というとカサカサで無味乾燥の感じを与えるが、そういうのではない。いわゆる官能小説にはむいていない、いや、なりえない文章で、実際、吉行さん自身、官能小説を書く気は毛頭ない。

そういえば、あの川上宗薫の性愛描写を売り物にした官能小説といわれる作品も、その割にワイセツではなかった。川上さんは、いわゆる純文学修業が大変に長い作家だった。もともと性を描いていた川上さんが開発したともいえる官能小説。修業中に会得したのが、彼の作風となったのだろう。川上さんも、あるところで、性に対しては、冷徹な眼差を向けていたんだと言えようか。

何であれ、自らに対し、あるいは自らが対した事物を、冷静に見つめつくし、描くに必要な距離を、正確に測る。この距離が大切だ。だから、性を、どんなに描こうと、写そうと、ワイセツにはならない。後に引用する遠藤周作の文章が、このことを的確に指摘してくれている。

高見順が、筑摩書房版『新鋭文学叢書』5巻『吉行淳之介』（昭和三十五年九月）に解説を書いている。

「吉行淳之介の作品には、常にと言っていいほど、性が大胆にそして執拗に描かれていて、これも彼の文学的特質のひとつとしてあげねばならぬようだ。彼の文学は、なにゆえこのように絶えず性に直面せねばならないのか。（略）疎外の非人間化に「押されている」、そしてそのため、あらゆる人間的なものを「痛めつけられた」人間にとって、それはとりもなおさず生命との直面なのである。だが、正確にいうと、自覚しない直面なのである。自覚は「痛めつけられた」人間に破滅をもたらすという自覚が、疎外の力に支配されたままの生き方としての「精神の衛生」しか許さない。そこには生命との直面という自覚はない。しかも、そのとき、内奥に「押されている」生命が、彼を裏切って、人間の主体性の回復を主張するのだ。言いかえると、これがすなわち客体化された人間と生命との直面である。性は、かようにして人間の主体性回復の問題として（手段としてということではない）この作者によって重要視されているので、そこに吉行君の文学的特質があるということは言えるのだが、常に性が描かれているということ自体に彼の文学的特質を見るのは誤っていると私は言いたいのである」（傍点、久米）

これは、もっとも早い時期の吉行淳之介論である。以後、この高見順の評は、吉行さんを論じる基本となっている。そして、傍点を打った結語の部分が、吉行さんの文学を考える上にもっとも重要なことなのだ。

次に、「夕暮れまで」が野間文芸賞を受けた時に友人代表として遠藤周作が述べた祝辞を引用する。

「対象と自分との距離というものを非常に考えて書く作家でありまして、彼は、その対象との距離があんまり短くなること、つまりこちらが熱っぽくなることも嫌うし、またあんまり冷たくなりすぎることも嫌う作家だと思う。しかるべき対象と自分との距離を、ピシッと決める。ですから彼の文体というものは、熱しもしないし冷たくもない。そしてまた彼の場合、熱したりするということは、彼にとってはワイセツだというべきであって、彼は、ワイセツなことが大っ嫌いな作家だと思っています。そういうと、吉行君はワイセツなものを材料にするというのと裏腹みたいなことになりますが、私は、彼はワイセツなことは嫌いだと、思います」

高見さんと遠藤さんの評によって、吉行文学の姿が現れてくる。先にも触れたように、吉行さんの文章は乾いている。だから、どんな、それこそ強烈な性の場面を書いても、まったくイヤラシくない。それは、遠藤さんの言うように、対象との距離によるのだ。近づくと熱くなり、それだけでワイセツになる。離れすぎると、無味乾燥でカサカサの文章になり、読者はなんの感興もそそられない。

「下半身を剝き出しにしているマキの姿があらためて意識させられた。歪んだ欲情にそそられた。私はふたたびマキに襲いかかり、いくぶん抵抗を受けたので、彼女の腰を両腕で抱えてその軀を押倒した。

私の顔が、またマキの裸の腹にくっついた。少しの間を置いて、先刻とまったく同じ恰好になっ

たことに、不意に滑稽さを感じた」（傍点、久米）

『暗室』で、初めてマキと旅館に入った時の文章である。「先刻と……滑稽さを感じた」という傍点を打った箇所に滲み出た己を見る冷徹な目が、読者にはうれしいのだ。その目は、主人公の目であるとともに、吉行さん自身の目でもあるのだ。

「現在、敗戦後二十三年が経っている。二十年前には、私たちは二十三くらいで、時代は戦後の混乱期だったが……」「敗戦直後には、説得することにさして苦労はなかったろう。大部分の日本人は生まれてきたことに懲々《こりごり》していたから、「生まれてくる子が可哀そうだ」という言い方が、容易に受け入れられた」「「ついでに生きている」ことは、敗戦後の一時期の流行に過ぎなかったのだろうか。「子供がいない」と言うと、胡散《うさん》くさい眼で見られることが、時代の流れとともに多くなってきた」「天下は泰平だな、と私は思った。何年も先のことが考えられる時代だ。それが架空の未来にならないという保証はどこにもない、危険な兆候はいくつも芽を出している。それにもかかわらず、私自身何年も先のことを（略）考えている。私の青春の一時期は、アメリカの飛行機の空襲がつづく日々と重なっており、結婚の計画どころか、次の日のあいびきを生きて果たすことができるかどうかも、分からなかった。自己形成の時期のそういう体験が、どういう形でどこまで私の心に沁み込んでいるのだろうか……」「……不意に思い当たった。／「集団のにおいだ」／だが確信はない。そう思ったのは、軍隊のにおいを思い出したためだろうか。しかし今の時代に軍隊に当たるものがあったとしても、この子供たちの年齢では縁が無いことは言うまでもない」「死屍累々という言葉を、私は思い出した（意識の底のほうで、動いたものに私は気付いていた。昭和二十年五月二十五日の夜、東京に最後の大空襲があった。防空壕に入らず空を見ていた私の左右五メートルずつのところに、幾つかの焼夷弾を束ねる役目をする太い鉄の筒と、焼夷爆弾が落ちてきた。翌朝焼け跡に戻ってきたときに分かったわけだが、爆弾のほうは不発弾だった。渋谷宮益坂に、地面が見えないくらいびっしり死骸が敷きつめられたように倒れている、という噂が伝わってきた。二日後に、その場所を歩いたときには、すでに片付けられていたが……)」「(私を多弁にさせたのは、一つには戦争中の記憶が作用している。当時は、エゴイストは非国民と同義語だった。自分をエゴイストだと言い切るには、ずいぶん勇気を必要とした筈である)」「心のどこかにいつも潜んでいる筈の「つ、い、で、に生きている」という言葉は、」

この八つの文章は、妻を亡くした四十三歳の小説家と数人の女との関係を描いた「暗室」に書かれているものだ。男女の関わり、こと性における関わり、そしてレズビアンにまで筆を及ぼしている、実にそれのための作品、といえる作品に、これらの文章が、突然、という形で出てくる。これはどういうことなのだろうか。「暗室」は昭和四十四年一月号から十二月号まで雑誌「群像」に連載されている。書き始めた時には、戦後二十三年が経っていることになる。それなのに、戦争に関わる言葉がこれほど記されているとは、どういうことなのだろう。

「第三の新人」といわれる作家の中で、三浦朱門夫人であった曾野綾子が遺っただけで、皆亡くなった。阿川弘之は「山本五十六」以来、日本海軍を小説として書き続けた。島尾敏雄は、震洋特攻隊長という立場だったため、戦争については書き続けなくてはならなかった。安岡章太郎は、軍人であった父とのこともあり、自分も召集されて満洲で胸部疾患にかかり入院、内地送還され二十年七月現役免除されるという経歴からも、戦争は大きく身に染みついていた筈だ。そして小島信夫は暗号兵として中国北部を転戦した。立場上、軍隊の持っている様々な姿を見てきた。

吉行さんも大正十三年生まれだから、戦争に関わっているのはもちろんだ。『焔の中』の一編「藺草の匂い」に描かれているように、まず昭和十九年、徴兵検査で甲種合格、八月に現役入隊したが三日目に気管支喘息と診断され翌日帰郷、二十年春、再度検査で甲種合格となるが、終戦で召集されずに終わった。そして、それ以上に、同年五月二十五日夜の東京山の手空襲による焔の中を逃げた、他の作家とは異った戦争体験をしている。『焔の中』（昭和三十一年十二月刊）は、この経験を連作として描いた。戦争を題材として書いた唯一の作品だ。その「あとがき」に次のように記す。

「敗戦の年の四月に、僕は大学に入った。つまり、太平洋戦争の末期は、自己形成について最も大切な年齢に当っていたわけだ。戦争が終って時が経つに従って、僕がこの時期を重要におもう気持はますます強くなっていった。三十年一月の朝日新聞に書いたぼくの文章の中に、次の一節がある。「戦後十年たった。この間に、僕は自分の外側から自分をながめる眼を、ある程度身につけることができたと思っている。そろそろ、あの時期を掘りかえしてみたい。」

昭和十九年九月から二十年八月までの一年間を、僕は書きたいと思っていた」

そして、この作品集が刊行される八カ月前の四月十日、十一日の「東京新聞」夕刊に「戦中少数派の発言」という文章を書き、その書き出しでこう言っている。

「昭和十六年十二月八日、私は中学五年生であった。その日の休憩時間に事務室のラウドスピーカーが、真珠湾の大戦果を報告した。生徒たちは一斉に歓声をあげて、教室から飛び出していった。三階の教室の窓から見下ろしていると、スピーカーの前はみるみる黒山の人だかりとなった。私はその光景を暗然としてながめていた。あたりを見まわすと教室の中はガランとして、残っているのは私一人しかいない。そのときの孤独の気持と、同時に孤塁を守るといった自負の気持を、私はどうしても忘れることはできない。

戦後十年経っても、その時の気持は私の心の底に堅い芯を残して、消えない。中学生の私を暗然とさせ、多くの中学生に歓声をあげさせたものは、思想と名付け得るものとはおもわれない。それは、生理（遺伝と環境によって決定されているその時の心の膚の具合といったものとものともいえよう）と、私はおもう。（中略）

そういう私の生理は、幼年時代から続いている戦争やそれに伴うさまざまの事柄を、はなはだしく嫌悪していたのだが、そういうものから逆に鼓舞される生理が圧倒的多数存在していたのである。

（後略）」

長い引用になったが、戦争に関わる「暗室」の文章は、この吉行さんの生理がなせるものとして自ずと記されたのではないだろうか。それがまた、『焔の中』連作五編として成ったのだろう。

ぼくにとって、あの昭和五十四年夏の思い出は、直接、こうした戦争への吉行淳之介という作家のイメージとは結びつかない。だからこそ、この間を埋めてみたいという思いが、ずっと心底にうずくまっていた。


あらためて『焔の中』を読み返した。これまで四回ほど読み返しているが、二回目だったかにフッと気がついたことがあった。この連作の中でもっとも力を入れたのではないかと思える表題となった「焔の中」だが、焼夷弾の落ちてくる中を、そして焔の中を一人逃げていくのに、一回も「熱い」という言葉が出て来ないのだ。このことに気がついて、他の作品、すなわち「暗室」とか「夕暮れまで」とか、とにかく、男と女の話、吉行淳之介の小説、といわれるものを、再読してみた。すると、驚いたことに「熱い」「暑い」といった言葉が、ほとんどないのだ。「冷たい」というのは数少ないが出てくる。しかし、匂い、香り、肌の触り心地、などというのは、女と関わった男が、必ず感じたり思ったりする言葉として頻出するではないか。この人にとって「熱」という概念は無いのだろうか、いや、感覚は無いのだろうか、とまで考えてしまった。そして、吉行淳之介と戦争という問題よりも、吉行淳之介と「熱」という問題の方が、ぼくにとっては大きくなってきた。いや、あるいは、吉行淳之介という小説家のこれまでにない何かを見つけることが出来るかもしれない、と思うようにさえなってきた。

ここでは、そのぼくの思考の過程をモノローグ風に記していきたい。

肌の手触り、肌の匂い、肌の色合い、これらはすべて、作者の感覚で様々な表現が出来る。さて、では、肌の温もりは、どう言えば、その感じを表現しえたことになるのか。これは難問だろう。ぼく自身、といっても、別に語彙を豊富に持っているわけではないから当り前ではあるけれど、一人の女と肌を合わせて、その肌の温もりをどう人に伝えることが出来るだろうか。ぼくには「不可」と言うしか言葉がない。それに無理して言葉を捻り出したとしても、実に陳腐な文章になってしまうだろう。そして、その状態を伝えることはついに出来ない。

たとえば、焼夷弾が落ちて火に囲まれた僕が、母と女中の待つ地下に逃げていくところを、吉行さんはこう書く。

「屋内では煙の気配はなかったのに、門から足を踏み出すと火の粉と煙が交錯しながら立ちこめていた。広い坂道の下まではわずか五十米ほどの距離なのに、まったく見透しがきかず、むしろ坂の上の方が煙が薄かった。僕の脚はおもわず、坂の上へ向きかかった。しかし、坂の下では母が待っている筈だ。それに、火は坂の上から燃えてきているではないか。レインコートの襟を立て、レコードをしっかり抱えた僕は、まわりに隙間なく張りめぐらされている火の粉と煙の中に飛び込んだ。
煙の厚い層をつき抜けるには、ずいぶん苦しまなくてはなるまいと僕は予想し、両脚に力をこめて走りはじめた。焼死という考えが、さっと脳裏を掠めた」（傍点、久米）
煙と焔に囲まれて、焼死をまで考えたのに、焔の熱さに関わる言葉はまったく書かれない。引用傍点部、ぼくだったら、火の粉が頬に舞ってきて熱い、とか、コートで火の熱さを押さえたが、とか、煙はただ煙いだけでなく、奇妙に熱いものだとか、靴の裏から、アスファルトの熱さが伝わってくるとか、書いてしまうだろう。しかし、今書いてみて、これらの言葉から、火の熱さは伝わってこないことに気がついた。この熱さを、刺すように熱い、とか靴底からじわじわと熱さが伝わるとか、書いても、人に伝わる熱さではなく、主人公の勝手な感じ方の熱さでしかない。なるほど熱いとか冷たいとか、暑いとか寒いとかいう感覚は、その感覚を他人《ひと》に伝えようとしても、あくまでも個人のものでしかないことに気がついた。だから、この場合、吉行さんは、煙と火の粉の状態を描くことだけで、自らの感じ方を受けとってもらおうとしたのだろう、としか今のぼくには考えられない。
熱い冷たい、暑い寒いという温度に関わる以外の感覚、触、臭、聴、視についての文章を、「暗室」から引用してみよう。（傍点、久米）
「多加子はまだ三十歳になっていない。骨の細い、ほっそりした軀だが十分に成熟している。色は曇りガラスの白さである」「多加子の軀は、掌の上に降りかかってきた雪片がすうっと消えてゆくように、私の両腕の中で小さく溶けてしまう。一方、夏枝は軀の芯に反撥力が潜んでいて、全身を汗ばませながら撓《しな》ってゆく」「女同士が抱き合うのは、官能の世界に生きることだ。そこには、受胎も家庭生活もなく、あるのは官能の揺らめきだけである。女の軀の微妙さについては、男よりもはるかに精しく、女のほうが知っている。女が自分で自分の軀を熱く熟れさせるように、傍の女の軀を燃え上がらせる。樹に蔦が絡まるようにではなく、蔦と蔦とが縺《もつ》れ合い、膨らんだ乳房をもった二つの軀が触れ合い、探り合い、長い髪の毛が絡まり合い、やがて一つに溶《と》け合う。紫色の気体の中の、薄桃色の液体となる。あるいは臙脂《えんじ》の固体となる」ここでは珍しく熱くと書くが、これは温度をあらわしているのではなく、女の軀の熟れていく感覚を言っているのだ。「多加子の体臭は、ほとんど無いといってよいくらい淡い。しかし、肌に付けた香水があたためられると、独特の匂いを放つ。そういう多加子の体臭が、一人で坐っている私の鼻の先をなまなましく掠め、ほとんど多加子に恋着している心持が動いた」「空は夕焼けておらず、僅かの光を含んだ鈍い象牙色をしていた。濃淡のない、まるで噴霧器で一様に色を吹きつけたような空の色である」「その苗字はすぐに私の中から消えた。夏枝という名前も口にして呼ぶことは一度もなく、しばしば消え、軀だけが残った」「軀を重ね合わせながら、夏枝は以前の男たちについて断片的に喋る。喋ることによって、彼女自身が烈しく刺戟されてゆく。それは、私の趣味に合う状況であった。／私が訊ね、夏枝が答える。そのことの繰返しのあいだに、夏枝の言葉の形が崩れ、形が無くなり、やがて声だけになる」「顔を横に向けると、耳が私の眼のすぐ傍にある。手を伸ばして、夏枝の耳のうしろを撫でてみた。上へ向って楔形《くさびがた》に開いてゆく骨が指先に当ってくる。その骨を覆う皮膚の部分にだけ、まだ薄赤い色が残っている。以前から、その部分だけとくに赤が色濃く滲み出してきて、ときにはどぎつい感じを受けた。いま、私の眼の前にある薄桃色の皮膚の部分は、可憐に見えてきた。耳のうしろに、鼻を寄せてみる。以前の夏枝は、独特の濃厚なにおいを放っていた。強すぎる香水のにおいを除いても、濃い体臭が残るとおもっていたのだが、香水をつけていない夏枝には、体臭は無かった。しかし、水は無味といわれているが、天然の水にも一種の味がある。味のない水に、水の味があるように、無臭の夏枝の軀からやさしい匂いを私は感じた。その体温が、あたたかく私の鼻腔に流れこんでくるのだろうか。それは、私の心が夏枝に向って開いてゆく証拠のようにおもえた」ここの「あたたかく」は、体温もだが、夏枝という女が私をあたたかく迎え包み、抱く、といった意味があるのではないか。「芳香にも、いろいろな種類がある。鼻腔に突き刺さってくる匂い、その反対に、その粘膜をやさしく撫でる匂い。浅い匂い、深い匂い。密着してくる匂い、弾ける匂い。私にとって金木犀の匂いはやさしく穏やかなものであるが、現在から遠い過去まで連れ戻してゆく匂いである。まわりの風景が背後につぎつぎと置き去りにされてゆくのだが、あわただしさや速力感はない。そのくせ、きわめて短い時間のうちに、長い距離を時間が過ぎ去っている」「夏枝のいる建物の口をくぐると、空気の中に微かに夏枝のにおいを嗅ぎ取る。いまの夏枝の軀には、においは無いといえる。しかし、官能を唆ると同時に、物悲しい気分にさせるにおいが、微かに漂っている。階段を昇り、長いコンクリートの廊下を歩いてゆく。においはしだいに濃くなってゆく。それは、私にしか分からないにおいに違いない。やがてそのにおいが、鼻腔の中で噎《む》せるほどの濃さになる。／そのとき、私は夏枝の部屋の前に立っている。扉のノブを握る。その向うには暗い部屋がある」

　原稿用紙四枚にわたる引用になってしまった。これ以外にも、どのくらいこうした文章があるか……。実際、一つのことを、様ざまな表現をもって読者に示している。触覚、臭覚、声質、その他、一言で言えば、実にありきたりな、つまらない感覚であるものが、吉行さんの筆にかかると、そのすべてが生き、動き、読者に迫ってくる。これが、吉行さんの文章力というもの、すなわち生理だろうと思う。そしてこの最後に引用した個所、「暗室」の結末だ。この二三〇字程の文章で、この長篇をすべて言い表しているではないか。吉行淳之介の五感が、すべて籠められているではないか。

ところが、吉行さんの生理として軀に滲みついている戦争、集団、軍隊への忌避感は、そしてそれに伴う爆撃による火災の感じ方は、その時の状態のそれをそのまま投げ出すことによって、実にリアルに、強烈に伝わってきた。それが、この両者の異なっている点だろう。

私小説あるいは心境小説作家といわれる尾崎一雄。志賀直哉に師事し、『暢気眼鏡』で芥川賞を昭和十二年に受賞した。ぼくの大学の同級生にこの作家の末娘圭子さんがいる。たまたま、吉行さんの作品を読んでいたら、ぼくの名前が記されていて、懐かしくなったといって、令和二年の夏に電話をくれた。それから、時々電話で、小説や、作家たちや、尾崎一雄作品などについて話すことになった。その折りに彼女の言ったことが、今、ぼくのこの文章に、大きく関わってきた。文章に、というより、ここで書こうとしているぼくの思いにだ。

「「焔の中」で、家の焼けるのを見届け、煙の中を、そして火の粉の中を逃げていく時の吉行さんはどんなに熱かっただろうと、読んだときにいたたまれなくなってしまった」

というのだ。この言葉を聞いた時、これだ、と思った。状況だけを書くことの強さだ、それが、この読者の受けとり方になったのだ、と。熱い冷たい、暑い寒いは、書けば書くほど、その状態から離れていく、ということを、吉行さんはわかっていたということだ。

女学生だった竹西寛子さんは広島で被爆した。「文藝」に発表した「儀式」は、被爆死した人たち

が完全に受けられなかった死の儀式を材に描いた初の小説だが、読む者の襟を正さしめる作品だ。その竹西さんがある講演で、

「より強く被爆状況を描こうと、様ざまな苦心をしたが意に叶わなかった。しかし、原民喜は「夏の花」で、あるがままを、何の手も加えずに描いて、あの広島を描ききっている。あるがままの力だ」

といった意味のことを言っていた。これなんだ。これだったんだ。

その状況を何の誇張もなく、何の思いも籠めずに書き示すことが、その様を、如実に伝えられることと、感覚を言葉に変えて示していくことでその姿が際立ってあらわれてくることがある、というわけだ。これまで、思いもよらないことだった。言葉の持つ実に不可思議な性質ではないだろうか。

小説はこれすなわち文章である、というのが、ぼくの考えである。何ということのない事物を書いた旨い文章に出会うと、もうそれだけで満足してしまう。そこで、何を言おうとしたのか、どんなイデオロギーが重要なものとしてあるのか、無いのかなど、どうでもよい。小説としての文章に酔う、痺れる、それだけでいい。それが小説というものだ、と思う。そして、その文章に何かがプラスされれば、ますますその作品は良くなってくる。

大上段に振りかぶって、吉行淳之介の新しい何かが発見できるかもしれないなどと書き始めながら、蛇尾に終ってしまったようだ。ぼくの『焔の中』体験旅行は、ぼく自身にとっては、実にたのしく、うれしく、実のあるものだったのではあるけれど。

吉行淳之介という小説家は、いつまでも、そしていつでも、ぼくに文学的悦楽を与えてくれる。


（新稿）

「文章は金をかけなきゃ」

小説とは一言で言ってしまえば文章だと思っている。もちろんテーマが重要、モチーフが大切なことは言うまでもないが、それを表現する技術がなければ、出来上がった物は小説でもなんでもない。たとえばポスターよろしく、テーマやモチーフを麗々しく書いて貼り出しておけばすんでしまう。技術があってはじめて小説となり、文学となり、芸術となる。絵画だってそうだ。何のためのデッサンなのか。デッサンの力があって、ピカソのあのキュービズムが生きてくる。

吉行淳之介さんは文章に非常に神経をつかう作家だった。別に、人を驚かすような突飛な表現や、誰も使わないような難しい、あるいは辞書をひっくりかえして忘れ去られたような言葉を探してくる訳ではない。当り前の誰もが知っている言葉で、やさしい言いまわしでありながら、そこはそれ以外の言葉や表現では絶対にいけないんだ、という文章を書いた。小説とはそういうものだ。

その吉行さんが『好色一代男』現代語訳の単行本「あとがき」に次のように書いている。

「私の意図は、読むにたえる、というと不遜であるが、要するに文体のある現代語訳をつくり上げることにあった。西鶴の文体は俳諧連歌のものだから、これを生かすと混乱するばかりなので、私自身の文体を多少修正したものにこの作品を引摺りこむほか手口はなかった。それがどこまでできたかは、識者の批判を待つばかりである」

同じ吉行さんの現代語訳『好色五人女』の「訳者寸感」にはこう書いている。

「西鶴の文章は「息が長い」という定説ができかかっているが、私はそうもおもわない。俳諧連歌から小説に移った西鶴の文章は、センテンスが短い、とみてよい。と同時に当然、一つのセンテンスの末尾の余韻が、次のセンテンスに微妙に尾を曳いて残ってゆく。そのため「息が長い」という言い方もできるが、この際「、」を使うより「。」で処理したくなる場合が多い。さらにいえば、読点と句点の中間でやや句点寄りの記号を案出したい気分が起ってくる。

小説家である私の直感も馬鹿にならないところがあるとおもっているが、あまり研究者の領域に立ち入った発言はやはり警戒しなくてはならない」

実は『好色五人女』の担当はぼくであり、そのうえ『好色一代男』現代語訳の下訳もぼくがさせていただいた。

昭和五十四年、十五年勤めた河出書房を退社、次の仕事までの間に残務整理で河出に出向いていたのだが、『五人女』を出版させていただく事となり「あとがき」をいただいた。その原稿には、先に引用した内の「俳諧連歌から小説に移った……」が「俳句から小説に移った……」と書かれていた。そこで、西鶴のやっていたのは「連句」とか「連歌」とか「俳諧連歌」とかいうもので、「俳句」という語は子規によって一般化した発句のことである云々と申し上げて定稿の如くなったのである。この話は吉行さんを物を知らない人だと言っているのではない。御自分でも書いているように「小説家の直感」で西鶴の文章を見抜いた、そのことを言いたいのである。もちろん直感ではなく、日頃の修練の結果なのだが。

このことで吉行さんはぼくの事を西鶴のオーソリティと勘違いした。そして『一代男』現代語訳の下訳をたのんできたのだ。これには非常に困った。というのは、一度も『一代男』を読んだ事がなかったのだ。暉峻康隆《てるおかやすたか》先生の講義は拝聴していたのだが、現物を見ていないのだから仕方ない。けれど、同級生に俳諧の権威雲英《きら》末雄君（早大教授）がいる事を思い出し、すべてについてオンブしようと、即座に承諾したのだった。

　吉行さんはサラの原稿用紙に向かうと怖気をふるってしまい、一文字を書くまでに信じられない時間を喰うのだという。何でもいいから文章が書いてあればよい、と言われたのも、気軽に引きうけた理由の一つであった。しかし、いざ原文を見て驚いた。冒頭の言葉からして、まったく理解できないのだ。岩波文庫（脚注が一ページに一個しかない）で済まそうとした我が心の卑しさを見透かされたようなもので、この小学館の『日本古典文学全集』の旧版を購い、里見弴訳を参考にして、四百字詰原稿用紙に一行あきで訳していった。

　中央公論社の文芸雑誌「海」に連載した吉行淳之介訳『好色一代男』は、一回ごとに、訳出した部分の疑問、一般的解釈と自分の解釈の相違、小説家としての考え、研究者への質問など、あらゆることを「覚書」として付した。その十二に、下訳について次のように書いている。

「西鶴については、私は独学である。というより、私の「世之介」風の部分（それにしても、今回精しく原文を読んできたが、世之介という人物は、実にしばしばムゴイ目に遇っている）にジャーナリズムが目をつけ、「好色五人女」と「置土産」の現代語全訳を依頼し、私がそれに応じたという成行である。そして、後者には下訳《したやく》があった。もっとも、私にとって下訳とは、作業を直接ラクにするものではなく、真白い原稿用紙に向い合う恐怖感をやわらげるためのもの、さらにはエンジンをまわすセルモーターの役目のものである。このときも、結局原文のすべてを読むことになった」

これが、吉行さんの下訳の必要な理由であって、実際、岩波文庫の『一代男』は何度も何度も読み返したため、ポケットに入らないほどに部厚くなってしまった。

そういう訳で、原文に忠実に訳したぼくの原稿は、その残骸すらも見当らないくらいに手が入ったのである。ある日、その手入れ原稿をぼくに見せながら、

「君の文章が跡形もないほど、こんなに手を入れた。けれど二ヵ所だけ君の訳文が大変良かったので残した」

と吉行さんが言った。まったく一字一句、すべてに吉行さんの字がかぶさり、吉行さんの文章になっていた。

二ヵ所残された一つは忘れたが、一ヵ所は巻二の最終話「裏屋も住み所」の冒頭、「……まだ足もとのあかい内に入り日も向《むかひ》の岡を出て行くに……」の部分で、吉行訳は、

「まだ足元の明るいうちに、入日を追うように本郷の向《むこう》が岡《おか》に向った」

となっている、この点を打ったところである。名訳と評判の里見弴は「夕日に染まる向が丘をさして行く道で」と訳している。

原文はただ「入り日も」だけだから、二人とも勘当された世之介の気持に思いをいたして訳したのだが、ぼく自身はこんな風に訳したように覚えている。

「落ちて行く日を追いかけるように向が岡へ向かった」

実はこの表現は、春三月、奈良から浄瑠璃寺へ友人と行った時の学生時代の文章を流用したのだ。

バスが来ず、八キロの道を、山を越え、林を抜け、木樵に道をきいて漸く辿りついた浄瑠璃寺だっ

た。半日を過ごし、帰途についた。中の川という集落で待つ帰りのバスもなかなか来ない。藁屋根の農家の庭に立つ柿の枯枝に、夕陽に映えて真っ赤な実が一つ付いている。待ちくたびれた私たちは再び歩くこととする。西の方、入陽を背にした山並の向こうに奈良がある。それを書いた文章の結末が、「落ちていく日を追いかけるように奈良へ急いだ」だった……。

と吉行さんに話した。そのとき吉行さん、

「そうか、やはり文章は金をかけなきゃだめだなあ」

と感じ入ったように言われた。

これは単なる一例で、一年半ほど毎月通っている間に言葉や文章に対する並々ならぬ思いを話の端々に受け取らせていただいた。普通の人には変に拘っているとしか思えない。しかし、一言ですべてのイメージを変えてしまうのが、文章の怖さではないだろうか。

今、あの原稿は残っているだろうか。あったらもう一度見てみたい。ぼくの無味無臭、カラカラに乾いた文章がどんな風に生まれかわったかを、じっくりと頭に記しておきたい。

（一九九六・三「井原西鶴集(一)」月報・「日本古典文学全集6」小学館）

吉行淳之介の「石膏色」

吉行淳之介さんが亡くなってこの七月で十三年だ。汗も乾いてしまうくらい暑いあの夏のことは忘れられない。上野毛の坂の途中の家からの出棺を待つ人たちは、ジリジリ照りつける太陽の下、誰に遠慮することもないのに、知り人同士小声で話していた。家の前の通りを隔てた公園の深い木々の濃い緑は、待つ人の目を、心を、息《やす》ませていたろう。ところがぼくには、木も、葉も、土も、何も具体的なものが思い浮ばない。ただ暑さと真っ白な世界だけしか……。あっ、これが吉行文学のキーワードの一つ「石膏色」かと感じた、というとあまりに付きすぎだ。しかし、吉行さんを送って暫く後、あの白い世界を思い出した。その時突然、戦後の焼け跡の白い残骸が目の内を過《よぎ》った。

「石膏色」は処女作といわれる「薔薇販売人」の冒頭が初出だ。

「……出鱈目の路をあちこち曲って歩いていると、不意に眺望が拓けた。眼下に石膏色の市街が拡がって、そのなかを昆虫の触角のようにポールを斜につき出して、古風な電車がのろのろ動いていた」

そしてもう一篇「鳥獣虫魚」の冒頭に書く。

「その頃、街の風物は、私にとってすべて石膏色《せっこういろ》であった。地面にへばりついて動きまわっている自動車の類は、石膏色の堅い殻に甲《よろ》われた虫だった」

「石膏色」について磯田光一は、外界との距離感、そして性的イメージの特性と自分（登場人物・作者）との関わりとして捉える。奥野健男は、内的宇宙に映る光景は超現実的で、作者はこの世にいながらこの世を超えた異数の世界にいる、一般世界からの疎外感だと言う。

この二人の評で「石膏色」の吉行作品に於ける意味、位置は尽きていようが、誰も、吉行さんの何処からこのイメージが出て来たかに言及していない。ただ一つ、吉行さん自身が「石膏色と赤」というエッセイで検証しているだけだ。それは、三歳くらいの頃、

「……低いところに雑草の茂った原っぱがある。（略）当然、夕焼空を背景にした野原を見ているに違いないが、それは脱落していて、記憶に出てくるのは、鈍い白い光が垂れ下るように漂っている下に拡がっている野原である。（略）作品の中で好んで使った「石膏色《せっこう》」という単語に、その色がつながりがあるかもしれない」

ということだ。

吉行さんは男女の話だけを書いていると思っている人が多いだろうが、そういう作品、例えば「暗室」に、次のような文章が突然出てくる。

「敗戦後二十三年が経っている。二十年前には、私たちは二十三くらいで、時代は戦後の混乱期……」「〝ついでに生きている〟ことは、敗戦後の一時期の流行に過ぎなかったのだろうか」「「集団のにおいだ」（略）軍隊のにおいを思い出した」「死屍累々という言葉を、私は思い出した（略）東京に最後の大空襲があった。（略）焼夷爆弾が落ちてきた」

また、エッセイ「戦中少数派の発言」で、昭和十六年十二月八日の真珠湾攻撃に沸く同級生たちの姿を異様だと、冷徹に見据える。

そして、吉行さんが戦争を正面に立てたただ一篇の小説「焰の中」で、昭和二十年五月の東京大空襲に燃える我家の様子をリアルに描いている。

こうした文章を読んでいると、ただ男と女のことだけを書いているのではない、戦争をよほど心の奥底に留めて生きてきたことが、実によく理解出来た。その時、あの平成六年七月の白い世界を思い出した。そしてそこにダブるように、焼夷弾のためにほとんどが焼野原となった東京のだだっ広い景色があった。

焼け落ちたばかりはまだ燻り、黒や茶色の焼け棒杭が横たわり、強烈な焦げ臭さが漲り漂う。しかし時が経ち、雨に洗われ風に晒されると、いつの間にか臭いは消え、色も薄くなる。終には打ち放しのコンクリート、或いはそれ以上に白くなる。蛇口の折れた水道管から水が迸《ほとばし》り続け、他に何の色も無い。

空襲に遭い、その激しい様を「焰の中」に描いた吉行さんの心の裡に、焼き尽された家の行き着いた結果の白い焼け跡は、強烈に残ったに違いない。

あの暑い夏の日の暫く後に心を掠めたぼくの思いは、この時確信に変った。

吉行文学の「石膏色」は、戦災で焼き尽された焼け跡の風雨に露《さら》された景色だ、と。

十三年前に戻り、直接御本人に確かめてみたいな。

（二〇〇七・四・「すばる」集英社）

「毛並みがわるい、もの書き」の矜持

山の手線五反田から東急池上線で十分程、長原で下車、商店街を抜けると急に目の前が開ける。そこには、肺気腫の和田芳惠さんが上るのに二回から三回は休まなければならなかった急坂が、下の釣堀に向かって落ちている。坂に一歩足を踏み入れると、若かったぼくでさえも、膝をグンッと締めて歩かないと走り出してしまうほどだ。二、三十メートル下った小さな四つ辻の右手前角が、作家の、実に小さな家だった。ただ、その玄関から、釣堀側の猫の額ほどの庭の周りには、夫人の静子さんが丹精した植木の鉢が、所狭しと並び、そこまで坂を下ってくると、ホッとしたものだった。

玄関を上った二畳の部屋の右側に、四畳半の茶の間があり、玄関で案内を乞うと、チョッと喉に引っ掛かったような嗄れた和田芳惠さんの声が応えてくれる。そこで最低でも小一時間、長い時は数時間話して帰ることになる。五枚ほどの短い随筆原稿を受取りに伺った時でも、小説一編を頂く時も、誰かの遣いで訪ねても、いつも同じだった。

その部屋であの嗄れた声が語るのは、大体、文芸雑誌に載った他の作家の作品の話などであった。そうそう、当時流行っていた「生きざま」という言葉を、小説家が安易に遣っていて考えが足りないと、心の底から怒って話したりした。しかし、若い時に関わった「日の出」や「日本小説」の話は、ほとんどしなかったように覚えている。

今考えると、実にもったいないことをしたと思うのだが、目の前の仕事に関わって、著者のところに伺う編集者というのは、常にそうなのであろう。そして、その積み重ねのうちに、いつか知らず、ひとつの文壇史がつくられていくのではないだろうか。

「ひとつの文壇史」は、和田芳恵さんが六十歳になる誕生日を挟んだ昭和四十一年一月十七日より四月七日まで「東京新聞」（夕刊）に連載、翌年七月に刊行（新潮社）された。新潮社を退社して丁度二十五年が経っていた。

昭和六年に新潮社に入社、『日本文学大辞典』の編集部にはじめ配属されたが、三年して「日の出」の編集部に異動になった。そして七年強の「日の出」の編集者生活を回想する。一言で言えば、「新潮社の編集者時代、十年間の回想記」というのが、この作品紹介の惹句だろう。実際、この内容は『日本文学大辞典』と「日の出」の編集者として、特に七年間の「日の出」時代の多くの著者たちとの交流を中心にしている。しかし、それなら、はじめから、新潮社に入社して辞典に配属されたところから、何の思いも込めずに話をすすめていっていい筈だ。ところがこの「ひとつの文壇史」は意表を衝いた書き出しで始まっている。

小見出しを〝大学は出たけれど……〟とし、その第一行目を、

「お先まっくらな経済不況の昭和六年三月、私は中央大学法学部を卒業した」

という文章で書き起こす。そして原稿用紙十二枚を費やして、新潮社に入るまでの二ヵ月ほどのことを書く。

これが、作家らしい導入だ。あくまでも、〝ひとつの〟文壇史なのだ。他の誰でもない、和田芳恵さんという一人の作家が、自らの目と、自らの立場で書いた文壇史なのだ、ということを示しているという訳だ。

昭和五十二年十月五日に和田芳恵さんは逝った。七十一歳だった。その直前に「読売新聞」(夕刊)に二十回に亙って連載したのが「自伝抄―七十にして、新人」である。いわば絶筆である。そこには、

「私は毛並みがわるい、もの書きなので……」

という言葉が書かれている。この自虐的な考え方というか、生き方が、和田芳恵さん流で、これは「自伝抄」だけでなく、「ひとつの文壇史」にも一貫して流れているものだ。そして、こうも言う。

「私たちが文学青年のころ、「苦節十年」という第一難関があり、ここを過ぎると吟味役が調べて、「薹《とう》がたった」と、ぽいと捨てられたりした。私は、やはり「薹がたった」と言われた一人である」

昭和三十一年に「一葉の日記」で日本芸術院賞を受賞し、五十八歳になる昭和三十九年一月に単行本「塵の中」で直木賞を受けている。実に、「薹がたった」と言われるに相応しい年齢ではないか。だから、と言おうか、受賞翌年にはさすがに八、九本の短編小説の注文があったが、そのあとは年に短編が四、五本しかない。そんな中での「ひとつの文壇史」連載だった。

「接木の台」と「抱寝」のサイン会のためだったと覚えているが、昭和五十一年十月末に一泊二日で和田芳恵さんと札幌へ行った。亡くなる一年前だ。肺気腫はすすみ、平地でも、ゆっくり歩き、二十メートルか三十メートルおきには一休みする、という状態だった。ところが、目的の書店リーブルなにわで店長その他の人々に会った時には、その苦しさは微塵も外に出さず、たのし気に振舞っていた。旧知の編集者宅を訪ねた時も、同じだった。ぼくは脇でハラハラするのみだったが、夜の八時頃だっ

たろうか、無事ホテルに帰りついたことだった。しかし、実は、いつ、具合が悪いとか、おかしいとかいう連絡が来ないものでもないと、そして、朝、部屋の扉をノックして、返事を聞くまで、一晩中、まんじりともしなかったことを覚えている。

但し、このたのし気な姿は、きっと、ぼくたちが長原のお宅へ伺った時も、同じだったのだろうと思う。札幌から帰ったあと、あるいは一日中起きあがれないほどに疲れていたのではないだろうか。けれど、それを、人前では見せないという訳だ。この編集者への対し方は、あの新潮社での十年の編集者生活で学んだものなのかもしれない。著者と編集者、逆の立場で。

ただ、いつもおおらかに、話し、笑いしているのだけれど、時に、キッとした眼差しが返ってくることがあった。ぼくたちが、いいかげんな返事をしたり、小説や文学に対してチャランポランな印象を与えたりするような言動をしたりした場合だったように覚えている。その厳しさは、普段の印象が穏やかだから、ドキンッと胸に突き刺さるような感じでその日一日中残るのが常だった。

和田芳恵さんが「日の出」で活躍したところは、文藝春秋社の「オール讀物」、講談社の「キング」「講談倶楽部」、博文館の「講談雑誌」「譚海」などの大衆雑誌の競争は熾烈を極めていた。作家の家に泊り込むのは日常茶飯のこと、一時として自分の時間はないというほど、編集者の仕事は苛烈だった。それは、「ひとつの文壇史」を読めば、充分に伝わってくることで、二十代から三十代にかけてのもっとも充実した時期だったから出来たのだろうが、二、三十メートルの坂を、二回も三回も休まなければ上れないような細い、小さい姿を思うと、「ひとつの文壇史」に描かれた編集者和田芳恵さんは、別人ではないかと思うほど、バイタリティーに満ち溢れている。

戦後、昭和二十二年に「日本小説」という雑誌を創刊した。坂口安吾に推理小説「不連続殺人事件」の連載や、川口松太郎に関伊之助というペンネームで川口らしからぬ純文学風の作品を書かせたり、逆に純文学作家の太宰治、林芙美子、丹羽文雄、高見順などに彼らの文学に対する思いをそのままに、多くの読者向けの作品を書いてもらうといった、画期的な雑誌だった。いわゆる中間小説雑誌の嚆矢とされる。

しかし、小さな大地書房という出版社で創刊したこの雑誌は、「営業のまずさから左前になり」倒産、長い逃亡生活を強いられることになる。だが、和田芳恵さんが始めた中間小説雑誌「日本小説」から四カ月後に創刊した「小説新潮」は、戦後の小説雑誌として特異な存在を誇り、成功して現在に至っている。営業力とか資本力というのは、編集者の夢とか情熱とは関わりないところで、厳として存在するものだと、つくづく思わされるのだ。

ただ、文学と大衆雑誌への一途な思いは、「日の出」の編集者だったころから持ちつづけていて、それが「日本小説」を舞台として実践されたということが、「ひとつの文壇史」を読むとよくわかる。

戦争前のあの時代、いわゆる純文学の作家たちは、大衆文学を一段下に見下していたから、同じ雑誌の目次に大衆作家たちと名前が並ぶことは、自他ともに、決して認めることなど出来ない相談だった。そこが、しかし、付け目だった。武田麟太郎、林芙美子、尾崎士郎、高見順、真杉静枝、壺井栄、丹羽文雄などの純文学の作家たちを口説いて小説をもらった。ただただ読者に媚びることのみに汲々とし、低俗化していく大衆文学に我慢ならなかった編集者和田芳恵さんの面目躍如というところだった。しかし、百パーセントその思いは満足させられなかった。というのは、作家たちの偏見と、それ以上に戦争に向かっていく日本の社会情勢によった。自らの思いは、自らの作品で、というのが、確たる信念となっていったのだろう。そして、戦争に突入する直前、十年に亙る編集者生活に別れを告げることになる。

こうした内容の「ひとつの文壇史」だが、浜本浩についてこんな文章を書いていた。

「浜本さんは遅筆であったが、これは、自信のないせいらしかった。編集者あがりなので、自分が考えているようには書けないという眼高手低の感に、いつも、悩んでいたのだろう」

これは、あの「毛並みがわるい、もの書き」和田芳恵さん自身のことを言ってもいたのではないだろうか。新潮社をやめて二十五年、創作についても、思いを込めた雑誌の創刊も、すべて思惑どおりにはいかず、「薹がたった」と捨てられかけている自身の、どうしようもない文学と編集への思いが籠められた、この「ひとつの文壇史」であった。

昭和四十九年に「厄落し」（「季刊藝術」四月）と「接木の台」（「風景」六月号）を発表、「朝日新聞」の文芸時評で丸谷才一が一回分を費やして激賞した。この時、和田芳恵さんの生活、いや、生涯が変わった。「私は一種の人気作家だった」と書くほどになった。その、作家にとっては事件とも言うべき好評を発端としての二年半強の、それまでに経験したことのない作家としての生活を中心に、新潮社を退社して以来の苦闘の文学生活を書いたのが「自伝抄―七十にして、新人」である。

そう、「ひとつの文壇史」と「自伝抄」を読めば、著者と一緒に、昭和十年代から昭和五十年代初めまでの日本文壇を体験出来るというわけだ。この二編は、フィクションではない。しかし、「ひとつの文壇史」を読めば瞭然だろうが、単なる回想記ではない。「毛並みがわるい、もの書き」の目を通して、関わった著者たちが登場する。創っているのではないが、作家たちも、いや、和田芳恵さん自身も、小説の登場人物のように思われて仕方ないのだ。書き出しがいわゆる回想記風でないと書いたが、結末も、丹羽文雄の言葉を持ってきて、自身の不安を、そのまま読者に投げつけるという、回想記というものの約束から外れた終り方をしている。

それは「自伝抄」も同じだ。書き出しと結末を引用しよう。

「ちょっとした必要があって、私は自分の年譜を作った。それまで、作家で他人の年譜を幾人か書いたときとくらべて、いちばん、わかっているはずなのに、自分のこととなるとむつかしいものだと思った。年譜は、洗いざらい、なんでも書けばいいというものではない。次の発展、変化のための契機になっている事柄や考えを選別することが大層必要な作業になる。これで自分のことになると、どっちが大切か、わからなくなって、自分で決断できない場合が多く、他人の年譜をつくるようにはゆかなくなってくる。どれもこれも、身のまわりのことだからだろう。この外に、自分を飾ったり、よく思われたい気持ちから、不利なことや、知られたくないことは、年譜に書かなかったらしい」

これを受けるように、終りは、

「私は小説を書いて生きている人間だから自分を飾るということは出来ない。自分が素直に感じたことをそのまま投げ出しているわけである。どのように相手が受けとってくれるかは、私の責任をこえてはるか彼方にあるという感じである」

少し長い引用になったが、和田芳恵さんの、文学、創作に対する考えが端的に出ていると思う。

こうした終り方の文章でその執筆活動を了えたということは、実に象徴的だと思う。そしてこれは、和田芳恵さんが成したすべての書き物に対する思いでもあるといえよう。

うか。

「ひとつの文壇史」を読了して、その感を強くする。そして、この思いは、文学に対する思いなのだ。「ひとつの文壇史」も「自伝抄」も文学、言いかえると、小説を読了した時の思いと同じだ、ということだ。いわば、この二作は、和田芳恵さんの私小説の一つの型ということができるのではないだろうか。

「接木の台」と「厄落し」を発表したときのことを「自伝抄」にこう書く。

「若い娘に狂った老人が「風景」と「季刊藝術」にでてくるが、私を知っているなら、だれでも私と気づくように書いた」

和田芳恵さんは本質的に私小説作家なのである。文芸文庫の一冊に「暗い流れ」が入っている。作家最後の長編小説だ。これについて、

「私の半世紀以前に相当する、関東大震災後の東京へ出てくるまでの自伝風な小説である」

と記すように、幼ない頃から新潮社に入社する直前までを描いた私小説である。文芸文庫「暗い流れ」の解説を佐伯一麦さんが「私小説という概念」と題して、和田芳恵さんの私小説について、同じ作家として、実に深い、掬すべき見解を示してくれている。

「少なくとも私にとって、私小説とは、事実の穿鑿よりも、読む度ごとに、その都度その都度更新され、一回限りの相貌を帯びて蘇ってくる文学の謂である。肯定も否定も、そもそも不可能と思われるような己の出自、お里を突きつけるものとして。あるいは、親、そのまた親たちの流動や営為、過ちの結果として、己が今この世にあることの不思議さと、それゆえのある充実した感じとしかいいようのないものとして。

そしてまた、『一葉の日記』をすぐれた私小説と見做す和田は、平安期の日記文学をも私小説と

捉える視点を持っていたのだろう」

この佐伯一麦さんの視点から言えば、「ひとつの文壇史」も「自伝抄―七十にして、新人」も、私小説となる。和田芳惠さんは、そうと意識しないながらも、小説を書いていたのではないだろうか。いや、何を書いても私小説になってしまったのだ。「一葉の日記」を私小説といい、平安期の日記文学をも私小説と捉える視点を持っていたのだから。

こう見てくると、「暗い流れ」「ひとつの文壇史」「自伝抄―七十にして、新人」の三編をとおして読むと、和田芳惠さんという一人の編集者であり、作家であった男の生涯を辿ることができると言えよう。というより、一編の長編私小説を読んだ文学的感動を覚えるといった方がいいかもしれない。

文学的感動と言えば、丸谷才一さんの文芸時評、特に次の件りは、その後の和田芳惠さんの文学を考える上で指標となったと言えよう。

「和田の二篇の情痴小説は、いずれも、徳田秋声から川端康成に至る奇妙に錯綜した時間の構造と言い（和田がこの技法に習熟していることは恐ろしいほどである）、頻繁な改行と言い、会話の多用と言い、まさしく当時の小説との近接を示している。彼はひょっとすると、最も遅れて来た昭和十年代作家なのかもしれない」

たしかにそうなのだろう、佐伯一麦さんも「暗い流れ」の解説で同じことを言う。ただ、ぼくは、中上健次さんが「文藝」の「和田芳惠追悼特集」に寄せた「老残の力」という文章でとりあげている「雀いろの空」のことにちょっと触れたい。

小説家池田岬の死と、正岡容が教えてくれた「黄いろの空から、暗い夜空へかわる前の、ほんの、ちょっとのあいだ、雀いろになる」空のことを結びつけて老いの哀しみを書いた佳編だが、

「西洋医学であれ、漢方療法であれ、とにかく持病から脱けだしたいと私は悪あがきしている老人なのだ」

という「雀いろの空」からの文章を引用して、中上健次さんは、

「老残とはよく言ったものだ、とこの文章を読んで思う。〈悪あがき〉をも、人に強要する」と断言する。和田芳恵さんの小説は、老残であって、若い娘に恋々とする老人は〈悪あがき〉をも人に強要して止まないのだ、と言う。そしてその一人の男の「老いぼれて生きながらえる」姿を飾らずに投げ出していくしかないのだ。和田芳恵さんの作品に出てくる老人は、実に若い女に対して惨めったらしい。年がいもなく、いい年をして、だらしなく、のめり込んでいく。〈悪あがき〉としか言いようがない。まさに、中上健次さんの言う「老残」なのだ。それは、「雀いろの空」の老いと死の哀しみと関わってくる。

しかし、それを書かずにいられない。作家の、業と言ってしまえば簡単だが、その執着心、すなわち、生と性への思い切れなさは、無駄をすべて取り払った簡潔にして歯切れのよい文章によって、ぼくに突き刺さってくる。その文章は、

「私は骨身を削って、原稿の無駄を取り去った。骨身を削ることが原稿を削ることに連動していた」（「自伝抄」）

という創作姿勢によって出来上ったものだ。和田芳恵さんの作品を読むたびにこの一文を思い出す。そして、物書きとしての壮絶な姿が偲ばれて、襟を正さずにいられない。これこそ、「毛並みがわるい、もの書き」の矜持なのだ、これが、時に、ぼくらに刺し込まれた、茶の間でのあの鋭い眼差しの源泉なのだと。

それにしても、「ひとつの文壇史」は和田芳恵さんの編集者生活を書いているのだが、著者の他に編集者が多数登場する。「自伝抄」にも十八名の編集者の名前が記される。これは、和田芳恵さんという作家を考えるうえに非常に重要なことだ。最晩年に小説家として頂点に立ったが、それと平行して、抜け難い編集者としての思いが、心の底に蹲っていたのだと、ぼくは思っている。この、著者と編集者の関わりが、作品を生み出す一つのファクターになっていることは確かだ。そこに、文壇というものは成り立っているものだと、作家は教えてくれた。しかし、すでに文壇は崩壊していると言われて久しい。それは著者と編集者の関わりが稀薄になってきたということでもあるだろう。

「私の働きのすべては、世話になった文壇にかえすというのがモットーだが、いつも、せいいっぱいの暮しだから、どうにもならない」

と書いたが、この「ひとつの文壇史」を残したことだけでも、和田芳恵さんは文壇にその働きを充分以上にかえしていった、と言えるのではないだろうか。

（二〇〇八・六「ひとつの文壇史」解説・「文芸文庫」講談社）

〝野の聖〟の眼

『霊異十話』の標題から受ける、怒りを籠めた哀しさ……。

もちろん「霊異」は『日本国現報善悪霊異記』からとったものである。仏教説話として名高いこの本には、あらゆる人情世態が記されている。水上勉さんが「日本霊異記」に魅かれるのは、このあたりにあるのだろう。

「「日本霊異記」には、新聞の三面記事にあることはすべて出ている」

といった意味のことを、水上さんは話されたことがあった。『霊異十話』の第一話「乳病み」が発表された時で、「新日本霊異記」という原題だった。


まだ二十歳になる前だった。「雁の寺」を「別冊文藝春秋」で読んだ。感動した。誰彼かまわず、その感動を話した。それにしても、文学を志して二十年以上、苦労を重ねてこられた水上さんが、御自身の文学の鉱脈を掘りあてた最初の作品を、十代の若造が、どこまで理解できていたかは疑わしい。しかし、何の先入主も持たない無垢な心が受け取ったものは、非常に大切だということを、後に編集者となって強く思ったものだ。

この時の感動は、胸の裡に静かにとどまった。そして、「新日本霊異記」を読んだ時、それが蘇ってきた。早速、水上さんをお訪ねした。このテーマで連作を書いていただくことをお願いした。水上さんは快く引き受けて下さった。というと格好よすぎる。水上さんがお書きになりたいテーマの一つだったから、ただこちらで、それに乗らせていただいたということなのだ。

芥川龍之介ほか、古典に材を取った作品は数多い。しかし、『霊異十話』の十作品のごとく、古典を下敷きとして現代の物語を創り上げたものはない。これは言ってみれば、我国固有の文学形態である本歌取りとも見られる。古典の世界をかりて、その上に新しい自分の世界を創り出す本歌取りを、文学の衰弱と見る人もいる。だが、決してそうではないと思う、山本健吉氏は言っている。

「中世の歌人たちにことに愛好された本歌取りは、古歌の中の「まくら」すなわち生命標ともいうべき部分を取りこむことで、その本歌の威力を自分の新作歌にまるごと包含させることだった」

(『短歌　その器を充たすもの』角川書店刊)

実際、『霊異十話』の諸作品は『霊異記』や鴨長明の『発心集』の話を取り込んで、発心できない現代の哀しい人々を描ききっている。

ぼくはここで、いわゆる解説を書こうという気はまったくないし、そんなことのできる器でもない。単行本『霊異十話』をつくった担当の編集者として、この作品に対する思い入れを脈絡なく書かせてもらうことで、お許しを願いたい。

「犬をつれた女」の舞台は、京王線の明大前駅から六、七分、甲州街道に面した高層マンションである。その十三階に水上さんの事務所がある。北側の廊下から見下ろすと、甲州街道が真下に、その向こうに本願寺の墓地がある。遙か彼方まで続いているかのように錯覚させる墓地だ。南側の窓下には、犬が蒲団から飛び出して落ち、死んだ駐車場がある。墓地も駐車場も異様に明るい。こんなに明るくていいのだろうかと、訝しむほどだ。行ったことはないが、おそらく若狭も、丹後も、越後も明るいに違いない。しかし、「乳病み」も「子捨て」も「由良川心中」も「有馬川の入水」も、そして「犬をつれた女」も明るさは微塵もない。

永遠に続くかと思われる蒼空がある。片隅に小さな黒い点が見える。その黒点が水上さんの作品ではないかと思う。誰もが見過ごしてしまうような黒い点を、水上さんはじっと見つめ、拡大する。蒼空を無視しているのではない。黒点を見ることによって、蒼空がかえって際立ってもくる。そこに、水上さんの悲しみと静かな怒りを見る。

「こういう作品《もの》は、今、俺しか書こうとせえへんのや」

と水上さんは言われた。

「だからちゃんと書いとかんとならん」

と続けた。それは力を籠めた言い方ではなかった。フッと口を衝いて出て来たような口振りだった。水上さんはよく「業」という言葉を使われる。ひょっとすると、これがその「業」なのか、と思ったものだ。

新宿の飲屋で、ときたまマイクを握り「枯すすき」を歌われることがある。けっして上手とは言えない。だが、聞いている者を引き込まずにはいないのだ。一字一句を噛みしめるように口の中で転がし、無理矢理押し出して声とする。現代《いま》を生きることの苦しさ、悲哀が、その声音に浮んでいる。

『霊異十話』は水上さんの歌声だ。

野間宏氏、安岡章太郎氏を相手とした鼎談（『差別　その根源を問う』朝日新聞社刊）で水上さんは、これこそ『霊異十話』のモチーフで、水上さんとしてはどうしても書かなければいられなかったんだな、と思えることを述べている。少し長いが引用する。

「鷗外さんの『山椒太夫』を読んでから、説教節のものを読むと、ずいぶん違ってることがわかる。鷗外さんのは、佐渡の母のところへ正道が会いに行くと、「安寿恋しや、鳥も生あるものなれば……」と歌っているんだけど、あの母親は、地主から目を突かれてるわけだ。むしろに干した粟の穂を鳥がついばみにくるのを追い回す仕事を仰せつかっているわけだ。ところが、目はつぶれていたまでは書いてあるけど、足がくくられておることを見逃してるね。盲でも逃げるということで、もう一つ責めてあったんだね。そこを書いていない。

そして、由良の里へ来てから、太夫を農民たちが、竹のこぎりで子どもに首を切らせるのです。心安かれちちうえと一ひきひいてはねにけり、と説教節は、ちゃんとそこまで書いてますよ」

「それを、鷗外さんは省略してますわ。これが教科書にのれば、官製説話になってくる。ぼくらの庶民の古典には、江戸時代の封建体制でも野の聖《ひじり》たちが、ちゃんと語り伝えて忘れるなよといってきたことがあった。無学文盲の庶民の中にも、ちゃんとあった、語り伝えという方法で。だが、明治になって省略していく。そこでまた、別の美学を打ち立てるわけだ」

自分たちの生き方は、自分たちで律してきたはずの庶民が、それを忘れ、一時の快楽に身を委ねた挙句、にっちもさっちもいかなくなって引き起こす悲劇。水上さんは、何としてもそれを書かずにいられなかった。この話で、水上さんの気持はよく理解できるだろう。

『霊異十話』の登場人物たちは、まさにその庶民なのだ。

今、水上さんは人形芝居を創っている。竹人形を操る芝居だ。「雁の寺」、「越前竹人形」、「五番町夕霧楼」、「越後つついし親不知」、「はなれ瞽女おりん」の五本を、すべて語り物に書きなおされる。すでに「越前竹人形」は何度も上演され、好評を博した。二作目は「越後つついし親不知」で、これも渋谷のダックという小さな水上さんのスタジオで演じられた。

矛盾に満ちた人の世に生をうけた男と女が、生きつづけなくてはならないその矛盾を、語り物という形であらためて問いかける試みだ。語りと人形の演技が、小説を読んだ時とは違った興奮を与えてくれた。直線的な竹で造られた人形の息づかいと、語り手の心臓の音が、水上勉さんの血の流れを伝えていた。

『壺坂幻想』も河出文庫の一冊に入っている。その巻末に、中上健次さんの文章が収めてある。そこで中上さんは、水上さんの短篇小説の文章について、描写ではなく、語りであると言っている。なるほど、だから読者は水上さんの小説を読んで、主人公たちと一緒になって涙し、憤り、歓喜するのだ。語り物に書きかえている五篇はいわゆる短篇小説ではない。当然、語りの調子で書かれている作品群だ。それが、純粋な語り物になる。五本の語りが完成した時、読者（観客）としての私は、どんなに興奮するだろう。

が、それはそれとして、『差別』の鼎談でも言っている〝野の聖〟は、村々町々を語って歩いた。その〝野の聖〟として、水上さんは『霊異十話』を書かれたのだろう。

村の鎮守の境内で、豊作祝いの祭りの場で、街道の宿場の入口で、湯治場の湯の中で、聖たちは語り伝えてきた。いつ洗濯したか知れない綻びだらけの衣を着て、地面と同じ色の足をして、樹の幹のように陽に焼けた顔で、鋭い眼差しを村人たちに注ぎながら、聖たちは語りつづけてきた。

水上さんは〝野の聖〟なのだ。『霊異十話』は、聖たちが村人に語ってきた語り物だ。〝語り部〟という大和朝廷に仕えた語り専門の人たちがいた。朝廷の保護を受けていた〝語り部〟とちがい、〝野の聖〟たちは、時に権力に迫害された。水上さんは〝語り部〟ではない。〝野の聖〟だ。

水上さんの眼は、恐い。この恐さは、聖が村人に注ぐものと同質なのかもしれない。〝野の聖〟の怒りを籠めた哀しさの表われなのか。

（一九八二・八「乳病み」解説・「河出文庫」河出書房新社）

純粋なるナルシスト

昭和五十年の一月だったろうか。新宿西口にあった茉莉花《まつりか》というレストラン・バーで、誰と飲んでいたのか、作家の夏堀正元さんだったか、河出の先輩の寺田博さんも一緒だったか。その時、向こうで飲んでいた田中小実昌さんが、フラフラ、という感じで近づいてきて言った。

「ボクの本、売れないけど、出版《だ》してくれる?」

実際、四年前に龍円正憲さんが担当で刊行した長編『自動巻時計の一日』(直木賞候補)は、売れていなかった。しかし、ぼくは二つ返事で引き受けていた。というのは、その時から十年くらい前になるのだが、昭和四十一年「文學界」二月号に発表した「どうでもいいこと」という、何とも不可思議な題名の小説が、ずっと気にかかっていたからだと思う。この作品は、コミさん(この呼びかたが、いかにもコミさんらしい)が、初めて文芸雑誌に書いたもので、後に谷崎賞を受賞した「ポロポロ」に通じる、十字架の無い教会を創設した父を描いた、まさに〝田中小実昌の小説世界〟がすでに出来ていた、いや、それしかない作品だった。

それはそうと、〝小実昌〟という名前は実に珍しいと気がついたのは、これを書いている今から二日前のことだ。誰も普通にコミさんと呼び、言っていた。不思議に思った人はいなかっただろうか。

閑話休題。

「どうでもいいこと」に、次のような会話がある。

「翻訳は、今までに、もう何冊おやりになりました？」

「そうですね、二十冊ぐらいになると思います」

昭和三十一年、創刊したばかりの「エラリイ・クイーンズ・ミステリ・マガジン」（「ＥＱＭＭ」）の編集長になった都筑道夫を、翻訳家の中村能三《よしみ》の紹介で訪ねたところから、田中小実昌さんの翻訳家人生が始まった。ぼくはその翻訳は一冊も読んだことはない（自慢できない）が、非常に評判がよく、十年ほどの間に、二十冊以上の翻訳をしている。飲んでいる時など、時々、英語というより米語が口から飛び出し、それが、ぼくは知らないけれど、アメリカの俗語のような言葉だったり、発音らしかった。そういう言葉と、コミさんの作品に書かれる平易な文章とがマッチし、評判の翻訳が出来るのだろうと、いつも思ったものだ。

ぼくが言うことでも、あるいはどうでもいいことなのかもしれないが、「どうでもいいこと」を発表以後、二、三カ月に一本の割合で小説を発表しているが、その発表舞台が、すべて読物雑誌だった。そして、ぼくが最初に担当した『オホーツク妻』も、収載した七編、すべて読物雑誌に発表したものだった。とにかく、コミさんは、出版ジャーナリズムの中で、あくまでもエンターテインメントの作家だったということだ。しかし、今、『オホーツク妻』を読み返してみると、本の帯の「北海道を旅する一人の男　夜になると紅い灯をもとめ　そこで逢った女と一夜をあかす　ただそれだけの男の一人旅　奇妙な味の奇妙な小説集」そのままの諸作品で、波乱万丈の筋立てでもないし、女との関わりも、何とも然り気ないし、男の心の状態を、ウダウダと書き綴るだけなのだ。どうして、読物雑誌しか、注文しなかったのだろう。ぼくは不思議でしかたない。

それにしても、茉莉花では何故、コミさんはぼくに声をかけてくれたのだろう。親しくつきあっていたわけでもないし、「自動巻時計の一日」を担当した龍円正憲さんに電話すればよかったのではないか。でも、ぼくはうれしかった。

『オホーツク妻』刊行から二年ほど後の昭和五十二年七月に、ぼくは雑誌「文藝」編集部に配属された。これ幸いと、早速コミさんに作品を注文した。そして昭和五十三年三月号に載ったのが、「ビッグ・ヘッド」だった。その二カ月前の昭和五十二年十二月号の「海」にあの「ポロポロ」が掲載されていた。この「ポロポロ」で谷崎潤一郎賞を受けるのだが、もう少し、半年ほど早く「文藝」に移っていれば、ぼくがこの「ポロポロ」を戴いていた……などと繰り言を言ってみてもはじまらない。

「文藝」に発表した、「ドコ・イキノ」「ホー・ホケキョ」「落書き」、「別冊文藝春秋」に掲載の「からっぽ」と、あの「どうでもいいこと」の二編で、昭和五十四年六月、「ビッグ・ヘッド」の表題で刊行した。ぼくはその三月末に退社しているから、残務として、ぼくの河出最後の仕事が、嬉しい形で実ったという訳だ。

コミさんの小説は、一つ何かに引っ掛かると、それに関わる実にどうでもいいことを延々と書き綴り、書き継ぎ、書き次いでいる。綴りでも継ぎでも次いでもないし、そのすべてでもある小説。コミさんのことを書いていると、コミさんが乗り移ったような文章になっていってしまうのは何故だ。同じことをあてもない、こうでもないと、ぼくも見たり考えたりしてしまう。新宿ゴールデン街のバー前田で飲んでいる時などの、あの可愛い(?!)コミさん、ただ、今そのものをたのしんで飲んでいる、という感じのコミさん、時々口を突いて出るオヤジギャグ、カッコいいアメリカ英語、等々、そういう普段のコミさんからは思いもよらない小説。

哲学というのは、本当はこういうことなんじゃないか、と読者に思わせてくれる。ギリシャ以来のあのコムズカシイ思索などではなく、今、ここで、歩いている自分が疑問に思う足の動き、手の動き、それをまた疑問に思う自分のあり様《よう》、そんな当たり前の人の姿が、哲学なんじゃないか、そう教えてくれる。

平成二年、福武書店刊の作品集『ないものの存在』の広告コピーを見ると「西田幾多郎『哲学論文集』、浅田彰『逃走論』、柄谷行人『探究』のテキストの軌跡を哲人コミマサの独自な観点で追いかける哲学小説」とあるが、まさに哲学小説で、今ぼくがここで言ったようなことを、コレデモカ！というふうに呟きつづける。たとえばこんなふうに。

「……たまには哲学をのぞいてみるなんてことができるのだろうか。ある人の講演について、ときにはユーモアをまじえ、なんて書いてあったりするが、こんなアホらしいことはない。ユーモアはときどきまじえたりするものではなく、基本が（もし基本というものが、ただの考えではなく、実際にあるならば）ユーモアであり、すべてがユーモアなのだ。

愕然として気がつくのだが、哲学をする者にはすべてが哲学だろう。たまには哲学をのぞいてみるなんてことはできやしない。また、たまには哲学からはなれ、息ぬきをするなんてこともない。哲学に息ぬきはない。宗教にも息ぬきはない。イエスとアメンにどこに息ぬきがあるか」

（ ）の中の文章が、コミマサ節と言えるだろう。そしてこれが、コミマサ哲学なのだろうと、単純なようで複雑、そうかと思うと、実に簡単。これがよくコミさんのことが理解できるのだ。あの前田での姿は、すなわちこのことの表にあらわれたものだったということだ。哲学と関係のないぼくから見ると、作品と日常のコミさんとは、はるかに掛け離れているように見えるのだが、大きな間違いだった。コミさんに息ぬきはなかったのだ

あるパーティーの時、ヒョロヒョロと脇に来たコミさんが、これまたはずかしそうに言った。

「柄谷さんを紹介してくれない……」

柄谷行人はそのとき、『意味という病』を出版したばかりで、ぼくは喜んでコミさんを紹介した。考えてみると、コミさん自身が意味という病に取り付かれていたのだろう、と、その時思ったのだが、そうではなかった。『ないものの存在』収載「クラインの壺」で「ぼくみたいな古くさい哲学好きは……」というように、病ではなかったのだ。だから、コミさんの中では、すべてが哲学になっていたのだ。ミステリーを翻訳するときも、ただバスに乗っている時も、飲んでいる時も、ストリップの舞台に立っている時も。

実際、この作品集『ないものの存在』に収められた五編の作品はすべて、普通の小説風に始まる。たとえば「ないものの存在」は「このなん日かずっとバスにのっていた。ふだんの日は、見る映画があるときは、毎日のように映画を見にいく」、「クラインの壺」は「アメリカ西海岸の北のほうの町に七〇日ばかりいた。西海岸では北のほうの町で、カナダとの国境までクルマで二時間ぐらいだが、北の町、北国の町ではない」、「言うということ」は「「ちがうのよねえ。ちがうんだなあ」／そうくりかえしているのは、いちおう娘ってことにしておこう。何日かまえに、「娘とおとうさんというのは、つまらないからね。ムスメ、ムスメ……って書かないほうがいいよ」と言われたのだ」、「出がけのより道が」は「戦争がおわったあと、まる一年中国にいて、神奈川県の久里浜に復員した。そして、復員兵の収容所にいたとき、うちに葉書をだすと、父から手紙がきて、東京大学文学部の哲学科に籍が

あることが書いてあった」というように。そして、いつかしらず、西田幾多郎、浅田彰、柄谷行人、三木清などの哲学に入っていく。ニイチェやハイデガー、マルクス等々の文章を引用しながら、思考の過程を書きつづける。ぼくのように形而下的な人間にとっては、何を言ってるのかさっぱりわからない。けれど、コミさんは、書きながら、楽しくてたまらない、というのが文字から、言葉から、言い方から、行間から、犇々《ひしひし》と伝わってくる。

この作品集は小説集というより哲学書と言っていい。とにかくコミさんは、息抜きなく、頭の先から足の先まで哲学で埋まっていたのだ。

コミさんのトレードマークのようになっていた正ちゃん帽の天辺から毛糸の玉を取ったコミさん帽をヒョイと取ると、

「これ、娘が編んでくれたの」

と左手で禿頭を撫でながら、チョット恥ずかしそうに、口を尖《とん》らして口吟むように言った。この娘というのは、たぶん「言うということ」の娘（次女りえさん）だと思う。

ある晩、ゴールデン街に行こうと紀伊國屋書店の北のアドホックの前、新宿区役所前の靖国通りの信号を渡ろうとした時、向こうからコミさんが、その時はスイスイと歩いてきて、ぼくを見ると、

「今日は、飲みなれない連中が飲んでいるから気をつけた方がいいよ。ジャッネッ！」

と言って新宿通りの方へ消えていった。その日の新宿も、ゴールデン街も、どうであったかまったく憶えていない。しかし、この横断歩道でのコミさんの姿は実にはっきりと覚えている。

コミさんの作品について思うことを書いているつもりなのだが、時々コミさんの実に然り気ない、当たり前の、何てことのない言動を思い出して、書いてしまう。それは、作品とは関係ない剽軽で、可愛くて、どこか茶目っ気のある姿が、奇妙に懐かしくなって、フッと書いてしまうと思っていた。しかし、あらためてコミさんの作品を振り返っているうちに、哲学の塊りのような田中小実昌は、前にも書いたけれど、すべてこれ哲学だったんだ、と思うようになってきた。行住坐臥、哲学だったんだ、哲学と関係ないぼくから言うと、疲れるだろうな、と思うのだが、決してそうではないのだろう。ぼくにしても、世の中の間違った言葉遣いが、一日中気になって訂正したくて仕方なくても、まったく疲れないのだから、比べるのもおこがましいが、コミさんは楽しくて、嬉しくて、愉しくて、仕方なかったんだろう。だから、ぼくが書くコミさんのエピソードはコミさんの哲学の姿だったんだ。

そうそう、「出がけのより道が」に「昭和二十年に福高を卒業し、東大にはいっていたのだ。文学部はほとんど無試験だったから、書類選考もなかったのだろう」と書いているし、関井光男の年譜（講談社「文芸文庫」の「アメン父」）にも「父種助から福岡高等学校を繰り上げ卒業し、東京大学文学部哲学科に入学していることを知らされるが、休学する」とある。ところが何時のことか、何処の飲み屋だったか、ニコッと笑うと顔を近づけてヒソヒソ話をするように、こう言った。

「ぼくは入学試験受けた。本当の入学試験。今の入学試験は入学させないための試験、当時の試験は受けたら皆入学出来た試験よ。だから、本当の入学試験だよ」

この言葉はフッと思いついて言ったのだろうか。これまたコミさんらしい、己を笑い者にする、決して誇ることをしない。これも一種の哲学なのか。

そうだ、これは言ってみれば自己愛の一種なのではないか。純粋なるナルシスト。これがコミさんだった。この純粋なるナルシシズムと哲学好きが結びついたとき、田中小実昌の文学世界が開かれ、拡がっていくのではないか。

どの小説も、たとえば父を書いても、直木賞を受けた「ミミのこと」の耳の悪いミミを書いても、コミさん自身へのオマージュが、そのまま父にミミにつながっていく。

「「……八月十五日か……」ぼくはくりかえし、ふうん、と鼻から息をはきだしたが、ほかのことは言わなかった。北川もだまっていた。

言わないのが、北川へのおもいやりというのでもあるまい。言ったって、しょうがない。なにか言うとウソになる。いや、ぼくだって平気でウソをつくが、あのときの北川はウソがききたそうな顔ではなかった」

これは「ポロポロ」に収められた一編「北川はぼくに」の一節だが、この北川への心づかいは、ぼく自身への心づかいでもある。傍点の文章の何とも言えない可憐《いじ》らしさ。こういう文章が、いたるところにでてくる。それが田中小実昌の作品を形作っている。

どうしようもなくまとまりのつかない思考のあるがままの描写の合間にこういう文章が出てくると、あのコミさんの口を尖《とんが》らし、円い目をキョトッと開いてちょっと驚いたような顔が、うかんでくる。それが、ぼくには、コミさんの小説を読むたのしみの一つにもなっている。

何か限《きり》がない。コミさんの作品をなぞっているような感じになってきたので、このへんで結びとしよう。いろいろ考えさせてくれて、コミさん、有難うございました。

（新稿）

「百害あって一利ありだよ」

亡くなった方を偲び「懐かしい人」という言い方をする。いわば言い古された言葉だが、その表面的な意味以上に伊藤桂一さんの訃報に接した時は、「あ、また懐かしい人と別れることになった」と沁々《しみじみ》したものだった。この沁々も、単なる沁々ではなく、ぼくの芯に静かに沁み込む沁々だった。それは、「蛍の河・源流へ」（講談社版「文芸文庫」）の〝著者から読者へ〟で次のように書いている小説家の心意気によるものではないだろうかと思う。

「（整体師に）体質改善をしてもらって健康体になった時、ひとつだけ気がかりだったのは、私小説好きの作家が健康になってしまうと、書く材料がなくなってしまうのではないか、ということでした。本来私小説は生活苦、病気、失意失恋などが重要テーマで、明るく健康な社会人になってしまうと困るのでは、と、思ったからです。この考えは、むろん、マイナス面だけを考えているのですが、それに数倍するプラス面があるのでした。私のような、底辺の兵士たちの生きた記録を、実感ゆたかに書き遺しておいてあげたい、と念願している作家にとっては、病気で挫折しては困るのでした。申し訳ないのです。（略）長命を願わなければいけないのでした」

この、小説家としてのご自身の作品に対する静かながら厳として、そして頑として向かい合う姿勢、眼差しが、作品にもお人柄にも染み出ていたからではなかったか。この静かが大事だ。けっして大上段から物を言わない、決して大声を出さない、それでいて人の心に突き刺さる（しかし、これも静かに）作品の急所を突く。文学賞の選考もそういうものだった。

新田次郎賞の選考会を、そんな風にして終わってから、事務局の一員として、方向が同じだから、いつも桜台のお宅までお送りした。その車中での話も、今の選考結果については一切話さず、先に引用した整体の話、それによって今、いかに取材でき、作品を書くことができるか、そして、もっともっと書かなくてはいけないし、書いていく、といったことを、言葉を選んで訥々と話された。

伊藤さんを語る人は「蛍の河」「悲しき戦記」に代表される戦記小説に触れて、実質六年十ヵ月に及ぶ軍務体験と、名もなき兵隊だった生存者たちからの聞き取り等により、戦死か生き残るかは紙一重、運であって、その紙一重を書き残す、今や消えていってしまう戦争を後の人に遺していくために書いているんだ、という伊藤さんのいわば覚悟を記す。

十一年前の平成十七年十一月に刊行した熟年向雑誌「今日から悠々」でインタビューした。八十八歳の伊藤さんの次の言葉が、非常に印象に残った。

「七十になれば七十代って悪くない、八十になれば八十代って悪くない、おそらく九十代になればもっと見渡しがよくなりますよ。周りで死んだ人は多くなりますから寂しくはなります。寂しくはなるけど、寂しいうるおいってのがあると思うんです。泣きそうな顔ってしてませんよ、九十代の人は」

百二十歳まで元気に生き、書き続けると冒頭に言われたことを受けているのだが、二年弱で九十歳になる伊藤桂一という作家の真骨頂を、聞き、見た思いがしたものだった。

四十四歳という年齢《とし》になって「蛍の河」で直木賞を受賞したが、それ以前、芥川賞候補に三回、直木賞候補に一回なっている。前出「文芸文庫」の解説で大河内昭爾さんは「「蛍の河」は芥川賞になってもおかしくなかった」と記しているように、伊藤さんの作品は、和田芳恵が「日本小説」でまさにしようとしていたことの実践と言っていいだろう。純文学と大衆文学の間・中間小説、というより、そんな風に括ることのできない、「伊藤桂一の小説」として、確たる姿を示していた。

戦記文学が伊藤さんの代名詞のようになっているが「源流へ」などの私小説、何気ない市井の人々を描いた時代小説、そして詩人として一家をなしていた。その詩人が、従軍中に日記のようにして書き留め、書きためた無数といっていいほどの短歌とその歌の成った背景を記した「私の戦旅歌」は、この文章でぼくが言いたかったことの総てを表現していると思う。

恋人の名前だけを呼びつづけて死んでいった兵士、怪我をした馬を射殺することができない騎兵、山西省の風物等々、戦争の無意味、残酷、悲哀が、哀々と胸に迫る。こういう体験が、「作家自身、平素の生活態度を、身だしなみをよくしたい、私自身は、酒、煙草は喫まず、美食も慎み、遊びごとにも関心をもたない」という伊藤さんの倫理が、あらゆる面に表れていた。杖を突いてゆっくりと歩く後ろ姿にも。

煙草について、伊藤さんから聞いた、至言としか言い様のない言葉を記して御冥福をお祈りしたい。

「煙草は百害あって一利なし、というが、それは違う。百害あって一利ありだよ」

（二〇二〇年『季刊文藝』）

「そりゃ怪談じゃ」

雪のちらつく、本当に寒い夜だった。宇治の御蔵山《おくらやま》に多田道太郎さんを訪ねた。時代小説、歴史小説ばかりを収めた全集『国民の文学』の解説をお願いしていた時期だった。それまで、多田さんは香里園《こうりえん》の団地住まいだったのだが、この年、御蔵山に家を建てて移られたばかりだった。

日当りのよい小丘陵の御蔵山は、京都市街から小一時間で来られる。瀟洒な家が建ち並び、鴨長明の草庵を偲ぶよすがはない。

その日、当時上司だった寺田博さんと多田さんのお宅で、したたかに酒を御馳走になった。そのあと、茨木の富士正晴さんを訪ねようということになった。車をとばして、雪のうっすらと積った竹藪の中の富士さん宅に着いたのは、夜の十時近かったと思う。

噂にのみ聞いていた「奇人富士正晴」に初めて会うにしては、いささか酔いすぎていたようだ。初対面の挨拶をしてしまうと、炬燵の暖かさに、つい居眠りを始めてしまったのだから。

時々、ハッと目を覚まし、一言二言、相槌らしきものをうち、また眠った。十二時頃に辞去するまで、正味十分くらいしか起きていなかったのではなかろうか。いま思い出すとおのずと顔が赤くなる。

昭和四十二年、暮近い夜のことであった。

浅井了意作『怪談伽婢子《おとぎぼうこ》』の現代語訳をお願いした。『日本の古典24　江戸小説集I』に収載されて刊行したのが、昭和四十九年だった。

その月報の「訳者のことば」で、

「学者にいわせると彼（浅井了意）は日本最初のベストセラー作家であったという。さもありなんと思う。仕事していて彼の筆の簡潔さに感心したあげく、このごろ長々とした小説をよむのがきらいになって困っている」

と富士さんは書いている。

楽しんで仕事をしていただき、よい出来上りとなれば、依頼した者としてもうれしい。そこで、この現代語訳を単行本にさせていただくことにした。しかし、抄訳でもあることだし、ただ活字だけでページを埋めてもおもしろくない。

ということで、「伽婢子」の未訳と、同じ作者の「狗張子《いぬはりこ》」の幾篇か、富士さんの気に入った作品を訳していただくこと、そのそれぞれに一枚ずつ、訳者の絵をカット風に挿絵として挿入したいこと、という意向を富士さんにお伝えした。快諾して下さった。

本は昭和五十二年九月に出た。

富士さんはよく手紙を下さる。普通の人が簡単に電話ですましてしまうことでも、葉書をお出しになる。本当に手まめにお書きになる。いつ頂戴しても、味のあるたのしい手紙である。

二人調べてしかも落ちてたとは

怪談じゃ〇この二点の内一点
久米どのの採量（?）にてえら
ばれたし〇八月三日〇富士正晴
　久米勲様

この手紙は、前記『怪談伽婢子・狗張子』の挿絵に関するものである。訳した五十一篇の話の五十一枚の色紙の絵を茨木まで伺っていただいて来た。二人で訳文にいちいち当って確認した。きちんと五十一枚あった。

東京へ帰り、製版所に渡すとき、念のために数えなおした。一枚足りない。何度調べても合わない。あわてて茨木に電話した。お詫びをしたうえで、もう一枚描いて下さることをお願いした。

早速、二点描いて送って下さった。その中に入っていた、いつものように筆墨の手紙である。

〇の中は色がついている。はじめが赤、二番目が黄、最後が緑である。

富士さんの絵を入れてある額に、この手紙も飾ってある。ところが、この絵がまた変っている。

一枚の紙に二点の絵を描いたものなのだ。だから署名も二つある。一点ずつ、二枚に切りたい。だが、そうするには紙を斜めに切らねばならない。この絵の真中に、手紙を入れてあるのだ。ちょっとみると、この奇妙な絵に対する手紙のように読める。

この文章を書くについて、富士さんにお許しを願った。

「ああ、ええよ。なんや、久米が書くのか。ははは、そりゃ怪談じゃ」

という声が、受話器から伝わってきた。

日蝕のあった、真夏の暑い日の昼時分だった。

（一九八一・一二「早稲田文学」）

倉橋由美子の知的たくらみ

倉橋由美子さんが亡くなった。まだ六十九歳だった。昭和三十五年、「パルタイ」で颯爽と登場した倉橋さんだった。そして、いつも時代の一歩先を歩んできた。

「観念的な作品」を書いた作家だったと、「朝日新聞」の見出しに記してあった。この観念的という言葉、とかく蔑みをこめて使われるが、倉橋さんの場合は違う。

現実、すなわち倉橋由美子という人間、その資質、その外貌、そしてその生活といったものではなく、作家倉橋由美子の文学的思考によって構築された作品、というふうに解釈したい。作者と作品とはまったく異なるものだ、ということだ。

実際、芸術とはそうあるべきだと思っている。何んにも無い場所から、頭の中で捏ね、形作り、創り出すものだ。たとえば、ラスコーやアルタミラの洞窟の壁画などは、そういう観点からすれば芸術とは言えない。倉橋由美子の作品は、彼女の頭が想像し、醸造し、創造したものであって、四十五年の長きに亙って、読者を喜ばせてくれた。知的たくらみの成果、いわば倉橋ワールドだ。

その倉橋ワールドの代表作の一篇「聖少女」は、少女小説の傑作である。「少女小説」という言葉も「観念的」と同じように、ある種軽蔑をもって言われる言葉の一つである。しかし、少女小説くらい、今ここでぼくが定義した観念的という語に相応しい文学は無いのではなかろうか。尾崎翠の言う「頭で濾過した心臓を披瀝する」のが、観念的文学で、少女小説なのである。

ただ、いわゆる〝観念的〟というふうに、軽蔑の意味を含んだところで留まってしまった時、それは作品にならない。作者の思い描いたとおりに読者の涙を誘い、少女たちの心を動かした時、その作品は、少女小説として、その位置を確かなものにする。

氷室冴子が「クララ白書」のあとがきに次のように書いている。

「私が子供の頃、吉屋信子の少女小説はすでに古いものであったのだろうが、作品世界の中で展開される少女の生活や心情は、私にとっては古さ新しさを越えた永遠の憧れであり感動だった。桜貝を細工してつくった琴爪、銀のこて、わすれなぐさの香水、乗馬、寄宿舎……。（略）内容をすら忘れ果てても、感動したということだけは覚えている――少女期の記憶の匣《はこ》の中に封じ込められているそういう慎ましい、美しい作品のかずかずを、今、もう一度、この眼で読み返してみたいと思う。

現在のおびただしいマンガの中で、静かに忘れさられてゆくそれらの作品たちは、私の内で確実に失われ消え去ってゆく、少女そのものに他ならないと思うから」（傍点・久米）

長篇小説「聖少女」が刊行されたのは、昭和四十年である。執筆したのは前年の三十九年、東京オリンピック開催の年だ。ところが、史上空前のメダルを獲得した東京オリンピックについて、この作品には一言半句も言及されていない。そこには、主人公未紀の興味と体質に合ったものしか登場しない。

そう、それは、少女たちの胸裡《むなうち》に大なり小なり巣くっている憧れが、完璧なまでに描きつくされているのだ。大人の恋、若者同士の恋、実の親と育ての親、母親との相剋、記憶喪失、そして恰好いい父親との近親相姦……。それを、未紀の日記と少年の手記で読者を引きつけてゆく構成。何とも心にくい。

　引用した氷室冴子の文章の傍点部、内容そのものは異なっても、「聖少女」の精神は、まさに少女小説なのだ。そして、これがいかにもおもしろいのだが、「ブラームスハオ好キ？」とあたしはサガンみたいに気どってたずねました」「髪はかなりのびてジーン・セバーグの頭に似るところまでこぎつけていた」と二ヵ所だけに、当時、社会現象といってもいいくらいに流行ったフランソワーズ・サガンとその作品名、そして映画『悲しみよ今日は』の主人公を演じた女優ジーン・セバーグが登場する。倉橋さんはサガンが創った世界を、もっとも意識していたにちがいない。だからこそ、たった二カ所だけにしか登場させていないのだ。これくらい印象的で強烈な登場の仕方はあるまい。日本古来の本歌取りの手法だ。文芸的たくらみだ。のべつ幕なしサガンが出てきては、興醒め以外の何ものでもない。

　何度も言うが、ここには、作者である生《なま》の倉橋由美子はまったく居ない。現実の倉橋さんは、あくまでも普通の女性であって、ここに描かれているのはすべて作者の想像と創造の産物だ。この二つの行為の結果が、現実の作者から、いかに遠く隔たっているか、それが、その作品の質を示す。すなわち、作家倉橋由美子の頭の中で形づくり、創り出した世界、何処にも無い嘘の世界、その嘘が大きければ大きいほど、それは作品としての価値を高める。

　実は、「聖少女」が少女小説だと感じた時、倉橋さんにそのことを言おうかと思った。しかし、ぼくとしては褒め言葉のつもりであっても、それを口にした途端、

「なんて失礼な、そんな低級な作品を書いた覚えはないわよ」

と言って席を蹴って立っていってしまうかもしれない、と危惧した。そして、ついに口にしないで終った。

ところが、後に、作者にとって「最後の少女小説」と、自筆年譜に記していることを知った。それなら、直接感想を述べればよかった、と思った。しかし、今、この文章を書いていて、あの時話していたら、こういう文章を書くことはなかったにちがいないと、思っている。それは、話したその時をもって、そのことは完結してしまうからだ。完結することはすなわち、心の裡に留まらない、ということであり、過去の事象に属してしまうことになる。

さて、倉橋さん自身が、「最後の少女小説」と書いているということは、それまで、昭和四十年までに少女小説を書いていた、ということになる。たとえば「聖少女」発表後十年目に書いた文章（新潮社版『倉橋由美子全作品』5「作品ノート」）にこうある。

「「ぼく」は『蠍たち』のK、『愛の陰画』の「ぼく」に実在する何人かの青年を混ぜて合成したものである。「作家」は『暗い旅』の女主人公の「あなた」の後身であって、相変らずその恋人は行方知れずで死んでしまったようでもある。「ぼく」の二歳違いの姉Lは、『蠍たち』の「わたし」であり、「愛の陰画」のLである」

すなわち、ここに挙げている「蠍たち」「愛の陰画」「暗い旅」などは、少女小説だったと言えるのではないか。少女小説が好きなぼくだから、これらの作品をもう一度読みなおそう。そして、倉橋由美子が多くの作品で試みてくれた知的たくらみに、どっぷりと浸かり、至福の時を過したい。

（二〇〇五「飛ぶ教室」光村図書）

II

伝奇作家・司馬遼太郎

司馬遼太郎が逝って二年が過ぎた。第一回の司馬遼太郎賞に立花隆が選ばれ、司馬遼太郎観は、これまでの延長線上において確認された感がある。しかし、それでよいのだろうか、という気がして仕方ない。司馬遼太郎という作家は、昭和四十年代半ばごろからいまだに多くの人が思っているように、文明批評家、思想家なんだろうか、ということなのである。

実際、齋藤愼爾が「司馬遼太郎の世紀」の「編集余滴」に書いているように、「生前、司馬氏を特集したものは、ビジネスマン向けの経済誌を除けば、『カイエ』（一九七九年十二月号）のみという寥々たるものである（久米註・別に『國文學』一九七三年六月号「松本清張と司馬遼太郎」）」のだ。すなわち、司馬遼太郎の作品は、文学として出版ジャーナリズムでは認知していなかったということである。

はたしてそれでよかったのだろうか。多くの賞に輝く司馬作品は、文学ではなかったのだろうか。歴史に対する新しい観点、視点、現代の日本のありようへの批判など、直接文学と関わりのないところでの評価は、厖大な司馬作品が示した一側面であって、それだけではなかったのではないだろうか。

周知のように、司馬遼太郎は処女作「ペルシャの幻術師」で講談倶楽部賞を受け、初の長篇「梟の城」で直木賞を受賞した。ともに、伝奇性に富んだ作品である。初期、即ち「上方武士道《ぜいろく》」「風の武士」辺りまでは、まさに伝奇作家司馬遼太郎であった。「竜馬がゆく」「燃えよ剣」を執筆する頃（四十歳前後）から次第に歴史小説に向かう。以後、伝奇的な作品はほとんど書かれなくなる。時に、休火山が爆発するように、何篇かのロマンは発表したが。

直木賞選考委員の源氏鶏太は「近頃の大衆小説が忘れているロマンというものを強く描き出している点で、直木賞にふさわしいと思った」と評し、小島政二郎は「これだけの手だれは容易にいるものではない。この大きなウソをつく才能には、私は目を見張って感嘆した。吉川英治、白井喬二以後初めて見る大ウソつきだろう。この人の第一作「ペルシャの幻術師」を初めに発見した一人として私は誇りを持ちたい」と手放しだ。

ぼくは、この二人の言うような姿が、司馬遼太郎という作家の本来だと思っている。とにかくおもしろい。溢れるように次々と繰り出され展開する話のおもしろさは類がない。巻おくあたわず、とはこういう作品のために出来た言葉ではないかとさえ思う。もちろん、他の歴史小説といわれる司馬作品がつまらないというのではない。だが、ウソで固めた小説の方が、遥かにおもしろいことは事実だ。「国盗り物語」という長篇がある。斎藤道三、明智光秀、織田信長を描いた作品だが、ほとんど史料のない道三の青年期は、めちゃくちゃにおもしろい。光秀の若い頃もおもしろい。信長になると、史料に拠っている部分が多く、広がりと力強さが薄れ、ページを繰る速度がおちてくる（すでに読んでいる人は頷いて下さい。そうでない人は早速読んで確認して下さい）。

これは、まさにロマンの作家である証しではないだろうか。

寺内大吉と語らって「近代説話」を創刊したことも、その証明だと思う。この雑誌の目指したものは、金を出して買って読んだ読者に、損したと思わせない、おもしろい小説を提供したいという、ただそれだけなのだから。

昭和三十一年に「ペルシャの幻術師」を書いて、以来四十年、平成八年に亡くなる直前まで書きつづけてきたが、昭和六十二年に脱稿した「韃靼疾風録」で小説の筆は絶った。以後、エッセイのみ書いた十年だった。すでに、小説としては歴史を書けなくなっていたということであり、それ以上に、ロマンを書くだけの気力、体力ももうなかったのだと思う。その最後の作品が、ロマンの集大成とも言える「韃靼疾風録」だった。このことは、大変に象徴的だと思う。

平成八年五月、司馬遼太郎追悼の「文藝春秋」臨時増刊号「司馬遼太郎の世界」が出た。その目次に次のような三本の企画がある。

「司馬作品に何を学んだか 政・財・官リーダー特別エッセイ」と題して政財官界の十五人が文章を寄せている。そして「エリートは『坂の上…』大衆は『竜馬』―司馬ブームとは何だったのか」で諸井薫が司馬作品の読者の嗜好を探る。もう一つ、「戦後財界人 幕末ヒーロー見立て」という題で経済ジャーナリスト野村隆夫が司馬作品に描かれた幕末のヒーローに現代財界人をなぞらえている。

こういう企画を見ると、ぼくは悲しくなる。司馬さんはどう思っているだろう、諾《うべな》っているだろうか、一度産み出した作品、仕方ないと諦めているのだろうか。

まったく文学と関わりのないところであげつらわれる司馬作品、といった思いにとらわれる。歴史家、思想家、文明批評家・司馬遼太郎が、文明論、日本人論を書いているという認識以外の何物でもない。日本中の司馬遼太郎ファンといわれる人々が、同じ感覚を持っているのだ。これは恐ろしいことではないだろうか。

処女作および出世作、そして最後の小説作品が伝奇ロマンだということを、そろそろ司馬遼太郎の読者を自認している人たちは思い出さなくてはいけない。それが、司馬遼太郎という不世出の作家を正当に評価することになるはずだ。

何度も繰り返すが、彼の歴史小説を貶しているのではない。ほとんど忘れられていた司馬遼太郎の心の根を掘り出して、新しい空気を吹き込みたい。それが、ブームではない、真の存在として、次代へ遺していくための、我々の義務だとおもう。

（一九九八・五「すばる」集英社）

伝奇と想像力と創造力

司馬遼太郎風に言えば、司馬遼太郎がぼくの心に巣くったのはいつのことだったろう。ちょうど「尻啖え孫市」が連載されている時だったろうか。「サンデー毎日」に連載中の「国盗り物語」を読んだ記憶があるから、昭和三十八、九年、大学を卒業する前後だったろう。奇妙なことに、二、三篇の司馬作品を読むと必ず飽きがきて、何カ月か休む。ところがその何カ月かの間に、何の特徴もない新聞記事のように思われるくせに、変に独特な癖のある文章が無性に懐しくなる。セリフの説明にほとんど、〝と、いう〟とか〝と、思わず口に出した〟という〝と〟を文頭においた表現。また、「尻啖え孫市」の中で例を挙げれば、馬上での鉄砲射ちのむずかしさ、その一つ、照準について、

「目標の動くのはとらえることができても、こちらが動いている場合はひどくむずかしい。そのむずかしさは、たとえば、一人操縦の戦闘機に乗って操縦桿を手でなく足で操作しながら、飛ぶ鳥を感光度のにぶいフィルムで撮るようなものだ」

こういう譬えで説明する。この思いもかけぬ飛躍。

ここに挙げた二例は、飽きる要因の一つだったが、懐しくなってくる原因の一つでもあった。そんなふうにして、いつの間にか多くの司馬作品を読んでいた。

それよりなにより、司馬遼太郎の小説は、滅茶苦茶におもしろい。そのおもしろさはロマンと想像力だと言える。「梟の城」が直木賞を受賞した時の選考委員だった源氏鶏太は「近頃の大衆小説が忘れているロマンというものを強く描き出している」と言い、同じく小島政二郎は「これだけの手だれは容易にいるものではない。この大きなウソをつく才能には、私は目を見張って感嘆した。吉川英治、白井喬二以後初めて見る大ウソつきだろう」と誉めあげる。

司馬遼太郎の初の長篇は「梟の城」である。戦国末期、織田信長、豊臣秀吉が乱世を統一せんとしていた時代を背景に忍者が活躍する一大ロマンだ。それが、前記委員の評言を引き出した訳だが、作家司馬遼太郎の本質は、すべてここ「梟の城」にあると言ってよいだろう。歴史とロマン。

そう、ぼくの年来の考えは、司馬遼太郎は伝奇小説《ロマン》の作家である、ということだ。そのことを忘れて、思想家、歴史家のように出版ジャーナリズムや政財界人たちが扱うのは、司馬遼太郎の一つの面だけを崇め奉っていて、本来の姿を見失っているのではないかと、「伝奇作家・司馬遼太郎」（『すばる』平成十年五月号）に書いたが、実際、これは司馬文学を考える上でもっとも大切なことなのである。

「尻啖え孫市」は、そのぼくの考えを説明するのに格好な作品である。

まず、雑賀《さいか》（鈴木）孫市《まごいち》という人物、実在し、戦国末期に活躍したことは史料に出ているが、具体的な事跡はまったく解っていない。しかし、そこが司馬遼太郎にとってはつけめだった。いくらでも肉や脂を付けることができる。この千枚になろうという長篇は、歴史的事実以外はすべてフィクション、創作、つくりもの、想像の賜物である。

現在の紀州和歌山市から紀ノ川流域の土地を雑賀という。そこに暮らす人々が雑賀党だ。彼らは頭領を戴いた小集団の連合体で、それぞれが鉄砲の技術に長けていた。その集団の頭領の一人が雑賀孫市ということになる。その小集団の頭領たちの会議によって雑賀衆は行動していた。そして、鉄砲をもって戦国各大名に雇われた異能集団であった。あの忍術をもって活躍した甲賀・伊賀の集団と同じである。

その雑賀党が、石山寺に立籠った浄土真宗門徒たちに与し、織田信長を十年余に亙って悩ませた戦国末期の事実を活劇に仕立て上げたのが、わが「尻啖え孫市」だ。そして、その頭領たちの頭に立って率いたのが、雑賀孫市だ。

ところで、不思議なことなのだが、司馬遼太郎という作家の歴史小説を読むと、そこに描かれていることのすべてが奇術を見せられたように、真実にあったことだと思ってしまう。この「尻啖え孫市」にしてもそうだ。これは、その作品の登場人物の性格や言動を、作者司馬遼太郎が心から納得して、はじめて作品にするからだと思う。たとえば、徳川慶喜を描いた「最後の将軍」を見てみよう。慶喜は、当時もっとも英明な人物として大きな期待のうちに十五代目の将軍となった。ところが、大方の期待を裏切り、鳥羽伏見の戦いに敗れたとたん、彼は大坂天保山沖から軍艦に乗って江戸へ逃げ帰ってしまう。そして以後、恭順の姿勢をくずすことなく生涯を終える。

司馬遼太郎はこれを父徳川（水戸）斉昭に徹底的に教えこまれた朝廷に対する尊崇の思いが骨身に染み込み、〝朝敵〟という汚名を着せられることへの病的なまでの恐怖心となって逃げの行動をおこさせた、と考えた。これで、慶喜の行動はすべて解釈できる、納得できる、と司馬遼太郎は得心する。そこではじめて、作品として形をとりはじめることとなる。作者が解釈でき、歴史的事実が背景にあり、そこで作者の意に従って人物が動けば、読者はそれを事実として受け取らざるを得ないではないか。

だから、司馬遼太郎の歴史小説はフィクションの仮面を被ったノンフィクション、歴史書として読者に受け入れられてきてしまったのだ。

西部劇風な戦闘場面や、孫市の神技のごとき鉄砲の技や、無類に女好きでありながら、その底に純粋なものを宿している孫市の性格や、秀吉と主人公孫市は心を許しあった友人であったとか、小《こ》みちという種子島家の血をひく娘との話とか……なんにしても、そういうことが、すべて在ったこととして読まれる。しかし、これはみんな創作なのだ。

実際、一人の人間の行動を、作者が納得できるというのは、これは並大抵のことではない。その人物の生涯をすべて知り、その生きた時代、場所を知悉して、はじめて出来ることである。そのための下調べは徹底して行なう。並の人間のなせるものではないだろう。

足立巻一《けんいち》が本居宣長の長男春庭のユニークな評伝『やちまた』（河出書房新社）を出した時、担当編集者のぼくは足立さんと一緒に司馬さんに会った。その時、あの司馬さん一流の話し方で「やちまた」へ寄せてくれたオマージュは次のような内容だった。

「私は一人の人間を書くとき、その資料を読むのだが、その資料のほとんどはすでに知っていることとで、五分の一、六分の一の知らないことのために厚くて高い資料を購う。ところがこの『やちまた』上下は、私にはすべてが知らないことだった。大変におもしろくて有意義であった」

これを聞いてぼくは驚いた。それくらい司馬遼太郎は資・史料を我が物としているのだ、ということなのだ。

尾崎秀樹著『歴史の中の地図——司馬遼太郎の世界』（『司馬遼太郎全集』〈第一期〉解説を一本としたも

の）に、司馬遼太郎の言として次の文がある。少し長いが引用する。

「雑賀孫市という人物は、史料がおよそないクセに、重要なしかも良質な史料のなかにポッポッと名前が出ていることでは、割合無視しがたい人です。孫市は当時の雑賀者の性格を一人に集約すれば、おそらくこうだっただろうということで創った人物像ですが、ああでなければ雑賀党をあれだけにまとめ、生死の場に連れこんで戦さをするなどということはできないし、また野趣がなければ紀州人らしくもならない。いわゆる竹中半兵衛タイプでは統御できません。よほど野趣があるふてぶてしいヤツだったでしょう。紀州の人は好色であることがユーモアになっているんです。これは南海道すべての気質で、フランスでいえばゴーロワかたぎとでもいったものでしょう。紀州人にはそれがあります。とすれば、孫市はこういう人物だったに違いないという線が浮かびあがってくるはずです。戦国時代のかぶき者気質《かたぎ》、一種のハイカラ趣味ですが、異国ふうな服装を好んで自己顕示をするという性質を身につけていただろうし、陽気ではなやかな紀州人のことですから、そういった行動をとったことでしょう。そういうことでできあがったのが「尻啖え孫市」の雑賀孫市なのです」

これである。ここまで広く深く考えて一人の人間を造形する。読者は頷かざるを得ない。たとえば本書の「淬上江《かすがえ》の合戦」の項の書き出しはこうだ。

「ふしぎな頭脳である。孫市は野小屋でねむりながら、信長がどう反応してくるか、絵にかいたようにありありと想像できるらしい」

孫市の頭脳のことなど、司馬遼太郎がわかる訳がない。しかし司馬遼太郎はこう書くのだ。すると読者は、「孫市って、本当にすごい人物だったんだ」と思ってしまうことになる。これが本当の創造というものだ。

種子島に鉄砲が伝えられた時の島主、種子島左近大夫《さこんだゆう》時堯《ときたか》の弟時次が堺に来た時に出来た子だという小みち。何ともチャーミングな少女だ。消え入りそうな風情をしていたかと思うと、ズバッと核心を突く言葉を繰り出す。これを決して失うことなく主張していながら、それが押しつけがましくない。なんかフワフワと夢を見ているように感じていたら、いつの間にか彼女のペースになっている。こんな女性なら、孫市でなくても観音の位を与えたくなるというものだ。この小みちもまたフィクションだ。

小みちの登場する場面を読んでいて、『燃えよ剣』の土方歳三の女・お雪を思い出した。京で別れたお雪は、箱館まで歳三を追いかけていく。夕焼けの美しい宿で最後の時を過ごす二人。この僻遠の地まで想う男を追っていく女の心映えは、司馬遼太郎の心のマドンナなのかもしれない。この女の心映えは、司馬遼太郎作品に登場する女性の一つの典型である。「尻啖え孫市」に出て来た二人の女性、小みちと紀《きい》家の姫君萩姫、どこか共通するところが見られる。

「尻啖え孫市」は「週刊読売」に昭和三十八年七月二十日号から翌三十九年七月十二日号まで、満一年間連載した。この三十八年には、「国盗り物語」、「功名が辻」という戦国物の二本の連載も始めている。また三十九年には「関ヶ原」も始めた。

戦国期に真正面から対いあった年だった。その第一陣を切って「尻啖え孫市」が書かれた。それがロマンだった。

ただし、この作品は単なるロマンだけではない、一つの大きな特徴がある。それは、浄土真宗（一向宗）を描いている（と言いきっていいだろう）ことである。主人公の孫市は最後まで信者にはならなかったと司馬遼太郎は決めつけているが、その孫市を信者にするために、手をかえ品をかえて教化《きょうけ》する（実際には孫市は信者だったかもしれない。信者でなかったとするのも司馬遼太郎の創作だ）。そこで素人に解りやすく勧める言葉の中に、真宗の教義の本質といったものが示される。

奈良本辰也は文庫の解説でそのことに触れて、司馬遼太郎の真宗への造詣の深さに驚きの言葉を書く。

「『食えよ』

「まあ聞きなさい。当然、地獄に堕《お》つべき身だ。しかしありがたいことには、そういう罪悪深重《じんじゅう》のわれわれでさえ、弥陀はあまねく救うてくださるというのだ。それが、弥陀の本願というものだ。孫市殿のように救われまいと逃げまわっても、追っかけてきて救うてくださる」

「念仏を唱えなくとも、か」

「そのとおり。唱えずとも救うてくださる。しかしながら、無信徒でさえ救うてくださるともなれば、湧然《ゆうぜん》として感謝の気持がおこるであろう。それが信心じゃ」

「信心をせずとも救うてくださるなら、せぬほうがましではないか」

「救うてくださるからこそ、感謝がおこる。その情おこらねば人間ではない」

これは、孫市を石山に引き入れようとして派遣されてき法専坊信照との対話だ。私はこれを読んでいて、司馬遼太郎は説教をさせても第一級だと思った」

小説の中で第一級の真宗の説教を披瀝するのだ。並の力ではない。そういえば、「空海の風景」をはじめて読んだとき、空海がかつて遊んだ唐の都長安に擬して造営したと司馬遼太郎が言う高野山に無性に行きたくなった。この作品から空海の真言宗（密教というものを含んで）がどういうものかはさっぱり解らなかったけれど、高野山へ行けばその疑問が解けるように思わせる、そんな魔性のようなものを、「空海の風景」は持っていた。

今、「尻啖え孫市」にも、それと似たものを感じる。もちろん現在石山本願寺はないが、もしあったなら、すぐにでも飛んで行きたい、孫市を教化しようと必死の法専坊信照のような坊主と話してみたい、そんな気にさせるものが、この作品にもある。

孫市はついに門徒にはならなかったが、結末、

「ここで孫市は死んだ。（略）

孫市四十。

辞世もなければ遺言もなく、まるで尻をからげて駈《か》けるようにこの世を去ってしまったあたり、いかにもこの男らしい。

いや、生きて小みちとともに熊野に入ったともいわれる。

いずれにせよ、天正十三年四月半ば、紀州風吹峠を越えてゆく孫市をみたのが、ひとびとにとって最後になった。

このときをもって戦国はおわった、といっていい。なぜならば孫市はこの時代の地侍の典型というべき漢《おとこ》だった。その小地域戦闘のうまさ、その底ぬけの楽天主義、傲岸さ、明るさ、そして愛すべき無智《むち》、すべて孫市はそなえていた。

それが風吹峠で消えた」

この終り方。死んだと言いながら、熊野に生きているかもしれないとも言う。そして、〝消えた〟

で締め括る。これこそ、真宗の本質をもってエンド・マークにした、といった結末ではないか。

言ってみれば、雑賀孫市という希代な漢《おとこ》（司馬遼太郎の好きな文字で、司馬遼太郎が想う男）を遣って、浄土真宗のコマーシャル・フィクション（CF）をつくったようなものだ。もちろんそんなことはないのだけれど、そんなふうにも考えられるほどに、この作品にとって、浄土真宗というのは大きな位置を占めている。

こういう作品のありようも珍しい。


いずれにしろ、とりとめなく書き綴ってきたこの稿で、ぼくは、司馬遼太郎の類い稀な想像力と創造力を示したかった。それは、司馬遼太郎が本来持っていた伝奇性《ロマン》と結びついて、思いもよらぬ心躍る作品を我々に遺していってくれたのだ。

真宗という、抹香臭い筈のものが、司馬遼太郎にかかると、わくわくするようなおもしろい話になってしまう。そのおもしろさを、我々は司馬遼太郎の諸作品から味わいたいものだ。変に、文明論、歴史観、思想家の提言、などと読まず、心躍らせて、ページを繰るのももどかしいような読書をしようじゃないか。

下らん理屈は、

「わが尻啖え！」

だ。


（二〇〇二・八・文藝別冊「司馬遼太郎の『戦国時代』」河出書房新社）

耐える

昭和四十七年五月十日が、綱淵謙錠さんの出世作であり、その年の直木賞（第四十七回）を受けた『斬（ざん）』の発行日である。

川端康成さんのたっての頼みによってペンクラブの事務局長に就任したのがその年の一月だった。そして「斬（ざん）」の手入れと、慣れないペンクラブでの仕事、それに加えて長年の仕事の疲れと飲酒からだろう、肝臓の疾患で練馬の病院に入院したのが四月の初めであった。

雑誌「新評」に昭和四十六年二月から連載中だった「斬（ざん）」は四十七年二月に完結しているから、単行本の為の入稿原稿は、最終回は校正刷だったと記憶している。雑誌の切り抜きを張り込んだものに、綱淵さんの性格そのものといった、しっかりした楷書で手入れした原稿は、前年の十二月末に入稿したのだったろうか。

見本が出来て病院に届けたのは四月末だったと思う。あの恰幅のよかった綱淵さんの姿は、病気が一段落したとはいえ、ほっそりとしてしまい、もともと色白の肌はより一層際立って、病室のほの明るいベッドに浮んでいた。「斬（ざん）」の主人公吉亮《よしふさ》は背のあまり高くな白皙の美青年だったというが、この時の綱淵さんの顔はまさに吉亮だった。

川端さんの四月十六日の自殺も、綱淵さんの身体には随分とこたえたらしい。青山斎場での葬儀で会った綱淵さんは何とも痛々しかった。

退院した綱淵さんは、それから一滴も酒を口にしなくなった。それが、病気前とかわらずに飲むようになったのはいつ頃からだったろう。

七月、直木賞選考の日、平凡社の小瀧穆さんと、上司の藤田三男さん、そしてぼくの三人は赤坂の料理屋に招かれた。谷崎潤一郎さんが贔屓にしていたというその店は、外からは仕舞屋のように見える、いかにも谷崎さんが好みそうな店だった。病み上がりの綱淵さんは酒を飲まない。我々三人は飲むのだが、そして料理も少しずつ出てはくるのだが、まったく酒は回らず、何を食べているのか解らない。話も弾まず、時間はやけにゆっくり過ぎていく。ようやく八時ちょっと前、電話がかかって来た。戻って来た綱淵さんは襖を閉めるや、ガッと畳に両手をついて深々と頭を下げて言った。

「おかげさまで受賞いたしました」

その瞬間、タガがはずれた。おかみを交えて乾杯をしなおして飲み、食べ、話した。

地味な、決してベストセラーになる作品ではない『斬（ざん）』が、直木賞のおかげで十万部を超えた。

昭和四十九年十月、初のエッセイ集『血と血糊のあいだ』を出す。これはほとんど売れなかった。

昭和五十四年三月、郡司成忠大尉を書いた『涛（とう）』を出した。これは、その月で十五年勤めた河出書房を退社するぼくの最後の仕事であった。この本も増刷しなかったのではないか。

『血と血糊のあいだ』に「司馬さんの史眼」という「最後の将軍」の文庫解説が収められている。司馬遼太郎さんの例の「「歴史小説と私」のビルの上から下を見るという歴史観、完結した人生を見るおもしろさ、から書きおこしている。そして、こう書く。

「司馬さんはその人物の人生が完結した時点から自分に都合のよい距離ができるのを待つのではなく、その人物にたいし時間的にも空間的にも最も自分に適した距離をこちらから取ることのできる作家なのだ」

また、「同じ平面に立って主人公に愛憎の言葉を投げかけるのは司馬さんの歴史小説の立場ではあるまい」とも書く。これが、綱淵さんと司馬さんの大きな歴史小説に対する違いだと思う。

ある時、練馬氷川台の、本が乱雑（？）に積まれた書斎で話していた。

「ぼくの歴史小説は司馬さんとは根本的に違う。司馬さんは、現代に生きている司馬遼太郎という人間の目が見た歴史を小説にしている。ぼくはそうではなく、できるだけ対象物の時代に己を置いてそれを見ようとしているんだ。時には、その時代よりさらに遡って見たいと思っている」

といった意味のことを話した。この二人の史眼の違いは、そのまま出来上った作品に如実にあらわれていると同時に、読者にも敏感に伝わるものである。即ち、司馬さんの小説は現代人が安心して読めるのだ。だから読者が多数つくことになる。綱淵さんの作品は現代の人の目を極力おさえているのだから、読者は時に首を傾げたくなることさえあったりして、少数の読者にしか歓迎されない。実際、売れた本は『斬（ざん）』以外に無かった。

時に新聞記事を思わせる平易な文章や、創作した登場人物たちを自由に行動させる上手い小説作法《さくほう》を駆使する司馬さんに対して、漢字が多く、改行も少ない読みづらい文章と遊びのほとんどない話の運び方は、綱淵さんの作品を読者から遠ざける一助になってはいるだろうが、それより何より、二人の歴史小説観の相異が、二人の作品の違いともなり、読者の数の多寡ともなって表われていると思う。

随筆集『血と血糊のあいだ』の標題となったエッセイは、直木賞受賞直後に書いた文章だが、〝血糊〞とは本物ではない、芝居などで使うあの血のような物を言う。いわば〝血〞は現実、肌に触れれば傷をつけ、血が流れる刀であり、〝血糊〞とは芸術、文学、いってみれば竹光である。

「少なくとも昭和二十年までの人間は（略）〈血糊〉の世界の裏側にほんものの〈血〉の匂いがプーンと鼻をつく現実を、はっきり知っていた」（略）

しかし戦後に育った人たちは、〈血糊〉の意味を知らなかった。〈血糊〉とほんものの〈血〉の違いを知らずに育っていた。そして人間の生命というものを〈血糊〉の世界でしか考えないようになっていた。（略）

わたくしは「斬（ざん）」のなかで、日本刀がどんなに斬れる、したがって危険なものであるかを暗示的に語ると同時に、〈血〉を流すことのこわさ、陰惨さを描いたつもりでいる。〈血糊〉にたいする抗議の心である。そして〈血糊〉の世界に生きる若者たちに、現実に人間の〈血〉を流すことのこわさを知ってもらいたいと思っている。決して〈血〉を流してはいけないと言いたいのである。

しかし、ひるがえってみると、〈血糊〉にたいする抗議とは〈芸術〉あるいは〈文学〉にたいする抗議である。したがって〈血糊〉を否定して〈血〉そのものを真正面から描いたということは、〈文学〉からはみ出したところでの作業となった。そしてわたくしは〈血〉という言葉を〈歴史〉という言葉に置き換えている。そういう意味では〈歴史文学〉というのは言葉自体の矛盾であるが、ある意味では〈血と血糊のあいだ〉に〈歴史文学〉の本質があるともいえよう」

という。これは、司馬文学に対する痛烈なアンチテーゼではないだろうか。

あの湾岸戦争でのテレビの報道は、現実の戦闘とは異った劇画の世界でのことのように受け取られているのではないかと問題になったが、現実と仮構との区別、判別ができなくなった現代人への批判でもあろう。

「街頭や空港での爆弾や機関銃の乱射で殺されるのは、血のかよった生命体ではなく、劇画の中の群衆の絵姿にすぎない。かれらは〈血糊〉の世界に自分を閉じこめて、そこに流されたおびただしい〈血〉の匂いと悲惨さを認識する機能を失った世代のような気がしてならない」

とも書いている。

その人物のいた時代に立った歴史を見極めるというのは、まさに「血と血糊のあいだ」なのである。「血」の立場や「血糊」の位置で物を処理し、文章を書くというのは、旗幟鮮明であり、やりやすい面があると思う。しかし、その間《あわい》で仕事をすることの苦しさ、難しさは、譬えようがないだろう。それを綱淵さんはやり続けた。

「斬（ざん）」を「新評」に連載してから二十五年、綱淵さんは満身創痍でこの世を去った、心身ともに。

一見地味に見える綱淵さんの作品は、『斬（ざん）』の〝あとがき〟に、

「なにかにじっと必死に耐えている人に読んでいただきたいのである」

と書くように、樺太《からふと》真岡《まおか》に生まれ、戦後を故郷を喪った流民として耐えてきた綱淵さんの血を吐く思いの凝ったものであった。

満身創痍にならざるを得ないではないか。

あの綱淵さんの十八番として有名な「八百屋お七の唄」と、綱淵さん作詞作曲の「斬の唄」を聞かせて貰った事はなかった。何度も無心したのだけれど、ついに一節《ひとふし》も聞けなかった。座敷に置かれた

アップライトのピアノも、一度も弾いて貰えなかった。

先日、粕谷一希さんや磯貝勝太郎さんたち数人と綱淵さんを偲ぶ小さな集りがあったが、粕谷さんと、同じ元中央公論社の望月さん（都市出版）の二人以外、誰も聞いていなかった。どんな歌い方をしたのか、話だけでは解らないが、きっと、なにかに耐えている人の心の痛みが全体から滲みでて、始めのうちは喜んで聞いているが、ついには心を抉られるような思いにとらわれるのではないだろうか。そんな気がしてならなかった。

綱淵さんと酒席を同じくした人は多くいると思う。その姿は、大変にたのしい酔っ払いだ。したたかに酔っている。時に立ち上がり大声を張り上げ、その足許はおぼつかない。あっちに声をかけ、こっちに話しかける。ところが、一歩店を出ると、とたんに平静になる。平常となんら変ることなく、姿勢もシャンとし、歩く足もふらつかない。今のあの酔態は何だったのだろう。話もいつもの綱淵さんだ。

同方向なのでタクシーで帰る。二人でシートに坐っての話は、仕事のことであり、文学のことであり、歴史のことである。書斎での話と何ら変りない。真夜中のタクシーだから、綱淵さんの顔ははっきりとは見えない。しかし、そこにはいつものの、何事にも動じそうもないあの偉丈夫の綱淵謙錠がいたと思う。

この酒場の姿が綱淵さんなのか、タクシーの中が綱淵さんの本当の姿なのか。

いずれにしろ、哀しくも雄々しい綱淵さんであった。

先刻から何の思いも持たずに「耐える」という言葉を綱淵さんの引用とともに、ぼくの地の文章にも書いてきた。ここで三十分ほどペンの動きが止ってしまった。それは、その事に気づいたからである。俺ははたして何かに耐えているだろうか。綱淵さんの作品に関して何かを言うことができるのだろうか。今までここに書いてきた事は本当に理解した上での事だったろうか。たまたま担当となった編集者の戯言にしかすぎないのではないか。

生きていることがすなわち耐えることだという人のありようは、ぼくにとってはあまりに重すぎる。綱淵さんは懐しい人である。とともに、重い人でもある。綱淵さんの作品はぼくの好きな文学の一つである。それとともに、苦しみの一つでもある。

「斬（ざん）」が綱淵さんのデビュー作であり、出世作であった事は、綱淵さんにとって大変に幸せであったとは思う。この作品が、その後の諸作の方向を決したと思うし、それが綱淵さんのやりたかったことの一つだったと思うから。しかし、T・Sエリオットの研究者でもあり、翻訳もしていた綱淵さんは、もう一つ違った方向の仕事もしたかったのではないか。

そこには、ぼくにとってももう少し入り込める余地があったのではないか。

そんな思いを籠めて、綱淵さんを一望できる作品集をまとめてみたいし、誰かにやってほしいと切に思っている。

（一九九六・「大衆文学研究」vol・一一二）

大佛次郎の「ひそかな誇り」

大佛次郎は、昭和十年創設の直木賞選考委員を、第一回から六十八回（昭和四十七年）まで務めた。翌昭和四十八年四月三十日に亡くなるのだが、その最後の選評に次のように書いて締め括った。

「……私は私なりに何かの役に立って来たのであろう。古く井伏君の「ジョン万次郎」。この前の回の「斬」など、口幅ったいことを云わせて頂ければ、私が居たので、入選した。それだけでもひそかな誇りとして、私は直木賞委員から退席する」

そう、それは第六回（昭和十二年下半期）の井伏鱒二「ジョン萬次郎漂流記」と第六十七回（昭和四十七年上半期）の綱淵謙錠「斬（ざん）」の二人（二本）への授賞のことである。「ひそかな誇り」とは言いながら、引退の弁で言挙げしているということは、この二人への思いが並々ならぬものだったと言えよう。

それでは、まず、「ジョン萬次郎漂流記」の選評を引用しよう。

「「ジョン萬次郎漂流記」は、ヒュマンな点で我々を打つ。史実を素朴に貫きながら、終始、人生に対する作家の瞳が行間に輝いてゐるのである。甚だ単純のことのやうだが、実は現在、人の理解してゐる所謂大衆文芸の本流とは背中合せの特徴である。井伏氏が何人の亜流でもない点にも敬意

を表したい」（傍点・久米）
こう大佛次郎は言う。傍点を打ったところに注目してほしい。この作品は、というより井伏鱒二は純文学を書いているのである。
他の選考委員の評（部分）を左記する。
「……今度の井伏鱒二君の「ジョン萬次郎漂流記」だが、これこそ吾々選衡委員として、「直木賞」の本来の目的に、如何にも添ふものとして、進んで中外に推薦出来たのは、嬉しい限りだった。これでこそ、直木賞も意義があり、吾々も委員の員に備はる甲斐があったのだ。「ジョン萬」は、前に書いた「青ヶ島」などゝ共に、井伏君が純文学として書いたものであるが、其時代小説としての興味も、大衆性を含んでゐるばかりでなく、此の位の名文は、当然此の大衆文学の世界に、持ち込まれなくてはならぬものである。（略）因みに、此の井伏君の「ジョン萬次郎」を発見して、推薦したのは大佛次郎」（久米正雄）
「……専ら文章の美しさと、ストーリーを遣る水際立った練達堪能の見事さに敬服しながら読んだ。（略）最後に、井伏君を直木賞の範疇に見出してくれた大佛次郎に感謝する」（小島政二郎）
「……直木賞の範囲を一層広めた事にならう。（略）この燻し銀の描写は、達人ならずしては得易からざる境地である。何としても、直木賞の前途にこの一角が展けたことは、我々審査員として大いに救はれた気持がする」（白井喬二）
「大佛次郎が井伏鱒二の「漂流記」その他はどうだと云つた。一も二もなく賛成した。（略）味のある作家井伏君は、今後大衆作家に何事かを教へるかも知れない。少くも文章の点に於てでも」（佐佐木茂索）

三人が大佛次郎の推薦をよろこんでいる。そして、この作品が、直木賞という大衆小説に与える賞の、幅を拡げると考えている。すなわち、どの選考委員も大佛次郎が推した純文学を大衆文学の賞である直木賞にしたことをよろこんでいるのである。ただ吉川英治だけは、

「……僕は井伏君の人間と素質のはうを、この作品以上に思つてゐるので、これを以て、井伏君の代表作品と見なす事は不満である。

まだ若いし、あの素質とよい人がらを持ちながら、なぜもつと太い線を近年みせてくれないか、それも氏に対して、僕は不満であつた。曾つての素純で彫琢の光りのあるユーモアな小篇、中篇などの中に思ひ出される氏の才能を今に向けなければ、今の大衆文学の一角面に、屹度新しい精彩を加へることができると思ふ。……」

と述べている。井伏独得のユーモアを買い、人柄をよみしている。それは、吉川英治の資質でもあるが、いわゆる純文学ではない。「ジョン萬次郎漂流記」とともに、「オール讀物」他に発表したユーモア小説も選考対象とした。それは井伏鱒二の広い作品世界を示すためだったろう。また、こういう吉川英治のような感想を持つ選考委員に対するためだったかもしれない。

井伏鱒二は、いわゆる翻訳小説の文体を手本として出発しているが、「ジョン萬次郎漂流記」辺りから少し変化してきた。しかしおもしろいことがある。登場人物たちが日本人同士で話している時は普通の日本語でセリフが交わされる。ところが、アメリカ人と話すと、そのセリフは、翻訳調の文体になるのだ。井伏鱒二の文学的周到さと言えようか。

いずれにしろ、大佛次郎の井伏鱒二に対する思い入れは、他の選考委員に比べて、はるかに大きかったことは解ってもらえたと思う。

さて、綱淵謙錠の「斬（ざん）」に対する大佛次郎の評はどうだろう。いささか長いが全文を引く。

「綱淵さんの「斬」は、稀《ま》れに見る優れた大作だと、敬意を覚えた。入院中の私はいやでも朝早く起きるので、朝の五時から読み初め、終日没頭して、夕方の五時に卒《お》えるまで、深い興味を失わなかった。瑕瑾と思われる点もあった。しかし、そんなことは問題でなく、圧倒される思いが続き、少し疲れもした。

小説として重過ぎると見る向もあろう。それは、直木賞に宛《あ》てはめるよりも巨大な肉体を持った文学的な存在で、現代に珍しいことである。首斬りの世襲の一家と云うだけでもすでに世界に例のない、どす黒く血の臭いの取れないような家系の累代《るいだい》積み重なって来た因縁のようなものが宿命となって、父が子を斬り母が不倫の関係に入り、最後に兄が刑場で弟の首をはねる。ドラマとしてももの凄い宿業を示したもので、階段的に様々の首斬りのケエスを重ねて見せる作者の用意があって家運のカタストロフに入ってから、人々の末期の空白で虚無の表情がまぎらしようのない現実感を持つ。

行刑吏や、囚獄の変遷など、小説に邪魔ともなるべき背景が、逆に作品の重量となり、重なる流血の叙述（お伝やお絹の断首なども決して無関係でない）それすらも、最後の断崖に立たされたこの一家の人々の顔の皮膚に暗く映って感じられるのである。古代の流血劇ではなく、それから蟬脱《せんだつ》したシェクスピアの作中の諸性格の重苦しい運命さえ感じさせる綿密で極めて自然な運びである。私が敬服したのはその点である。

この作者にしても、これだけの作品が二度と書けるかどうかを失礼ながら私は疑って見る。しかし、これだけ力のあるひとの将来の仕事を期待を以て見まもることが出来るのは楽しいことである」

この最大の誉め方はどうだ。シェークスピアにまで比較している。こんなに口を極めて評価することは、そうある姿ではないだろう。他の候補作はもちろん、同時受賞の井上ひさし「手鎖心中」についても、一言も触れていない。

司馬遼太郎を云々する時には、ほとんど必ず引用されるのが「私の小説作法」(ぼくは、〝作法〟をサクホウと読んでいる)という司馬遼太郎自身の文章である。徳川慶喜を書いた「最後の将軍」の解説を綱淵謙錠が書いているが、その文章もそこから始まる。私も引用する。

「ビルから、下をながめている。平素、住みなれた町でもまるでちがった地理風景にみえ、そのなかを小さな車が、小さな人が通ってゆく。

そんな視点の物理的高さを、私はこのんでいる。つまり、一人の人間を見るとき、私は階段をのぼって行って屋上へ出、その上からあらためてのぞきこんでその人を見る。同じ水平面上でその人を見るより、別なおもしろさがある。

もったいぶったいい方をしているようだが、要するに「完結した人生」をみることがおもしろいということだ。(略)

ある人間が死ぬ。時間がたつ。時間がたてばたつほど、高い視点からその人物と人生を鳥瞰することができる。いわゆる歴史小説を書くおもしろさはそこにある」(傍点・久米)

そして綱淵謙錠は、私が傍点を付した文を引用してこう書く。

「これはある一定の時間がたたなければその人物と人生が司馬さんの視野に入らない、ということではあるまい。むしろ司馬さんはその人物の人生が完結した時点から自分に都合のよい距離ができるのを待つのではなく、その人物にたいして時間的にも空間的にも最も自分に適した距離をこちらから取ることのできる作家なのだ。そういう意味ではたいへん主観的な作家なのである。これは司馬さんの持って生れた才能、あるいは本能といってもよいだろう。つまり自分独自の眼の〈高さ〉にわれわれ読者をいとも軽々とつれて行ってくれるのである。

その〈高さ〉から見ると、源義経も斎藤道三も、坂本竜馬も秋山真之も、すべて等距離になる」

（傍点・久米）

綱淵謙錠はこう言うが、ぼくも、司馬遼太郎の描く歴史小説の主人公たちは、皆、司馬遼太郎の頭で創られた人物だと考える。まさに、綱淵謙錠がいみじくも言うとおり、「たいへん主観的な作家」が描いた人たちだ。実際、この「最後の将軍」の主人公・徳川慶喜は、鳥羽伏見の戦いの後、大坂天保山沖から出帆して江戸へ逃げ帰り、すぐに駿府に引き籠ってしまい、その後、政治の表舞台にはついに出ることなくその生涯を終えることになるが、何故それほどまでに己れを卑しめるのか、に対して一つの解答を得た時、そこで作品が出来上る、という事になる。それは、慶喜の父、水戸徳川斉昭の徹底した尊王思想教育による。その刷り込まれた尊王思想、それによってすべて慶喜の行動は納得できる、と司馬遼太郎が考えた時、すなわち、綱淵謙錠の言う、「その人物にたいして時間的にも空間的にも最も自分に適した距離をこちらから取ることのできる作家」が、その距離を取ったことになるのだ。

長編「義経」で、一ノ谷を攻める義経の騎兵的作戦と、「坂の上の雲」で日本騎兵の父と言われる秋山好古とは、同じレベルで描かれる。義経は好古のように、好古は義経かと見まがう。あるいは、司馬義経、司馬好古なのだ。それが、司馬遼太郎の歴史小説である。それがいいとか悪いとか言うのではない。それだけ対象を自分のものとしているといえよう。書く対象を、納得し、自分のものにしているのだから、読者の側から言えば、司馬遼太郎の歴史小説は、すべて真実、歴史的事実だと思ってしまうことになるのだ。

さて一方、綱淵謙錠の歴史小説感である。司馬遼太郎は現代の立場で、完結したその人の生涯をビルの屋上とか、鳥の眼差しから見るというが、綱淵謙錠はまったく違う。

ある日、練馬氷川台の四畳半ほどと覚しい、本がまさに山積されている書斎兼仕事場で、いつものように静かに、しかし決然と、

「ぼくの歴史小説の書き方は、司馬さんとは根本的に違う。司馬さんは、現代に生きている司馬遼太郎という人間の目が見た歴史を小説にしている。ぼくはそうではない。できるだけ対象物の時代に己を置いて、それを見、考えようとする。時には、その時代よりさらに遡って見たいと考えている」

といった意味のことを話してくれた。すなわち、歴史的事実は同じでも、それに対する解釈は、司馬遼太郎の、こちらから見るという一方通行ではない。その時代、その場所での解釈に、あらためて現代というフィルター〈綱淵謙錠の眼〉を通して見る。しかし出来うるかぎり客観的に見る、ということだ。だから、小説という形はとっていても、どうしても固くなり、悪く言うと融通がきかない、ということになる。だが、描かれた歴史的事実は、より正鵠を射られた形で提示されることになる。

「斬（ざん）」が直木賞を受けた直後、「血と血糊のあいだ」というエッセイで、綱淵謙錠はこう言う。
「血」は本物の血、「血糊」は芝居などで使われるまがいもの、血のような物を指す。

「元来わたくしは、近代文学の世界はこの〈血糊〉の世界ではないかと思っている。それは〈血〉

そのものではなく、一つの約束事の世界であって、〈血糊〉をみることでほんものの人間の〈血〉と看做《みな》すことになっていた。そしてその約束事は、明治の人間はもちろん、大正、少なくとも昭和二十年までの人間は、割合すなおに納得したのではないであろうか。というのは、〈血糊〉の世界の裏側にほんものの〈血〉の匂いがプーンと鼻をつく現実を、はっきりと知っていたからである。かれらは〈血糊〉という仮構の世界を覗《のぞ》くことで、酸鼻目をおおう〈血〉の現実を思い描くことができた。（略）

わたくしは「斬（ざん）」のなかで、日本刀がどんなに斬れる、したがって危険なものであるかを暗示的に語ると同時に、〈血〉を流すことのこわさ、陰惨さを描いたつもりでいる。〈血糊〉にたいする抗議の心である。そして〈血糊〉の世界に生きる若者たちに、現実に人間の〈血〉を流すことのこわさを知ってもらいたいと思っている。決して〈血〉を流してはいけないと言いたいのである。

しかし、ひるがえってみると、〈血糊〉にたいする抗議とは〈芸術〉あるいは〈文学〉にたいする抗議である。したがって〈血糊〉を否定して〈血〉そのものを真正面から描いたということは、〈文学〉からはみ出したところでの作業となった。そしてわたくしは〈血〉という言葉を〈歴史〉という言葉に置き換えている。そういう意味では〈歴史文学〉というのは言葉自体の矛盾であるが、ある意味では〈血と血糊のあいだ〉に〈歴史文学〉の本質があるともいえよう」

そして四年後、「時代小説と歴史小説」という文章の冒頭にこう書く。

「最近、つくづく思うのであるが、文学は饒舌に流れやすく、歴史は沈黙を好むもののようである。つまり、文学と歴史とはロンパリ関係にあるらしい。（略）それを単純に〈歴史文学〉などと一と括《くく》りにして安心しているが、歴史をとらえようとすれば文学が逃げてしまい、文学にかかずらわっていると歴史はそっぽを向いてしまって、それらを同時に、バランスよく把握するのにてこずる、といった恐れにつねにさらされている」（傍点・久米）

この文章より二年前に刊行した『血と血糊のあいだ』だが、その見返しに、傍点をつけた言葉を書いて、ぼくに綱淵謙錠は贈ってくれている。だから、実は、「斬（ざん）」を書いている頃から、このように考えていたのではないか。

さて、この文章のあとに、たとえば次のような例をあげて、歴史学者と歴史小説家の定義を示し、自らの小説作法を披瀝する。

岡山藩第二代藩主、池田忠雄は、荒木又右衛門の助太刀で有名な〈伊賀上野の仇討〉に関係ある。そんな関わりで、彼の死因には、毒殺説と疱瘡による病死説の二つがあるという。墓所を調査した結果、病死が史実だと判明した。そこで、小説家の態度が問われる。

「この結論にたいして、なお毒殺説に立って小説を書く権利を作家は保有している。しかし、わたくしは、墓を発《あば》いてなお病死説を覆すことのできぬばあいは、たとえ毒殺説に立ったばあいどんなにイマジネーションがはばたくとしても、池田忠雄という実在人物のことを書くときは、病死説に立って書くことにしている。それがわたくしの〈歴史文学〉である。そしてわたくしはその辺で漠然と〈時代小説〉と〈歴史小説〉を区別している」

そう、これが、綱淵謙錠の小説なのだ。だから、彼の作品は一般受けしない。実際、現代ではなく、描く対象者（物・件）の、その時代の眼で見ることを心掛け、ふくらむ可能性のあることも、事実でないなら採用しない、となれば、大衆性はなくなる。

対して司馬遼太郎は、一分でもその可能性があるなら、そして自らの立てた説に合致するなら、それを使って作品を仕上げる。一つの史料があるとする。たとえばその前半を引用すれば、ある歴史事実についての見方が司馬遼太郎の世界になる場合には、その部分を引用する。しかし、綱淵謙錠はその史料すべてを引用する。いや、大佛次郎もすべてを引用する。この違いは大きい。当然、異なった解釈の歴史的事実が呈示されることになる。

さて冒頭に戻る。

井伏鱒二は純文学作家である。それは受賞時からすべての人に認識されていた。では、綱淵謙錠はどうだったか。

東大の英文科で、イギリスの詩人T・S・エリオットを研究する。中央公論社に入社して、はじめ校閲部、そして出版部で『谷崎潤一郎全集』を担当する。この辺りのことを、中央公論社で二年後輩の評論家・近藤信行はこんなエピソードを紹介している。

「綱淵さんの書く文字は、きっちりとした楷書である。それが谷崎潤一郎先生の目にとまって谷崎係となり、のちに『谷崎潤一郎全集』の編集を担当した。これは特筆すべきことである」（「大衆文学研究」ｖｏｌ112、一九九六—Ⅲ）

その後に担当した『エリオット全集』についても言及する。

「その第三巻には「批評の限界説」「レトリックと詩劇」「詩と劇」「詩における三つの声」の四篇が彼の訳でおさめられている。自分の編集する本に社員である自分の訳をのせるということは、ちょっと誤解を招いたかもしれない。しかし、それは編集委員福田恆存氏の推薦であった。彼はエリオット研究者として認められていたのである」（同右）

その後、雑誌「中央公論」「婦人公論」の編集にも携わった。
「斬（ざん）」の冒頭は、「志賀直哉の初期の短篇に「鳥尾の病気」という作品がある。そのなかに〈浅右衛門丸《あさえむがん》〉という薬の名が出てくる」と、小説の神様・志賀直哉の話から書き出している。そして、前項で引用した「血と血糊のあいだ」にしても「時代小説と歴史小説」にしても、言っていることは純文学の話だと言えよう。こうしてみると、綱淵謙錠の本質は純文学と言えはしないか。

それでは、世紀のエンターテイナー大佛次郎はどうだろう。

一高時代には「一高ロマンス」を書き、「校友会雑誌」に芥川龍之介の影響の強い「鼻」を載せる。またロマン・ロランにひかれて、大学時代には三冊の翻訳を刊行している。そして生涯の仕事として、新劇を志すことになる。商業演劇ではない。新劇の戯曲を書くこと、それが、大佛次郎の最大の目標になる。芝居の純文学だ。二十一世紀の現在もそうだが、新劇（今や死語に近いか）を志すというのは貧乏を意味する。生きるためには食わなければならない。そこで旧知の博文館編集者・鈴木徳太郎にすすめられていたマゲモノを書くことになる。それが「鞍馬天狗」になっていったのだ。

こう大佛次郎の出発点を振り返ってみると、なんてことない、純文学じゃないか。大佛次郎にとって、読物（エンターテインメント）は、意に添わなかったろう。背に腹は代えられなかったのだ。しかし、それを何十年も書きつづけたわけだ。その間に、「ドレフュス事件」、「詩人」を書き、「霧笛」を連載、戦後になって、「帰郷」、そして「パリ燃ゆ」を連載して、秘かに慰めていたのか。そして最後に至りついたのが、名作「天皇の世紀」だ。

井伏鱒二の「ジョン萬次郎漂流記」の後半は、新聞記事その他、資料の引用が多くのページを占めている。その間を繋ぐ、無味乾燥に一見される地の文の醸す奇妙な実在感。それは、「天皇の世紀」

のさり気なく記されながらその存在をきちっと示している、各章末尾の文章と相通じるものがあろう。

綱淵謙錠の最後の作品「乱（らん）」は、幕末、幕軍強化のために、シャノワンヌ大尉を団長とするフランス軍事顧問団を招聘したが、その一員だったジュール・ブリュネ砲兵中尉を狂言廻しに、文久三年、フランス人将校カミュが攘夷派と覚しい三人の浪士に斬殺されたところから筆を起こした作品だが、榎本武揚軍が松前城を落し、箱館に向かうところで、著者の病により擱筆をよぎなくされ、その死によって、未完に終る。文芸評論家・縄田一男は「綱淵謙錠をして海音寺潮五郎、大佛次郎と並ぶ史伝作家のベスト3たらしめる雄篇である」と書くが、この畢生の長篇作品は、今ぼくがここで綱淵謙錠の小説作法について述べてきたそのことを、まさに、作品の形にあらわしてここに呈示したと言える。

「史伝」というものがどういう形式のものか、ぼくには、いまだに判然とはしないものがある。虚構をできるだけ廃して歴史を記す、すなわち歴史を現前させる体の作品であるらしいことは確かで、「天皇の世紀」は、そういうことでいえば、まっさきに史伝として名の上がる作品だ。しかし、「天皇の世紀」は小説ではない。だが、「乱（らん）」は小説だ。そこが、ぼくには「史伝」の確かな定義が掴めないでいる大きな事由である。

しかし、いずれにしても、ノンフィクションと小説の違いはあれ、「天皇の世紀」と「乱（らん）」は、我々に同種の感動を与えてくれる。それは、綱淵謙錠の言葉を借りれば、「〈血と血糊のあいだ〉に〈歴史文学〉の本質があるともいえよう」ということだと思う。このあたりの微妙な匂いを、大佛次郎は「斬（ざん）」から受けとっていたのにちがいない。

平成十年五月号の「すばる」に、多くの人が、司馬遼太郎のことを、小説家というよりも、文明批評家、思想家、歴史家といった類いの文筆家と受けとっているように思われるけれど、本質は伝奇小説《ロマン》の作家であった、という短文をぼくは書いた。現在も相変わらず世間はそう受け取っているきらいはあるが、それはやはり司馬遼太郎の一面でしかないと思う。

また、司馬遼太郎は、いわゆる文学修業というものをしていない。これは否定的な意味で言っているのではない。いわゆる純文学作家がするような修業のことである。しかし、それが正しい文学修業なのかどうかは、ぼくは知らない。

司馬遼太郎は、「講談倶楽部賞」受賞の「ペルシャの幻術師」でデビューし、「梟の城」で直木賞を受けてベストセラー作家になっていく。この受賞二作品は、伝奇小説《ロマン》だ。「燃えよ剣」「竜馬がゆく」辺り（四十歳前後）から次第に歴史小説に向かっていくが、その底には、初期の作品の伝奇性が静かに流れていた。しかし、それは次第に細くなり、ついには実に細い糸のような流れになっていった。ただ、最後の小説である「韃靼疾風録」は伝奇小説だった。壮大な失敗作ではあったと思うが。

「梟の城」受賞の際の直木賞選評を左記しよう。

「近頃の大衆小説が忘れているロマンというものを強く描き出している点で、直木賞にふさわしいと思った」（源氏鶏太）

「これだけの手だれは容易にいるものではない。この大きなウソをつく才能には、私は目を見張って感嘆した。吉川英治、白井喬二以後初めて見る大ウソつきだろう。この人の第一作「ペルシャの幻術師」を初めに発見した一人として私は誇りを持ちたい」（小島政二郎）

そう、くりかえすが、ロマンなのだ、伝奇なのだ、大法螺なのだ。

「何よりも、この人のものには、「梟の城」にかぎらず、人を酔わせるものがしばしばある。これは単にうまいとかまずいとかいうことと別なものである。選考会の席上でも言った事だが、吉川英治氏の若い頃の作品と似たものがある。みずみずしい情感と奔放華麗な空想力がそれだ」（海音寺潮五郎）

「「梟の城」は一種幻覚の文学といえようか。伊賀甲賀をあつかったのだから当然そうなることがよく、またそれが近ごろの直木賞作には欠けていた忘失の境域を拓いてみせたので多くの支持をえられたものとおもわれる。（略）このスケールの大きな作家は今後必ず衆望にこたえて新しい領域をみせてくるに違いない」（吉川英治）

と、ほとんどの選考委員が、エンターテインメントの本道としての伝奇性を「梟の城」に見て賛辞を書く。その中でただ一人、横光利一の弟子である中山義秀は受賞作に触れない。落ちた三本の作品について感想を述べているだけだ。

さて、大佛次郎はどうだったか。

「インドの旅行から帰ったばかりで、候補作品の悉くに目をとおす時間がなかったので、用意もなく出ては公平を欠くと信じますから、今度は私は欠席するし、発言しません」

「欠席の弁」と題してこう書き、欠席した。この時、大佛次郎が「梟の城」を読んでいたのかいなかったのか、まったくわからない。しかし、結果は読んでいなかったことと同じで、以後、司馬遼太郎について触れた文章は一切ないのだから、ずっと最後まで読まなかったのかもしれないし、たとい、読んでも、大佛次郎には、心ひかれる作品でなかったろうことを、思いやることはできる。

ここで、中山義秀の選評と並べてみると大変におもしろい。その向こうに、様ざまなことが想像できるではないか。中山義秀とも、大佛次郎とも、綱淵謙錠とも、司馬遼太郎は異なっているのだ。それを、大佛次郎は「梟の城」に感じていたのではないか。立場も、資質も、歴史や文学への対し方も、まったく違っているのだと。

井伏鱒二、司馬遼太郎、綱淵謙錠という三人の小説家の資質、特に司馬、綱淵の二人を検証し、その三人に、大佛次郎がどう対したか、という、いわば、ある片寄った場所から、大佛次郎の本質を見つけてみようという試みが、この小論だ。こういういわば大それた試みだが、井伏鱒二と綱淵謙錠を直木賞に推したことが、大佛次郎の一つの誇りであったと知った時から、この二人への大佛次郎の対しようを細々とながら考えてきた。そしてたどりついた。

「大佛次郎は純文学志向の作家であった」

これが、結論である。

（二〇〇五・三「おさらぎ選書」一三巻）

生の中に生きつづける死

この短篇集は、山田風太郎の忍法物八編を収めている。しかし、風太郎忍法帖の読者は、この諸作品を読んでいささかまごつくかもしれない。

風太郎忍法帖は、とにかく奇想天外、奇妙奇天烈、荒唐無稽な忍法が続出し、忍法それ自体が主役といってよい。忍法帖の第一作『甲賀忍法帖』（「面白倶楽部」昭33・12〜34・11）には甲賀、伊賀の忍者が各々十人ずつ登場する。それが一人一人、まったく違った忍法をつかう。それぞれの忍法は、人間には絶対に出来る筈のないしろものだ。たとえば、粘素《ムチン》を多量に含んだ唾液がニカワのように敵の自由を奪う風待将監《かざまちしょうげん》、ナメクジのように塩に身体をとかして敵の寝所に忍び込み命を頂戴する雨夜陣五郎、カマイタチにあったように皮肉を切る吸息が強烈な筑摩小四郎、情欲を感じたときその息が毒となり抱きあっている男を殺すというくノ一の陽炎《かげろう》、等々、様ざまな忍法が繰り広げられる。それが、山田風太郎忍法小説のおもしろさである。

そして、この忍法の一つ一つに必ず説明が付せられる。それも、医学的（？）に。すべて現実にはあり得ない忍法が、医学を学んだ山田風太郎にかかると、いかにもその当時存在していて、現在もその継承者がいるかもしれないと、何の不思議もなく読者は思ってしまう。そういうリアリティを持っている。

しかし、ここに収められた八編の作品の主人公は忍法ではない。忍法は薬味として、登場人物たちの生き死にを描く。どう生き、どう死んだか。

とにかく、各作品を見ていこう。

「忍者枝垂七十郎」（「サンデー毎日特別号」昭36・11「忍者化粧蔵」改題）

「大丸屋の娘お市は、少女のころから夢みるような顔をしていた」という書き出しは、この作品のもつ哀しさをこの一行で言い切り、読者を作中に誘い、引きこむ。父のあとを継いで大丸屋の主人となったお市は、それまでの夢みるようなお嬢様の顔ではなく、大店《おおだな》の主人の顔となる。しかし、恋人の仏坂堂馬の死を知り、手代の安兵衛と結婚してからはまたもとの夢みるような顔の若内儀となる。しかしお市はすでに抜けがらであった。

己を殺して公に尽す忍者の悲哀を、その当人ではなく、それを待つ女をとおして描ききったこの作品は、風太郎忍法帖の中では異色と言えよう。これは、忍者といういわば〝人外の人〟の生き様《よう》、というよりも、人が生きていることの哀しさでもある。

「忍者枯葉塔九郎」（「週刊大衆」昭38・1・5「枯葉塔九郎」改題）

駆落までしてきた隼人が妻のお圭を煩しく思い、忍者枯葉塔九郎に売ってしまう。この男の気持。塔九郎は美男の隼人とちがい、髪を総髪にして「顔は蒼いというよりむらさきを呈し、眼は糸のようにほそく、鼻は、ないといった方がいいほどひくくて、巨大な唇は厚ぼったく、ベトベトとぬれて」いた。そんな男に嬉々として従《つ》いていく妻お圭。そんな女の心。

人を好きになるという事、惚れるという感情に、他人が入り込むことは出来ない。凛とした武士の娘と一処不住の流れ忍者という奇妙な取り合せで、人の心のありようの不思議さを描ききる。

「忍者本多佐渡守」（初出不明）

徳川家康の懐刀《ふところがたな》として徳川幕府の基礎を築いた本多佐渡守は陰湿な謀略を、忍者を使うことによって行なった。そしてそのやり方を息子に継がせず土井大炊頭《おおいのかみ》に伝えて引き退く。現在を冷徹に見据え、未来を見通す鋭敏さと、家康への無類の忠誠心、そして自らの出処進退の潔さ。歴史的事実の中に、本多佐渡の姿を風太郎流創造（想像）を付加して描く。

主君の為には「そのかたわらにあって、奸物佞臣とそしられる人間がかならず要るものでござるよ」と嘯く本多佐渡守。それをそのまま受け継いで同じ言葉を呟く土井大炊頭。その陰で蠢《うごめ》くのが、すなわち忍者の生き方、であり、死に方でもある。

「忍者明智十兵衛」（初出不明）

醜男《ぶおとこ》の明智十兵衛が、その斬られた手とか足が再び生えてくるという奇怪な忍法で他人の顔になり女を盗ろうと考えるが、逆に相手にうまくはめられ殺されてしまう。しかし、その女に対する想いは相手に乗り移り、明智十兵衛となった土岐弥平次は信長の妹お市に、異常な恋心を募らせていく。

「本多佐渡守」と同じく、歴史的事実にのっとりながら、さもありなんと思わせる虚構に、読者は首を傾げながら引きずられていく。風太郎流小説の醍醐味であり、作法《さくほう》の勝利でもある。

「忍者車兵五郎」（「週刊大衆」昭37・5・26「忍法車兵五郎」改題）

陰と陽の忍法を会得した女と男。たとえ愛し合っていても、決して二人が結ばれることはない。しかし、陽の忍者兵五郎は、人妻となった陰の忍者おしのを忘れることが出来ない。未来永劫、付いてまわる哀しい宿命に踊らされる男は、そこで生きなくてはならないとともに、相手によって死んでいかざるを得ない。人間のはかなさ。

「忍者服部半蔵」(「オール讀物」昭39・6)

人というのは、ある位、ある立場に置かれると、その地位に相応しい人間になるものだ。舞台栄えする顔、ちょっと鼻にかかった声音で大いに人気を博していた市川海老蔵(九代目)だったが、芸がもう一つ、いや二つくらい上手くないと言われていた。ところが、昭和三十七年四月、十一代目の市川団十郎を襲名した途端、芸がガラッと変った。小器用に上手くなったのではない。市川の宗家としての自覚を持ったのだろう、大きな役者になったのだ。その変化を劇評家たちは絶賛した。

人間とはそういうものだ。四代目服部半蔵となった京八郎の「憑きものがしている」ような変化はまさに団十郎となった海老蔵の変化と同じだ。もちろん、ポッと出の人が突然このように成長する訳がない。それまでの積み重ね、修業、そして血という争えぬものが介在することは言うまでもない。本書の二四三頁から二四六頁に書かれている京八郎の性格は、結末の一変した京八郎の新しい姿への伏線となっている。結婚したいとまで考えていた女に対する冷血な末尾のセリフは、忍者の家の統領となった人間のありようを示し、「本多佐渡守」の土井大炊頭のさりげないセリフとともに、読者の胸にグサッと突き刺さる。

「忍者撫子甚五郎」(「推理ストーリー」昭38・10「天下分目忍法帖」改題)

天下分目の関ヶ原だからこそ、そして様ざまな情報と猜疑心と裏切りが交錯する関ヶ原の戦いだからこそ、忍者が活躍しただろうと考える。その故に、この作品がリアリティを帯びてくる。いくら生活の中に現実に在るものでも、小説に描かれると真実味をなくすものが沢山ある。小説のリアリティとはそういうものだ。空想の産物であっても、作品の中にピッタリと嵌まり、突然輝き出すのが、小説のリアリティだ。山田風太郎の作品は、すべてこのリアリズムである。

「忍者傀儡歓兵衛」（「日本」昭38・11）

心の隅に芽生え、それがいつの間にか生長し、拭い難い存在となってしまう想念に付け入るのも、忍法の一つの技だ。人はそうした想い（妄想）の裡に生きているもので、それを刺激されると、一たまりもなく頽《くずお》れてしまう。これ人間の弱さであり、本来の姿でもある。

宗八郎は、そんな芽ぶき始めた妄念に、人生のすべてを賭けてしまう。その心の襞を見つけ出し、そこに取りついたのが、歓兵衛とお信ということになる。身動きがとれないまでに己を追い詰めないではいられなくなる宗八郎、そこに彼を追い込む歓兵衛とお信。

弱い人間と、その弱さを克服した人間との闘いの結末は、火を見るよりも明らかだ。

さて、先にも書いたように、ここに収められた八編は人間の生き死にを描いている。ということは、人生を描いているように、読者は読みとるかもしれない。しかし、一見人生を描いているように受け取れる短編小説は、極めて出来のよい作品である。丸谷才一が、朝日新聞の文芸時評で、短編小説は人生の一断面しか表現できないと書いたように、これらの作品は、人生の一断面を描いている。しかし、それが、人生そのものを描いているように読者が読めるのは、この八編が極めて出来が良いからなのだ。

山田風太郎という天才の書いた多数の忍法小説の中にあって、ここに収められた八編は、異色である。忍法という薬味によって、登場人物たちの生が一人歩きする。死が作品の中で生きつづける。忍法が主役の諸作品を読みなれた読者は他の作家の作品を読んでいるかと錯覚を覚えるかもしれない。しかし、これも山田風太郎なのだ。『戦中派不戦日記』の書き手であり、『人間臨終図巻』の冷徹な眼差しの作家の作品なのである。いわゆる文学臭を取っ払った所で仕事を続けてきた山田風太郎の原点ともいうべき〝人の生き死に〟に対する小説家の目が、心が、これらの諸作品に自ずと滲み出て来たものではないか。

「山田風太郎傑作忍法帖」の『くノ一紅騎兵』の解説に中野翠がこう書いている。

「山田風太郎さんにとっての戦争体験は、心の深いところにまで根をおろしているように思える。戦争体験の中でこの世の中のでたらめ（皮肉とか非合理とか不条理と言ってもいい）を思い知ったというか、もともとのニヒリズムがさらに大きなスケールで補強されたというか。戦後、自己の内面吐露的な小説には背を向け、奇想小説＝でたらめの楽しさに賭けた小説に向かって行ったところには、何か決然としたものがある。私はそこに山田風太郎さんの倫理的潔癖を感じる」

そしてこうも書く。

「風太郎忍法小説は、読んでいるときは血わき肉おどり爆笑につぐ爆笑の一大マンガだが、読み終ったあとには……ああ、何と言ったらいいのだろう、「すがすがしい空漠感」とでもいうべき気分が残る」

確かにそうだ。しかし、『戦中派不戦日記』を出し、『人間臨終図巻』を編むのは何故だろうか。『あと千回の晩飯』を書くのは何によるのだろうか。

これが小説家なのだ。いや、小説家の〝業〟なのだ。この三作を刊行したからといって、ここに収めた忍法小説を書いたからといって、中野翠の言う「倫理的潔癖」が損われるわけではない。むしろ、いわゆる風太郎忍法帖の諸作品の持つ、あらゆる物を破壊しつくさずにはおかないようなバイタリティと、何物にも捉われない奔放不羈な想像力と創造力を、あらためて認識できるというものである。
そういう意味でも、この作品集は山田風太郎をより深く知るために、いや、よりたのしむためにも、重要だと思う。

（一九九七・六「忍者枯葉塔九郎」解説・「大衆文学館」講談社）

荒馬間頌

「小説は、読んだ者がおもしろければ、それでよい。そして、つまらないという者がいても、それはそれで仕方ない」

というのが、ぼくの考えである。というよりも、誰もがそう思っている筈だ。

ある作品をAが読んでおもしろいと感じた。Bが読んでつまらなかった。これはどちらが正しいかと言えば、どっちも正しいとしか言いようがない。そのことをどう説明しようにも、どんな言葉をもってしても出来ないとしか、これも言いようがない。Aに対しても、Bに対しても、それを否定することは絶対に出来はしない。Aにはおもしろく、Bにはつまらない、それはどうしようもないことだ。

このことを原点として、評論とか批評とか解説は為されなくてはならないだろう。そして荒馬《あらば》間《かん》という奇妙なペンネーム（アラバマ州立大学卒業ということで名づけたという）の作家が書いた「おじゃれ女八丈島」は、ぼくにとって、おもしろかった、としかこれまた言いようのない作品なのである。また、それ以外にないし、それ以上でも以下でもない。読者はこの作品を手にとって読み、そのおもしろさを堪能すればそれでいい、いや、本当はそれがいいのだ。

しかし、ここではそうも言っていられない。ぼくにとってどうおもしろかったのか、それを書いて、読者のたのしみが少しでも増す手助けとさせてもらおう。

昭和天皇が病篤くなられ、毎日のようにその症状が報道されはじめた頃だったろうか。刊行間もないこの作品を読んだ。どことない世情の暗鬱さを吹きとばすようなテンポの良さと、まるで映画やTVのドラマを見ているような映像的な場面とその転換に魅せられたのだ。

隅田川を激しく叩く嵐のような風雨から書きおこし、七百石船に目を移す。そしてその船の中央に揺れなびく〈御用〉の白旗に筆は動き、そこから流れ落ちる水しぶきを捉える。一転、作者の見せたい主人公花鳥にレンズを向ける。この全体から部分にズームアップしていき、目的物に焦点を当てる手法は、映像の一つの型である。読者は知らずしらず、作品に引き込まれ、花鳥と一緒に濡れそぼつこととなる。

作者・荒馬間はTVドラマ「必殺仕置人」などの脚本を書いていたという著者紹介を読んで、なるほどとうなずいた次第だ。

小説は言葉によって創られる。それを文字にして提供する。読者はそれぞれのイメージによって場面なり、登場人物たちの感情を形づくっていく。だから、読む人によってその場面、感情は百人百通り、万人万様だ。しかし、映画、TV、マンガ等は、形が提示されているから、万人が万人、同じ映像をそのまま受け取ることとなる。そして音も同じだ。

特にエンターテインメント小説の場合は、場面がくっきりと読者の脳裡に刻みつけられることによって、より以上の効果が与えられる。五木寛之のデビュー作「さらばモスクワ愚連隊」の行間からは、ジャズが聞えてきた。これはまさに希有なことで、文字から音楽が流れるなんぞという経験を、ぼくはこの時以外にしたことがない。文章、小説というのは、それほどに力のあるものなのだ。

　この「おじゃれ女八丈島」は大変にヴィジュアルだから、登場人物たちの皮膚の艶や、息づかい、動きが、スクリーンやブラウン管を見るように伝わってくる。花鳥と喜三郎の恋、豊菊の豊満な肢体、岩造の花鳥への深い愛情、等々、読者は作中に引きずり込まれ、彼らとともに悩み、喜び、苦しみ、悲しみ、歓喜する。

　いま述べたことを動とすれば、平行してこの作品の底には、拭いようのない哀しみが静かに静かに流れている。それは一本、経糸として通る、花鳥が幼ない頃に母から聞かされ、いまだに覚えている子守唄が奏でる哀調による。この子守唄のモトを尋ねあてることが、すなわち花鳥の出生をあかすこととなり、岩造との関係を示すこととともなり、おしょめの哀しい生涯を白日の許にさらすこととともなる。十七章に亙る小見出しもこの子守唄の詞によって構成され、それが八丈島という南の島の照りつける太陽の下にくりひろげられる強烈なドラマを、ただの単純な活劇に堕すことからすくっていると言えよう。

　荒馬間は、昭和六十年の第二十四回オール讀物推理小説新人賞を「新・執行猶予考」という作品で受賞している。これは偽札造りを題材とした推理小説だが、印刷に関する知識は大変なもので、その取材力は並みではないものを持っている。

「おじゃれ女八丈島」は、花鳥を中心とした島抜けというスリリングな話ではあるが、その味つけとして、花鳥の出生の秘密を明かしていくという推理小説の手法が使われている。これは、とかく一本調子な活劇で終ってしまうおそれのある内容に、深みと拡がりを持たせた。

　八丈子島という架空の島を創作し、そこに生きる人々の生活苦と、八丈本島の暮らしを対比させ、生きていくことの悲哀と歓びを、さりげなく示す。推理小説という謎解きを主眼とした手法を取り入れたからこそ、人生という不可思議なものを、無理なく、この一歩まちがうと通俗に流れてしまう作品に描き込め、読者をたのしませる作品に仕上げられたのだ。

「新・執行猶予考」での印刷に関する仕込みと同様、「おじゃれ女八丈島」における事前取材は細かなところまで行き届き、文中に点在させた注釈が、作品にリアリティを持たせる大きな効果をあげている。花鳥、喜三郎の島抜けは史実であり、巻末の注にあるように、二人とも再び捕えられるのだが、それをこの作品ではウマウマと逃げおおさせる。読者は小説の結末でホッとしたのも束の間、注釈で現実に引き戻される
　実在の花鳥は何故島抜けしたのか、喜三郎が主犯なのか、花鳥がリーダーシップをとったのか、女一人に男六人という仲間はどういう関係だったのか、八丈島での十年という長い期間の花鳥の生活はどういうものだったのか、等々、あらためて読者は考えさせられてしまうのだ。

　小説の中のドンデン返し、これでもかこれでもかと展開される新事実は、推理小説の醍醐味でもあるが、そして、この作品も結末に近づくにつれ、そのおもしろさを堪能させてくれるが、この巻末の注釈という、読者の思いもよらないドンデン返しは、意表をつくなどといったありきたりの言葉では言いつくせない。単なる注釈を超えた、作者の小説作法《さくほう》の勝利といってもよい。


　池波正太郎の諸作品には、さりげなく、料理という大上段に振りかぶった代物ではない、庶民の

食卓に普通に並べられる惣菜や汁や飯のつくり方が書かれている。それが池波正太郎の読者には限りなく好ましいものなのだが、「おじゃれ女八丈島」には、岩造という料理人の腕を振るった料理の数々が描かれ、これも読者のたのしみの一つとなっている。島抜けを目的とする緊張した話の筋の中で、いかにも美味《うま》そうな皿や鉢や椀が出てくると、ふっと我に返ったような、あ、俺は生きていたんだ、といったふうな気にさせてくれる。

そのうえ、フグの毒が話の運びの上で重要なファクターとして、大きな場所と意味をもっているが、そのためにも、岩造という料理人と料理は、この作品にとって無碍に出来ない大きな小道具（矛盾した言い方ではあるか）なのだ。

「新・執行猶予考」の〈受賞のことば〉で、
「私はもともとテレビ局のサラリーマン時代、シナリオから出発しましたので、今後もヴィジュアルでスピーディーな小説を目指します」

と荒馬間は言っている。たしかに、はじめにも書いたように「おじゃれ女八丈島」はヴィジュアルでスピーディーな作品に仕上っている。ただ、小説を書こうという者の誰もがそうしようと思っても、その腕がなければ出来えないものであって、その点、荒馬間はその出発点で充分にその作法を自分のものとしていたと言えよう。

ここ十年ほどの間にデビューした時代小説作家の中には、隆慶一郎、池宮彰一郎、黒須紀一郎と、TVドラマや映画の脚本を書いていた人たちが目立つ。それぞれに、特異な作風でもって、読者を魅了したが、皆、ヴィジュアルでスピーディーな作品を発表してきた。このことは、現代の時代小説を

読み、考えるうえに大変に重要なことと言わねばなるまい

我家にＴＶが据えつけられたのは、昭和三十五年だった。日本全国にＴＶが普及したのは、三十四年、当時の皇太子の御成婚のＴＶ中継が、多大な力があったことは、有名な話であるが、あれからもう三十八年が過ぎたことになる。それ以前、我々は動く画像は、映画館でしか見ることが出来なかった。街頭ＴＶはそれ以前からあり、ソバ屋や喫茶店などには受像機が設置されていたりしたが、それらは日常ではなかった。そして、昭和三十年代は放送時間が限られていて、午後の数時間は休憩時間だった。が、それはともかく、我々はこの三十何年かの間に、映像を日常のものとしてしまったのだ。

かつて、立川《たつかわ》文庫に心躍らせ、「宮本武蔵」に胸ときめかせ、「鞍馬天狗」に声援をおくっていた時代ではなくなってしまったのだ。目に見え、声が聞え、動かなくては満足出来なくなっているのだ。いま挙げた作家の作品ばかりでなく、このごろの時代小説、もっと言えばエンターテインメント作品は、実にヴィジュアルで、スピーディーで、時にカラフルでさえある。

こういう時代にあって、荒馬間の作風はまさにうってつけのものであった。隆慶一郎が亡くなり、池宮彰一郎はすでに多作を期待する年齢ではない。昭和十七年生まれで、脂の乗りきった荒馬間が、これからの新しい時代小説のリーダーとして活躍するにちがいないと思っていた。新作をたのしみにしていた。

ところが、奇しくも本稿執筆依頼をうけた平成九年十一月七日その日、癌によってこの世を去ってしまった。惜しんでもあまりあるが、今や、遺された作品を心ゆくまでたのしませてもらうことが、故荒馬間に対する最大の回向だと考える。多作の作家ではなかったから、当河出文庫に他の作品も収録されて、多くの読者の目に触れてほしいものだ。

いずれにしろ、小説作品を純粋におもしろくたのしむという方向に向かいはじめ、〝大衆文学〟から〝文学〟という言葉がとれ、〝エンターテインメント〟と呼ばれるようになってから、たかだか三十年ほどにしかなっていない。しかし、世の大勢は純文学と大衆文学という二極対立から脱却しつつあることだけは確かだ。エンターテイナー荒馬間の冥福を祈るとともに、今後ますます、「おじゃれ女八丈島」のようなおもしろい小説が書かれ、読まれるよう、願ってやまない。

（一九九八・「おじゃれ女八丈島」解説・「河出文庫」河出書房新社）

源氏鶏太作品の秘密？

昭和二十年八月十五日、平和が蘇った。しかし、欧米に追いつけ追い越せを合言葉に富国強兵に全精力を注いだ果てが、焼け跡だった、闇市だった。〃民主主義〃という口当たりの良い言葉は、そこではまだ何の意味もなさなかった。地に這いつくばって再生に向かった人々が、自分を、そして他人《ひと》をフッと見つめなおそうとしたのは、新教育制度が発足した昭和二十二年ごろからだったのではないか。

丁度その頃、源氏鶏太の「たばこ娘」が『オール讀物』（昭和二十二年二、三月合併号）に発表された。まだガード下や焼け残ったビルには浮浪児が屯していたし、傷痍軍人が街角や電車の中でその傷ついた姿を衆人に晒《さら》していた。煙草は配給だったから、愛煙家は闇の煙草売りから高い料金を出して買っていた。

「たばこ娘」は、その闇煙草売り娘と、彼女から毎日煙草を買っている若い男との淡い恋、とも言えないような恋物語だ。恋物語もさることながら、煙草に関する軽いエッセイ風な文章が鏤《ちりば》められているこの作品には、奇妙な非現実感がただよっている。これは、後のサラリーマンを描いた作品群にも感じることであって、いかにもありそうでいながら、決して現実には存在しない、そんな話で、それがまた肺腑を抉《えぐ》るようなものではなく、どこまでもフワッと軽い作品だ、ということが、その奇妙な非現実感なのではないか。

それにしても、源氏鶏太の作品の標題は、どれもこれも見る人の心をやさしくほのぼのとさせる。本書の「幸福さん」などはその典型だ。いくつか挙げてみようか。「随行さん」「英語屋さん」「ホープさん」「ラッキーさん」「大安吉日」「意気に感ず」「三等重役」等々。

私事で申し訳ないが、昭和三十五年夏、小学館から発行されていた「マドモアゼル」という女性雑誌のアルバイトをしたことがある。その時、源氏鶏太邸に原稿を受け取りに行った。暑い盛りだった。写真で見たことのある、いかにも人のよさそうな顔の御本人が玄関に出てきて、「暑いところをご苦労さん」といった労《ねぎら》いの言葉をかけてくれた。そこはかとない暖かみを、ぼくの心に残した。人柄というものか。それが、自ずと作品にも、そして標題にも滲み出てくるのだろう。

実際、どの作品にも、徹底した悪人は登場しない。悪徳な人物、非情な人間であっても、どこか憎めない、善人の面影を宿している。本作品に登場する、金の亡者のようなマネキンガールの弘子さんにしても、フッと可愛さを匂わせる。みさきさんを辱めた加東君やそのお母さんだって、愛敬さえ漂わせているではないか。

これが、どうも源氏鶏太作品の秘密のように思われる。

源氏鶏太は明治四十五年に富山で生まれ、昭和五年、富山商業卒業と同時に、大阪の住友合資会社会計課に勤めた。戦後昭和二十四年に同じ住友系の泉不動産に移り、三十一年に退職するまで、戦時中の応召期間はあるが、二十六年という年月をサラリーマンとして過ごしたのである。その間、昭和九年に報知新聞募集のユーモア小説に「村の代表選手」を応募、一等入選、翌十年には「サンデー毎日」の大衆文芸賞に源氏鶏太の筆名で投稿した「あすも青空」が佳作入選した。この「サンデー毎日」の大衆文芸賞は、編集長の千葉亀雄が選者をつとめて大正末年に始まったが、ここから多くの作家が飛びたっていった、非常に権威ある賞だった。たとえばこんな人たちがいる。角田喜久雄・海音寺潮五郎・花田清輝・陣出達朗・井上靖・村雨退二郎・山岡荘八・村上元三・山手樹一郎・鹿島孝二などだ。

戦争が激しくなり「オール讀物」に一回でもいいから掲載されたい、という夢を持ちながらも、以後、筆を執ることはなかった。戦後、インフレの進行に追いつかぬ月給を補うべく、かつての懸賞小説で手にした賞金のことを思い出し、あちこちの雑誌に原稿を送ったという。そのうちの一編「たばこ娘」が、文藝春秋編集局長池島信平の目にとまり、夢に見た「オール讀物」に掲載された。いわば文壇的デビューだ。

そして二十六年、「英語屋さん」他二編で第二十五回の直木賞を受賞する。

直木賞とほとんど時を同じくして、「サンデー毎日」に「三等重役」の連載を始める。戦後、財閥解体で追放となり空位になった社長の座に就いた南海産業の桑原さんと、人事課長の浦島さんのコンビが繰り広げる、愉快でちょっと哀愁漂う三十五話からなる読切連載小説だ。二十五年には「週刊朝日」が吉川英治の「新・平家物語」の連載を始めて好評だった。まったく質の異なった二つの連載小説が、この二誌の部数を飛躍的に伸ばした。連載小説が週刊誌の読者数を左右する幸せな時代の走りだった。源氏鶏太と平家物語、世の人々は「源平の合戦」と囃したものだった。

こうして源氏鶏太は流行作家となっていった。しかし、実際のサラリーマンの苦悩、仕事の厳しさ、そこから出てくる悲哀、労使問題の激しさなどを、オブラートに包んだように誤魔化している、切実感がない、今の言葉でいえばシリアスではない、などの批判があったが、源氏作品は多くのサラリーマンに読まれ、続々と新作は書かれ、それがまた読まれ、という良い循環を描いていった。

二十六年に亙るサラリーマン生活で味わった勤め人の現実は、源氏鶏太の身にしっかりと染みついていた。痛いほどわかっていた。だからこそ、それを戯画化せずにはいられなかったのだ。現実をシビアに描いたとて何になろう、そう源氏鶏太は考えたにちがいない。そんな作品は、言ってみれば誰にでも書けるのだ。社会性の欠如も言われるが、それもわかりきったことなのだ。

直木賞の受賞の言葉の中で、

「直木賞が私のために、ひどく小粒になつたと云はれることを恐れてゐます。責任が感じられて、困惑してゐます」

と言っている。この言葉はすなわち、すべてわかってやっていることだ、作風は変えないよ、と言っていると、ぼくは考える。

さて「幸福さん」である。

この題名は非常に象徴的だと思う。いわゆる幸福な人と言える人物は、丹丸さんに惚れている花子さんただ一人だけだ。となると、幸福な人・花子さん、ということでこの題名をつけたのか。いや、それは違う。この作品に登場する多くの人たち、それが、それぞれの立場で、それぞれの幸せに向かって生きている、その生きている人たちすべてを「幸福さん」と呼んだのではないだろうか。

幸せを求めて日々を生きる人々、そしてその人々が皆、その目的の幸せを達成できそうな雰囲気でこの作品は終る。というと、この作品自体が「幸福さん」なのかもしれない。

善人の集り、皆が皆、自分の回りの人達に対して、善かれと思うことを行なう。まさにユートピアだ。

源氏鶏太の目指す作品世界は、作者自身が生きている現在の、どこにでもありそうな社会のユートピア化、とでも言ったらいいだろうか。どこにでもありそうなと書いたが、ありそうでいて、決して現実にありはしない社会なのだ。だから、ユートピアなのだ。

「幸福さん」を読んで、読者はただ、心ほのぼのとしてもらえればいいと、ぼくは思う。源氏鶏太自身も、そう思って書いたにちがいない。ここに愚にもつかない御託を並べたけれど、源氏作品にはそんなことは本来意味のないことではなかろうか。なにせ、読めば一目瞭然なのだから。余計な解釈や忖度は、作者に対してもまた作品に対しても礼を失したことになりはしないか。

ただ、かつてのベストセラー作家のベストセラー作品だけれど、ある期間を経て忘れられた感のある現在、あらためてこの人の作品世界を考えてみるのも、いささかの意味があるかもしれない。

「幸福さん」にしても、他の作品にしても、その当時の給料の額、その他、様ざまな物品などの価格が出てくる。これが、源氏鶏太作品の一つの大きな特徴ではないかと思われる。かつて五木寛之が、小説作品にいろいろなものの値段が書かれていないのが不満だ、と言っていた。言われてみれば、確かにその時代の価格が記されることは少ない。ところが、源氏作品には必ず出てくるのだ。

「幸福さん」は昭和二十八年二月三日から七月三日まで「毎日新聞」に連載されたが、この二十八年頃の給料、コーヒー代、その他、の値段がわかり、それだけでたのしくなる。源氏鶏太の全作品に出てくる諸金額をリストアップしてみるのも一興だろう。もう忘れてしまっている当時の物価の変遷がわかり、文学ということを離れて、社会学的にもおもしろいのではないだろうか。

最後に一つ、昭和四十五年に吉川英治文学賞を受賞した「幽霊になった男」について触れる。

この作品は他の作品といささか類を異にする。入社同期の男の一人が常務になり、その男にかつて妻を犯されたもう一人の男は定年まで平社員で過ごし、その後嘱託という立場で退社しなくてはならない。出世した男への怨みを、自殺して幽霊となってまで貫くという話である。ここには、愛敬のある悪人や可愛げのある非情な人間はいない。非情はあくまでも非情、弱い男は最後まで弱い。

こういう作品も数少ないがあることを紹介しておく。

なお、『源氏鶏太自選作品集』全二十巻が、完全とはいかないまでも収蔵している図書館が多いから、興味ある向きは借り出して読まれることを勧める。

今すべてが冷えきったこの時代に、源氏鶏太の諸作は、あるいは本来の意味を持ってきたのかもしれない。こんな時代だから、あらためて読みかえしてみる意義があるのかもしれない。

（一九九九・六「源氏鶏太」解説・「毎日メモリアル図書館」毎日新聞社）

「大菩薩峠」はこわくない

とにかく長い。一万三千枚、NHKのアナウンサーのニュースを読む速度で読むと、二一六時間、その倍の速さでも一〇〇時間以上かかる。だが、ただ長いだけではない。おもしろい。単純におもしろい。いや、おもしろいだけじゃない。必ず何かを心に残してくれる。

初めは宇津木《うつぎ》文之丞《ぶんのじょう》の仇《かたき》を弟の兵馬《ひょうま》が討つべく机龍之助《つくえりゅうのすけ》を追い求め、適当なところで敵討を遂げて芽出たし芽出たしとなる予定だったようだ。ところが現実は、大正二年から昭和十六年まで、二十八年書きつづけて未完に終ってしまった。

この厖大な大小説のたのしみ方は、どこにあるのだろう。長い、というだけで読む気持が失せてしまう、という人もいるだろう。が、騙されたと思ってちょっと覗いてみてほしい。

「大菩薩峠は江戸を西に距《き》る三十里、甲州裏街道が甲斐国《かいのくに》東山梨郡萩原《はぎわら》村に入って、その最も高く最も険《けわ》しきところ、上下八里にまたがる難所がそれです」

書き出しのこの一文に触れたとたん、すでに「大菩薩峠」の世界にのめり込んでしまう。

そして間もなく、主人公机龍之助の最初の何の意味も見出せない殺人の場面があらわれる。

「編笠も取らず、用事をも言わず、小手招《こてまね》きするので、巡礼の老爺《ろうや》は怖《おそ》る怖る、

「はい、何ぞ御用でござりまするか」

小腰《こごし》をかがめて進み寄ると、

「あっちへ向け」

この声もろともに、パッと血煙が立つと見れば、なんという無残なことでしょう、あっという間もなく、胴体全く二つになって青草の上にのめってしまいました」

こういう発端を読まされると、そして、この頃なかなかお目にかかれないこの文体に触れると、胆《はら》の底からうれしさがこみあげてくる。そしてページはどんどん繰られるのだ。

鈴木貞美は「大菩薩峠」の魅力を、要領よくこう纏《まと》める。

「日本近代が生んだ最初の剣の小説であり、同時に、最大の全体小説。森羅万象、思想人情の百態を筆先にのせて描く、という作者のいわば底なしの思想が織り出す虚構世界の運動に身をゆだねる快感こそ、読書の醍醐味。

……個性豊かな数十人の人物が入り乱れる。舞台も大菩薩峠に幕を明け、江戸、名古屋、奈良、信州の山奥とところを移す。くまどりの濃い人物像も、土地土地の情緒も魅力となっている」

ここで、「大菩薩峠」の一般的な評価というか、認識を紹介しよう。縄田一男が、これまたうまく紹介する。

「中里介山は「大菩薩峠」を大衆小説と呼ばれることに対し、不快の念を禁じ得なかったという。しかし「大菩薩峠」ほどわが国の大衆小説＝歴史・時代小説と抜きさしならぬ関係を持った作品はない。

その理由を一つあげるとすれば、ヒーロー像をはじめ後続作品に対する影響の強さであろう。欧米の大衆小説の主人公たちが、多く社会秩序の維持のために活躍したのに対し、わが国のヒーローたちが、その破壊者、すなわち、ニヒリストとして登場したのは、彼らの原点にこの無明界をさ迷う剣鬼の存在があったからである。（略）机龍之助、彼こそは明治の修羅が生んだ血と救済のカルマ曼陀羅から現れた苦悩の具現者であり、この後、丹下左膳、堀田隼人、眠狂四郎ら多くのニヒリストを輩出した、わが国の時代小説のヒーロー第一号なのである」

これが一般的な認識だが、堀田善衞は、

「この大小説が一つの転向小説であり、その初期的、あるいは先駆的な一つではないか、またこの程度に深く民衆に愛された転向小説というものは、明治以後の日本文学のなかでも少いのではないか……（略）この長大な反社会的犯罪小説《クライム・ストーリー》が、人をして犯罪小説であるというふうにはまったく思わせない」

と、転向小説、犯罪小説と規定する。また、貴種流離譚《きしゅりゅうりたん》でもあるという。そしてこれは有名な評価だが、桑原武夫が、

「日本文化のうち西洋の影響下に近代化した意識の層があり、その下にいわゆる封建的といわれる古風なサムライ的、儒教的な日本文化の層、さらに下にドロドロとよどんだ、規定しがたい、古代から神社崇拝といった形でつたわるような、シャーマニズム的なものを含む地層があるように思われる。（略）「大菩薩峠」の根は、もっと深くまで達している。（略）彼（介山）の偉さは第三層からも養分を吸収していることである」

と、介山の創作姿勢にまで踏み込んでいる。

さて、この作品の巻頭に〝著者謹言〟として、次のような文章を掲げている。

「この小説「大菩薩峠」全篇の主意とする処は、人間界の諸相を曲尽《きよくじん》して、大乗遊戯《だいじようゆげ》の境に参入するカルマ曼陀羅《まんだら》の面影を大凡下《だいぼんげ》の筆にうつし見んとするにあり。この着想前古に無きものなれば……」

考証する。

多くの人がこの文章を引用して、介山が言う〝大乗小説「大菩薩峠」〟の基本的創作意図について、しかし、この文章の単純な言葉の意味に関する言及が無いのは何故《なぜ》だろうか。仏教用語を活用したこの文章、普通の人は簡単に理解できるものではない筈だ。安岡章太郎は「果てもない道中記』でこう言う。

「いずれにしろ、この文章のむつかしいこと――「大乗遊戯……うつし見んとする」などと言われても、正直のところ私には、ちんぷんかんぷんである。ただ私は、そこにわれわれの意識下に沈んだ内的な世界を感じ、作者がそれを小説のかたちで映し出そうとしていることは、何とか汲み取れるのである」

これが正直なところではなかろうか。理解しているつもりで論を展開されても、読者はこまってしまうしかない。あの安岡章太郎でさえこうなのだから。

しかし、「大菩薩峠」を読む上に、この一文は大変に重要な意味をもっていると思うので、ぼくなりに註してみよう。

「曲尽」は〝詳しくきわめること〟という意。

「大乗遊戯」これが一番難しい。大乗とは大きな乗物という意味で、仏法を修行している者が悟りを開くだけでなく、それを多くの人に施して救うということだから、その境地を心からのたのしみとして生きること、だと、ぼくは考えた。これはなまなかな人間がなれる境地ではないし、出来ることでもない。

「カルマ曼陀羅」は生まれつき背負っている、人それぞれの〝業〟の姿を形にしたもの。

「大凡下」とは不思議な言葉だ。凡人、平凡な人という意味である〝凡下〟に〝大〟が付くとは、どういうことか。これこそが介山の介山たるところではないだろうか。自らを卑下している訳ではない。だからといって思いあがっている訳でもない。大乗遊戯できる人間から見たら、筆者介山は、どう仕様もなく凡ではないか、という思いが籠っている言葉ではないか。

と、こうしてみると、「大菩薩峠」はカルマの塊のような登場人物たちが織りなす曼陀羅ということになる。それはすなわり、介山自身でもある、ということにもなろうか。

カルマの権化のような龍之助だから、人を殺したくなる。そして心身すべてが〝開明〟で出来ているような駒井甚三郎は、カルマとは全く関わりないように立派な男だが、伊勢の間《あい》の山《やま》から出てきた門付けのお君を囲ってしまったことにより失脚、その事が、たとえ好きな研究に専念でき、パラダイスを求めていても、心の底に常に蟠《わだかま》っている。この両極端のような二人の生き方を見ても、巻頭の文章が示す介山の仏教的意図が明瞭に伝わってくる。

どうも小難しい文章になってしまう。だからといって「大菩薩峠」が小難しい小説だという訳ではない。宇津木兵馬は龍之助を仇として追うが、常に擦れ違いつづける。仇討小説として読んでも、ハラハラする。恋愛小説として読んでも、お君と駒井甚三郎の純粋な、龍之助とお浜、お豊、お銀様、あるいはお雪たちとの種々な恋の姿、神尾《かみお》主膳《しゅぜん》と父の女であったお絹との爛れた関係等々、それぞれの恋の形がたのしい。かと思うと、幕末の日本の姿が虚構の中に浮かびあがる。また、介山の思想の一端が、登場人物たちの言動によって示されるのもうれしい。そして、龍之助以下の人物たちが歩きまわる恐山、花巻から始まり、奈良、和歌山まで、一都一府二十一県にまたがる紀行文としてもたのしい。

ここで、机龍之助が、ニヒルな剣士として多くの人に認識されていることに反論しておきたい。縄田一男が書いていたように、丹下左膳、眠狂四郎、堀田隼人らのキャラクター創造に、机龍之助が寄与していたことは確かであろう。しかし、後続のヒーローたちは、特に堀田隼人の初期の頃、そして狂四郎の、何に対しても自ら興味を示さないその姿は、まさにニヒルを絵に描いたような人物だ。けれど、龍之助は、決してニヒルではないのだ。

御嶽《みたけ》神社の奉納試合で宇津木文之丞を討ったあと江戸へ逃げた龍之助とお浜は、郁太郎という一子を儲ける。そして四年後、お浜を斬ることになるのだが、その直前の二人の会話が何とも穏やかなのだ。

「「浜、雪は積ったか」

「はい、さっきから少しもやまず、ごらんなされ、五寸も積りました」

「うむ……だいぶ大きなのが降り出した」」

云々と続く。その合間に、こう地の文を書く。

「今日は竜之助の言うことが、いつもと変ってしおらしく聞えます」

いつもと変ってはいるが、しおらしい言葉を口にすることは、ニヒルな男にはありえない。何の目的も持たない冒頭の巡礼殺しや、夜な夜なの辻斬りは、それだけを見ればニヒルに見えないことはない。しかし、これは、あえて一つの言葉で説明しようとすればアナーキーとかデカダンというのが相応しいのではないか。

お豊との関わり、お銀様との道行、お雪とのほほえましい交わり、息子の郁太郎の事を思ったり話したりする姿を見れば、決して、〝ニヒル剣士〟などという安易な言葉で一括《ひとくく》りに断定することは出来ない。

話がすすんでいくうちに、龍之助はデカダンでも、アナーキーでもなくなってくる。もちろんニヒルではない。一言で表現できる姿ではない。幽明定かならぬ様相を示しはじめるのだ。読者はもちろん、龍之助自身も、己が死んでいるのか生きているのか、わからないまま漂いつづける。いや、作者中里介山さえ、はっきりしていなかったのではないかとさえ思われる。しかし、これがまた、「大菩薩峠」のおもしろさでもある。

また、巻頭の著者謹言で言う一種の仏教的無常感が、この作品の底を流れていることについて、それに係わって、伊勢の間《あい》の山のお杉、お玉（お君）が唄う「間の山節」の哀しさと差別の問題、そして、お銀様という我が儘なお嬢様が懸命に創ろうとした胆吹王国、駒井甚三郎が南洋の孤島の椰子林の中で経営しようとしていた共和国という、「大菩薩峠」の大きなテーマの一つであるユートピア建設、しかしそれがついには壊れていくということについても触れたかったのだが、紙数が無くなった。

さて、初めてこの大小説を読んだ吉野万理子さんは、どう読んだだろうか。この作品に触れた人は、心の中がモヤモヤとしてきて、必ず何かを言いたくなる。不思議としか言い様がない。その集大成が、安岡章太郎の名著『果てもない道中記』ではなかろうか。先に引用した文章でもわかるように、純粋な読者として、また作家として、鋭い視点と読みを示してくれる。

「大菩薩峠」を読んで、読んだ人すべてが、何か一言でも言って、それを一冊の本にまとめられたらどんなにかおもしろかろう。そんなことを思わせるのが、この長い大小説「大菩薩峠」だ。
そうそう、龍之助は尺八で「鈴慕」という曲を吹くが、その場面に魅入られて尺八を生涯の仕事にした人がいることを終りに記しておこう。

（二〇〇七・一〇「小説新潮」新潮社）

諸相を具有し具現する一人の男

山梨と長野の県境いをなす南アルプス。その主峰の一つ白根山の南山懐《やまふところ》、富士川の支流早川渓谷を四〇キロほど遡った畔《ほとり》に、奈良時代、女帝孝謙天皇が遷居したという由緒ある伝承がありながら、忘れられたようにひっそりと在る、奈良田《ならだ》温泉。その共同浴場の温《ぬる》めの湯に顎まで浸りながら机龍之助も、山の娘の頭領お徳に連れられてこの温泉に来、ぼくと同じようにこの湯に浸かっていたのだと、その姿を思い浮かべていた。

ニヒルと言われる机龍之助。けれど、ここ奈良田の湯に入りながら龍之助が考えたことは、まったくそれとは異なった、ただの男の感慨だった。何日か前の晩、ここから十里ほど南、山の娘たちの住《す》まい居《い》のある鄙びた山の里、お徳の家の縁に腰かけ、お徳と息子の蔵太郎と三人で、沁々《しみじみ》話した。

駿河と甲斐の国境い徳間峠で、東海道を下るについて道連れになった悪旗本神尾主膳の妾お絹と小悪党がんりきの百蔵とひょんなことから奇妙な諍《いさか》いになった龍之助は、甲州無宿の入墨が入った百蔵の右腕を斬って落とす。そして、それまでの疲れが出たのか、道標の下に崩折れるように倒れ込むと、前後不覚に寝入ってしまった。そして山の娘たちに助けられたというわけだ。

「今宵は月がよく冴えている。主婦《あるじ》のお徳は庭へ出て砧《きぬた》を打っていると、机竜之助は縁に腰をかけてその音を聞いています。

ここは篠井山《しのいざん》の山ふところ、お徳というのは先日、峠の上で竜之助を助けて来た「山の娘」たちの宰領《さいりょう》であります。（略）

「ほんとにお見せ申したいくらいでござんす、今日のこのお月様を」

お徳は砧の手を休めて、竜之助の方を向いて絹物の裏を返す。

「せっかくなことで。月も花も入用《いりよう》のない身になったけれど、それでも物の音だけはよくわかります。いや、眼が見えなくなってから、耳の方が一層よくなったようじゃ。そうして御身がいま打つ砧の音を聞いていると、月が高く天に在って、そしてそこらあたり一面には萩の花が咲きこぼれているような心持がします」

「萩の花は咲いておりませぬけれど、ごらんなさいませ、この通り月見草が……」

「月見草が……しかし、やっぱり見ることはできぬ」

「そうでござんした……月見草はよい花でございます」

「あれはさびしい花であるが、風情《ふぜい》のある花で、武蔵野の広々したところを夕方歩くとハラハラと袖にかかる、わしはあの花が好きであった」（略）

家の奥の方でこの時、書物を声高《こわだか》に読む子供の声がします。

「よく勉強していますな。あの子は性質《たち》のよい子じゃ、よく育ててもらいたいもの」

竜之助は、奥の間で本を読んでいる子供の声に耳を澄ましている様子です」

このようなホノボノとした会話が、文庫本で七頁にも亙ってつづく。ニヒル剣士の言動だろうか。この会話を読んでいると、がんりきの右腕を斬り落したのは、徳間峠で駕籠舁がその入墨を恐れたのを聞いて、あるいは、慈悲の思いでやったのかもしれない、とも思えてくる。また、蔵太郎への対し方は、お浜との間に出来たけれど一歳で別れた一人息子郁太郎が龍之助の心の裡にあるだろうことをうかがわせるに難くない。しかも二人の子供はほぼ同じ歳ではないだろうか。「よく育ててもらいたいもの」という言葉から、郁太郎のことを思っていること、あきらかだ。

「あれはさびしい花であるが、風情のある花で」「あの花が好きであった」など、よく言えたものだ。普通の男でさえなかなか口にするに恥かしい言葉ではないか。ニヒルな男が、女性に向かって言うとは思えない。女に対して下心があれば別だろうが……。ただ、龍之助にかぎって下心がある筈はない。

数日後、早川渓谷沿いの細い山道を、お徳の引く馬の背に揺られて、龍之助は蔵太郎と共に奈良田に向かった。道中、奈良田の伝説を語るお徳の声を聞きながら、龍之助は久しぶりに心が落ちついてくる。そして、奈良田につき、温泉に沈んで一人思う、ということになる。

「ああ、いい気持だ」

木理《もくめ》の曝《ざ》れた湯槽《ゆぶね》の桁《けた》を枕にして、外を見ることのできない眼は、やっぱり内の方へ向いて、すぎこし方《かた》が思われる。

「三輪明神の社家《しゃけ》植田丹後守の邸に厄介になっていた時分と、ここへ来て二三日逗留《とうりゅう》している間とが、同じように心安い。どうも早や、おれも永らく身世漂浪《しんせいひょうろう》の体じゃ、今まで何をして来たともわからぬ、これからどうなることともわからぬ。それでも世間はおれをまだ殺さぬわい、いろいろの人があっておれを敵にするが、またいろいろの人があっておれを拾うてくれる、男の世話にもなり、女の世話にもなる、世話になるということは誉《ほまれ》のことではあるまい、いわんや一匹の男、女の世話になって旅をし病を養うというのは、誉ではあるまい、それを甘んじているおれの身も、またおかしなものかな。おれは女というものではお浜において失敗《しくじ》った、お豊においては失敗らせた、東海道を下る旅、道づれになったお絹という女、あの女をもまた、おれはよくしてやったとは思わぬわい。おれは女に好かれるのでもない、また嫌われるのでもない、男と女との縁は、みんな、ひょっとした行きがかりだ、所詮《しょせん》男は女が無くては生きて行かれぬものか知ら、女はいつでも男があればそれによりかかりたいように出来ている。恋というのは刀と刀とを合せて火花の散るようなものよ、正宗《まさむね》の刀であろうと竹光《たけみつ》のなまくらであろうと、相打てばきっと火が出る、一方が強ければ一方が折れる分のことだ。おれをここまでつれて来て湯に入れてくれる女、それはあの女の親切というものでもなければ色恋《いろこい》でもなんでもない、ちょうどあの女が夫を失うて淋《さび》しいところへ、おれが来たから、その淋しさをおれの身体で埋めようというのだ、おれが山家の樵夫《きこり》や炭焼でない限り、それであの女の珍らしがり方が多い分のこと。しかしおれには人の情を弄《もてあそ》ぶことはできない、親切にされれば親切にほだされるわい。いっそ、おれは、あの女の許へ入夫して、これから先をあの女の世話になって、山の中で朽ちてしまおうか」（傍点・久米）

篠井山麓の山家《やまが》の庭で龍之助と話しながら砧を打つお徳の姿を、介山はこう記している。

「お徳は美しい女ではないけれども、いかにも血色がよく働きぶりのかいがいしい三十女。ここでも紺の筒袖《つつそで》を着て、手拭を被《かぶ》って砧を打つと、その音が篠井山の上、月夜《つきよ》段《だん》の奥までも響いて、縁に腰かけた竜之助の足許から股のあたりまでが、軽い地鳴りで揺れるのがよい心持です」

龍之助にお徳が見えるわけはないけれど、砧の響きで、お徳の姿を感じ、心根を見る。山家の縁での感情、奈良田の湯に浸っての思い、このような心持に龍之助がなったのは、生まれて三十年ほど、はじめてのことだったにちがいない。奈良田の湯での独り言に付した傍点の個所、常に張りつめて生きてきた龍之助は逃げ場所の一つと思ったのではないだろうか。そして、その場所に龍之助を連れて行ったのは、お徳という女の持っている生来のもので、山の娘たちを統べていくうちにいよよ培われ、備わってきた、男の心を抱き包む広く暖かい、女の胸、そのものだったのだろう。そして、その女の胸の裡を受け止め、受け取り、受け入れる心が、龍之助にはあった、ということだ。ニヒルな、そして無慈悲なだけの剣士ではなかった、ということだ。「親切にされれば親切にほだされ」るのだ。

この静謐な時も長くはつづかなかった。思いも懸けず、新撰組の山崎烝《すすむ》に出会い、世の移り変わりを聞く。その上、奈良田に現われた神尾主膳の擬者《まがいもの》に立腹した龍之助は、その男を斬って捨てると、甲府から江戸に出てしまう。そして定例のように辻斬りに出かける。その折、巣鴨庚申塚で、姦通を疑われて私刑に遭わんとする女を助けた。その女お若に連れられ、目の療養のため、高尾山の霊場蛇《じゃ》滝《たき》に百日参籠することになった。

満願が近づき、いくらか見えるようになったある真夜中、十六日の月が明るい高原の薄の原に龍之助は一人西の方を見て立っている。その時、小仏峠に見えた一点の灯。近づいてきたそれは、あのお徳だった。龍之助は、はじめて、お徳の姿を、その目で見る。彼女は酒と米と松茸を持ってきて、土瓶蒸しをつくってくれた。上燗の酒は、五臓六腑に沁み渡る……。心温まるこのようなしんみりとした一刻を過した龍之助、その心底には、まったく相反する念《おも》いがあったことを述べ、龍之助の葛藤を描く。

「温かい酒と、温かい飯とに瞑眩《めいげん》した竜之助は、久しく潜んでいた腥《なまぐさ》い血が、すっと脳天へ上って行くのを覚えます。この時に、むらむらと人が斬りたくなりました。眼に触るる人を虐《しいた》げて、その血を貪《むさぼ》ってやりたい心持が、ようやく首を持ち上げてみると、刀のないことが、もどかしくてたまりません。腰をさぐってみたけれど刀がありません。

ぜひなくその心をじっと抑えて、また弱々しい女郎花《おみなえし》を虐げて横になって、かすかに眼を開くと、焚火にかがやくお徳の血色というものが、張り切れるほどに豊満な肉を包んでいました。

百カ日の参籠ということによって、辛《かろ》うじて恵まれた肉眼の微光は、その間、やむことを得ずしてさせられた精進潔斎《しょうじんけっさい》の賜物《たまもの》であるとわかっているならば、再び人間の肉と血を見ることによって、もとの無明《むみょう》の闇に帰りたくはなかろう。肉と血を見ないことによって光が恵まれ、肉と血を見ることによって光が奪われるということなら、人間というものの生涯も、厄介至極なものではありませんか」

こうして「禹門三級の巻」を閉じ、次の「無明の巻」の冒頭で、「温かい酒、温かい飯、温かい女の情味も畢竟《ひっきょう》、夢でありました」と、投げ出して終える。龍之助の二つの心のありようを二つの巻に亙って書く介山の心憎さ。しかし、仮令《たとい》夢であったとしても、こうした夢を見る龍之助の神経のありようが、大事だ。

この物語の発端となった御岳神社での奉納試合。宇津木文之丞を打ち殺したあと、その許嫁お浜を攫って暮らした江戸での四年間。攫うとは書いたが、お浜自身、龍之助の行為に加担したことは確かだ。だから、四年の年月を共に過したこと、そして過せたことになる。そしてある日、生まれた一子郁太郎に乳を飲ませながら、二人話している。龍之助はまだ失明していない。

「浜、雪は積ったか」

炬燵《こたつ》に仮睡《かりね》していた机竜之助は、ふと眼をあいてだるそうな声。

「はい、さっきから少しもやまず、ごらんなされ、五寸も積りました」

「うむ……だいぶ大きなのが降り出した」

「大きなのが降ると、ほどなくやむと申します」

「この分ではなかなかやみそうもない、今日一日降りつづくであろう」

「降っているうちは見事でありますが、降ったあとの道が困りますなあ」

「あとが悪い――」

竜之助は横になったまま、郁太郎に乳を飲ませている差向《さしむか》いの炬燵越しにお浜を見て、

「あとの悪いものは雪ばかりではない――浮世《うきよ》のことはみんなそれじゃ」

今日は竜之助の言うことが、いつもと変ってしおらしく聞えます。

「ホホ、里心《さとごころ》がつきましたか」

お浜は軽く笑います。

「どうやら酒の酔《よい》もさめかけたような――」

竜之助はまた暫らく眼をつぶって、言葉を休めていましたが、

「浜、甲州は山国なれば、さだめて雪も積ることであろう」

「はい、金峰山颪《きんぽうざんおろし》が吹きます時なぞは、わたしの故郷八幡《やわた》村あたりは二尺も溜《たま》ることがあります
る」

こんなことを途切れ途切れに話し合って、雪を外に今日は珍らしくも夫婦の中に春風が吹き渡るように見えます」

龍之助が、単に虚無的に生きている男ではないことを、これらの会話から読者は受けとろう。実際、龍之助がニヒルな言動をとおしていたら、四年という長い時を共に過すことは出来なかった筈だ。普通の諍《いさか》いは当り前の夫婦と同じようにあったろう。そしてこの会話は、普通の夫婦としての姿を示していることだ。けれど、「珍らしく」と言うからには、この四年間に幾度かは春風が吹き渡ったことがあったということだ。けれど、甲源一刀流机道場の跡取りとして、剣以外は我儘一杯に育てられた龍之助のことだから、屢々お浜を手古摺らせただろうことは、想像に難くない。そしてまたこの我儘をいうことも、ニヒルとは遥かに掛け離れたものだとは、言うまでもあるまい。

それから数日後、新撰組の芹沢鴨などと京へ行くが、その直前、芝増上寺三門の松林で、お浜を斬殺してしまう。そして辿り着いた京島原の角屋、御簾《みす》の間で、お浜の亡霊に取り憑かれ、刀を振り回す龍之助。ニヒルな男が、亡霊に取り憑かれ、狂乱するだろうか。

さて、私刑から生命を助けられた（龍之助らしからぬ行為ではあるが、彼の心の本質の一つかもしれない）お若もお徳と同じように龍之助に惹かれていく。しかし、生き別れになっていた娘が見つかったとの知らせに、妹お雪に龍之助をあずけて江戸に行き、殺されてしまう。それ以後お雪は、龍之助に対して付かず離れず、といった感じで行動することとなる。そして秋十一月、奥信州の白骨温泉に湯治のために出かけた。

江戸時代末、おそらく明治になっても、白骨温泉は雪のため十一月にどの宿も閉め切り、飛騨に下って冬を越すのを習慣《ならい》としていたが、高山の穀屋の後家とその男妾《おとこめかけ》ともおぼしい浅吉とがすでに逗留していて、越冬したい旨を下山する宿の者に伝え、その許可を得ていたので、龍之助とお雪も同宿、療養に専念することとなる。

そして一冬を越すことになるが、お雪の龍之助に対する振る舞いは、同宿者達（二人が白骨温泉に留まることになってからも、神楽師の一行、俳諧師等が入宿することになる。その上、龍之助を兄の仇とつけ狙う、宇津木文之丞の弟宇津木兵馬までころげ込む。しかし、この兵馬を龍之助に会わせてはいけないと、お雪は感覚的に感じとり、秘かに兵馬を出立させる）に二人の仲を疑わせるほどに、献身的になってくる。姉のお若に頼まれたこともあるだろうが、そればかりでなく、いつの間にか、盲目の龍之助に魅かれていっていたからでもある。たとえば、穀屋の後家をお雪はどうしようもなく不潔に感じ、声を聞くのも顔を見るのも厭で、〝イヤなおばさん〟と龍之助には言っているのだが、それに対して龍之助は、「そんなことを言うんじゃないよ」などと、まるで父や兄のように窘《たしな》めたりする。そんな龍之助の心の裡を、純粋な若い娘は、自ずと感じていたのだろう。

越冬中の白骨では、それから実にいろいろあって、龍之助とお雪は白骨を出、白川を経て、飛驒高山の相応院に住まっている。そこでの二人の様子。

「……金屛風の金と、竹の緑青と、椿の赤いのを見ていると、屈託したお雪ちゃんの心も落着いてくる。

「お雪ちゃん」

そこへ、屛風の蔭から竜之助が刀を提げて歩いて来ました。

「まあ、先生」

「あんまり静かにしているから、心配になって見に来ました」

と竜之助が言いました。

「いいえ、いい心持で屏風の絵を見ていましたのよ」（傍点、久米）

「お雪ちゃんは、そうしてうたた寝をしている龍之助の横顔を見ると、この人はかわいそうな人だという思いが込み上げて来るのを抑えることはできませんでした。

どこから見ても、いじらしい人だと思わずにはおられません。わたしの姉さんはこの人が好きであったというが、わたしはこの人が好きなのだか、好かれているのだか、そんなことはわからないが、どうもこんな気の毒な人はない、ほんとうにこのかわいそうな人のためには、どんなに尽して上げてもいいという心持でいっぱいになってしまいます」

「ああ、かわいそうな人——心からいたわってやりたい。こうしているうちにも飛びついて、「ああ、先生、わたしは本当にあなたが好きでした」と、あの冷たい頬に、温い血をのぼらせてあげたい。あたしの姉さんはこの人に殺されたような気がするけれども、でも憎めない。わたしだって殺されてあげたっていいことよ」

このお雪の心裡、自分でも、何故こんな思いになるかわからずに悩む。しかし、お雪ばかりでなく、龍之助に関わった多くの女が、不思議とこういう心になっていく。それが、机龍之助だ。

傍点を打った龍之助の台詞。こんな言葉を口に上せるように見えない龍之助の姿形に、お雪はこれ以上にない、複雑な喜びを感じる。そんな時に、貸本屋の番頭から新刊本の筆写の仕事を受けることとなった。そして受けた謝礼金。

「鶴寿堂が帰った後、その一封の金包を持って、転がるように竜之助の枕辺に走《は》せつけたお雪ちゃん、

「先生、わたしが稼《かせ》ぎました。生れ落ちてから、今日という今日はじめて、自分の腕でお宝を儲《もう》けることができました。これはそのままじゃおけません、わたしはこれを神棚へ捧げます、そうしてこれから買物に出かけます、小豆《あずき》の御飯を炊いて、お頭附《かしらつ》きでお祝いをしましょう。わたしの稼いだお金で買ってあげなければならない。ですから、忙しいけれども、わたしこれから町へ出てまいりますわ、そうしてこれで小豆とお頭附きと、そのほかに買えるだけのものを買ってまいります。あなたのためにばかりじゃありません、わたしも自分のために、自分のお宝で買いたいものがありますもの」

と言って、お雪ちゃんは竜之助の枕許で喜びました」

これが事件の発端となる。高山には新しい代官が赴任していた。買物をしているお雪を見初めたのが、その新代官だった。好色、好金、好権力という典型的な悪代官。その誘いを逃れて帰ったお雪を、執拗に探し当てて勾引《かどわ》かす……。それを知った龍之助は代官屋敷に忍び込み、高く茂っている二本の孟宗竹の蔭から、お雪を追い廻す代官に向かってその存在を伝える。姿を見せない龍之助からの殺気が、恐怖を与える。

「……やにわに拳を振《ふる》って、その夫婦立《めおとだ》っている孟宗の蔭へ、シャニムニ武者振りついて行きました。武者振りついて行ったというよりも、孟宗の蔭に物があって、緊張がゆるみ力が尽きた呼吸を見はからって、このお代官をスーッと吸い寄せてしまったと見るのが本当でしょう。

「だあ――」

お芝居も、だあ——まで来ればおしまいです。

夫婦立ちの孟宗竹の蔭から、白刃が突きあがるように飛び出して、飛びかかって来た新お代官の、胸から咽喉《のど》へなぞえに突き上ったかと見ると、それがうしろへ閃《ひらめ》いて、返す刀に真黒い大玉が一つ、例の洲浜形にこしらえた小砂利の上へカッ飛んだものは、嘘も隠しもなく、そのお茶番を首尾よく舞い済ました新お代官の生首でありました。

そこで、すべての空気がすっかり流れ去ってしまい、夫婦竹の孟宗の後ろには覆面の物影が、竹と直立を争うほどすんなりと立ち尽しているのを見れば見られるばかりです」

「すんなりと立ち尽している」のが、龍之助だ。そしてこの後、代官の首を、街の中心に近い中橋の上に放り投げておく。翌朝、町の人々に見つけさせようという魂胆だ。これまでの、いやこれからも、龍之助の心は、とにかく斬り殺すこと、それだけが必要なのであって、そこに至るまでの行程はどうでもよかった。ところが、この殺人は、代官を恐怖におとしいれ、その極まった時に、刀を振う、というものだ。力をもってお雪を好き勝手にしようという代官の行動に、龍之助は珍らしくも心から腹を立てている。ただ殺したいから殺し、屍をその場に残しておくだけが、これまでの龍之助流だ。ところが、ここでは殺人を誇示している。その上、死後も見せしめのために首を晒すようなことまでする。こんな龍之助、他にはない。実に人間的ではないか。そうは言わないし、誰にでも理解できる言葉や行動を見せる訳ではないが、こういう殺人の仕方が、龍之助の心が、お雪に向かっていると示している。

その後、二人は幾変遷があって、お銀様が金に飽かして創りかけている胆吹山南麓の理想国《パラダイス》にたどりついている。そこでは、お銀様が龍之助とのことでお雪に嫉妬して厭味を言いつづける。そして、

お雪は外出を禁じられた龍之助を誘い、琵琶湖に小舟を漕ぎ出す。湖の沖に出てきた時、お雪は感極まり、

「「死にたい、死にたい」

とすすり泣きをしました」

というところに行きつく。龍之助はお雪の首を締める。しかし未遂に終り、別々に助けられた二人は以後会うことがない。女の誘いを容れての殺人行為は、龍之助にとって、これ以外にない。これも、お雪の想いがさせたことだろう。

一人になって京に辿りついた龍之助は、寂光院に入り込む。そこで知った若々しい老尼と連れ立ち、ことてもあろうに丸腰で、団扇を舞わし、浮かれ浮かれながら踊り出てきた。花尻の森へ忍び踊りを見に行こうという。この長大な「大菩薩峠」の終り近く、机龍之助はどうなってしまったのか。未完で終ったために誰にもわからないが、遺っている「椰子林の巻」以後の創作ノートには、坂本龍馬の名は出てくるが、机龍之助の名は出てこない。ただ、このゾロッとした姿が、あるいは龍之助の本質だったのかもしれない。このような姿になってしまうと、この後、もう、机龍之助は、どんなに長く「大菩薩峠」がつづこうと、登場することはあるまい。いや、もう描くことが出来はすまい。

こうしていくつかの龍之助の姿を引用してみると、ニヒル剣士机龍之助とは何だったのだろうかと、考えてしまう。冒頭、大菩薩峠で老巡礼を斬って去って行く着流しの龍之助は確かにニヒルな剣士、それも、無慈悲な武士、浪人であった。そういう机龍之助は、この長大な「大菩薩峠」の到るところ

にあらわれる。しかし、それとともに、というよりそれ以上に、拙稿で引用したような龍之助も度々登場する。ここには、女性関係だけをとりあげたが、江戸の長屋に一緒に住まっている宇治山田の米友から辻斬りを詰《なじ》られた龍之助はこう答える。自分はすでに死んでいて、幽霊だ、その食物は人間の生命《いのち》だ、だから人を斬る、と。さらに、米友の槍の力を誉め、自らの剣との生い立ちを述べ、最後にこう言う。

「……一生を剣に呪われたものかも知れぬ、生涯、真の極意というものを知らずに死ぬのだ、もし、神妙というところがあるなら、それを知って死にたいものだがな」

この神妙な台詞はどうだ！　ただなりゆきにまかせ、虚無に生きている男の言うことだろうか。つくづくと己を見ている龍之助の人となりが、ここには滲み出ている。奈良田の湯に浸かりながらのあの独り言は、こういう生き方をしてきた龍之助の心の叫びだったのかもしれない。あの心裡が、若々しい老尼との道行きとなったのか。

誰が言い出したのか、机龍之助はニヒリストで、以後の大衆時代小説に登場するニヒル剣士に大きな影響を与えた、という説。例えば、大佛次郎「赤穂浪士」の堀田隼人、林不忘の丹下左膳、郡司次郎正「侍ニッポン」の新納鶴千代、柴田錬三郎の眠狂四郎など。冒頭の大菩薩峠での龍之助、辻斬りに出かける龍之助、四年を夫婦として生きたお浜を斬って捨てた龍之助等々は、なるほどそう考えてもいいだろう。そしてヒントにはなっているだろう。ただ、机龍之助はニヒリストだ、と決めつけてしまっては、この長大な小説と、机龍之助に対して申し訳ない?!

「机龍之助は神そのものの如き自由人である。何者も彼を束縛しない。何物にも彼は執着しない。

彼を魅するものはたゞ、この澆季の世に生をうけて、死に劣れる生活をしながら而もいたずらに生をのみ求めている人間の生命を絶つ刹那の快感ばかりである。彼はこの快感の搾取者である」（傍丸大宅壮一）

（「自由人机龍之助」、「中央公論」昭和三年三月号）

「自由人」と言う潔さ。様々に解釈でき、理解できるではないか。「ニヒリスト」というのとは、まったく異なっている。自由人、大宅壮一の言である。

とにかく、一つ型に嵌め込むことは好ましくない。その型に乗って論ずれば、論者は楽であろう。しかしそれははたして評論と言っていいであろうか、論文と言っていいだろうか。拡がりも深みもない文章だ。また、その型が一般的になってしまうと、それが定説となってしまい、本質から離れていってしまう恐れがある。非常に怖いことではある。

机龍之助というキャラクターを創り出した中里介山の真意はいずこにあったのか。『大菩薩峠』巻頭に掲げた著者謹言の「……人間界の諸相を曲尽して、大乗遊戯の境に参入するカルマ曼荼羅の面影を大凡下の筆にうつし見んとするなり……」の一つの相としての机龍之助であるとともに、諸相を具有し具現する一人の男を描きたかったのか。とともに、「机」という姓をつけたことも、考えてみなくてはいけないのではないか。

極めつけると、そこに安住してしまう。それが怖い。そうはありたくない。自由な机龍之助像を、自由に感じたい、受け取りたい、たのしみたい。それが、「大菩薩峠」の拡がりにつながり、おもしろさにつながってくる筈だ。

（二〇二〇・一一「アナホリッシュ國文学」第9号）

一人で三人

　昭和八年十月より十年六月まで、『一人三人全集』というシリーズが、全十六巻で新潮社から刊行された。シリーズといっても巻数は決めず作品が出来次第増えていくというものだった。それにしても、奇妙な全集名である。明治三十三（一九〇〇）年一月生まれ、昭和十（一九三五）年六月、三十五歳で急死した作家・長谷川海太郎の全集である。何故、「一人三人」というのか。

「この太陽」などの恋愛小説、「七時〇三分」などのミステリー、そして「浴槽の花嫁」などの世界怪奇実話を書いた牧逸馬。

「テキサス無宿」などアメリカでの日本人の胸のすく活躍を描く「めりけんじゃっぷ」物、「踊る地平線」などの世界旅行記を書いた谷譲次。

「丹下左膳」などの時代小説、「釘抜藤吉捕物覚書」などの時代捕物を書いた林不忘。

　というふうに、一人で三つのペンネームを使いわけて十年間書きつづけて逝った作家なので、この不思議な全集名となったというわけだ。

　昭和四十二年、『国民の文学』という歴史時代小説の担当となったぼくは、名のみ有名だった「丹下左膳」を初めて読み、その頃出版界でブームとなりはじめていた大正から昭和初期、雑誌「新青年」に代表される当時のモダンな作品群、たとえば国枝史郎、小栗虫太郎などのように、この三人の全集を、リバイバルで出版できるのでは、と考えた。そして、三十五年前の全集に至りつき、申し訳ないがこのネーミングを使わせて貰って新しい『一人三人全集』を企画した。

林不忘、谷譲次、牧逸馬各二巻、全六巻の全集（作品集）で、尾崎秀樹の全巻解説、「林不忘と私」という文章を都筑道夫、山田風太郎、「谷譲次と私」を野坂昭如と五木寛之、「牧逸馬と私」を松本清張と小松左京に、挿絵を、水木しげるに林不忘を、金森馨に谷譲次、横尾忠則に牧逸馬を依頼した。

さて、ここまでは『一人三人全集』の紹介だ。ぼく一人でこの作品集を担当するのは、他の担当もあるので同僚の渡辺恒幸さんと二人で分担した。

まず挿絵の依頼で、ぼくは横尾忠則さんに会いに行った。一人三人の意味を伝えると、横尾さんは、「そんな大変な人がいたのか、そういう人の仕事だったら、挿絵だけではいやだ、装丁もやらせろ、いや、内容見本も、そしてポスターも」と言ってきかない。社に戻って上司と相談の上、あらためて横尾さんの希望に添うこととなった。というより、これ幸いと、喜んで横尾さんの言に乗った、と言った方がいい。当時、横尾さんは、寺山修司の「天井桟敷」のポスターなど、斬新な仕事で大変に人気があり、ご当人からの希望でデザインすべてをやりたい、と言われる以外考えられない、こんな素晴らしく、大変に嬉しいことはなかった。だから、おそらく原稿料は相場よりも安かったのではないだろうか。

ポスターも、内容見本も、いかにもデザイナー横尾忠則と長谷川海太郎こと牧逸馬、谷譲次、林不忘と混然とした不思議な気味合いのデザインとなった。そして装丁は、金クロスの表紙、箱は、赤の太陽と黄色の太陽光、裏は黒一色という、派手なものとなった。評論家多田道太郎さんはこの本を見て言った。

「河出のシリーズは持ち歩くのにちょっと気恥かしくなるような装幀が多いが、ここまで徹底すると、かえっていさぎよい」

とにかく、原色だけで成り立っている本、ということが、社内でも賛否相半ばしていたように記憶している。

横尾忠則さんで思い出したことがある。それは彼のエッセイ集を一冊担当したことだ。ぼくは一つ、誰も考えつかなかったことをやってみたくてうずうずしていたのだが、これは、全く出版界では認められず、絶対に実現出来ないとは思っていた。しかし、横尾さんだったら、乗ってくれるかもしれない、と思い、オズオズと、しかし、ちょっと恰好よさそうに言った。それは次のようなことだ。

映画や、TVドラマでは、突然芝居が始まって、数分後に、タイトルがバーッンと映し出されるのがあるが、本でそれが出来ないだろうか。

いや、実に馬鹿げた、下らない話と思えるが、ぼくは真剣に考えていたのだ。横尾さんは興味をもって話をきいてくれた。

けれど、映画やTVドラマは、それを観ようと思う人が対象だから成り立つのであって、何かわからない本では不可能だ、との結論になり、原稿が割合多かったので本の背の厚さが三センチ二ミリになるので、普通の本の最後についている書名、印刷・発行年月、著者名、出版社名、印刷会社、製本会社名などを記した奥付をそこに記そう。そして、本文には、扉も、奥付も入れない、ということにした。また表紙だけでカバー無し、と決めた。ところが営業からクレームが出て、まず読者に何だかわからないから、帯を付けること、そしてカバーが無いと汚れた時にこまるからカバーをつけること、と厳命されてしまった。そこで、表紙と同じ、背を黄、表紙の表を青、裏表紙をピンクとするカバーをかけ、白地に表題「暗中模索中」と「横尾忠則」という著者名を赤で縦に大きく二行に印刷した帯をまいた。

判型は新書判の一回り大きい天地一九八ミリ、左右一一三ミリという変型で、先にも記したように厚さは三二ミリと、奇妙に持ち重りのする本になった。

その上、横尾さんは本文の組み方にも注文をつけた。これがぼくにはおもしろかったけれど製作部にとってはいたたまれないものだった。それは天地から文字までの開きが一ミリ、小口（綴じてない方。綴じてある方は喉《のど》という）も開き一ミリにしたい、というものだった。どんなに心をこめて製本をしても、天地小口のアキが一ミリしかないと、文字が斬り削られる恐れがある、と製作部に言われた。横尾さんは削られてもいいと言ったが、製作部に言われつづけ、では三ミリに、と譲歩した。しかし製作部は十ミリに、と言ってきかない。中をとって、五ミリに、ということで、決着した。それでも製作部は出来上がるまで心配でたまらないという姿を、ぼくに見せつづけた。

これだけ造る側（著者と担当編集者）の勝手がとおった本は、現在まったく無いのではないだろうか。だからだろう、ぼくたちの思いだけがカラマワリして、全く評判にならず、売れもしなかった。

この『一人三人全集』は、全六巻という小さな叢書ではあるが、先にも記したように、その頃の錚々たる執筆者を揃えていたから、原稿を頂戴するのに、担当者はそれなりの苦労をした。きっともう一人の渡辺恒幸さんも、大変だったろう。ぼくがもっとも苦労したのは野坂昭如さんだった。

村松友視さんも書いているように、野坂さんの遅筆は、並のものではない。夜中に門の呼鈴を鳴らしてくれと約束しておきながら、そのベルを村松さんが訪ねる前に壊してしまったという話だ。この時の村松さんの思いはどうだったろう。大日本印刷では、もう雑誌「海」の校了も目前だったというのに。

『一人三人全集　谷譲次　テキサス無宿』の巻の「谷譲次と私」を野坂さんは快く引き受けてくれた。何であれ、野坂さんは、実に快く依頼を受けてくれるのだが、その原稿をこちらが手にするのが、非常にむずかしい、というわけだ。

締め切り近くなると、連日、いや、毎日三回は電話をする。二日に一回はお宅を訪ねる。その頃野坂さんは西武線桜台駅から五、六分のところに住んでいた。その正門でなく、裏門を訪うと、オドオドした顔と態度の野坂さんが出てきて、「明日、来てください」と言って引っこむ。仕方なくぼくは辞し、明日訪ねる。門を半分開けて、同じ言葉が野坂さんの口から出る。この繰り返しが何日か続いた。

本文も解説もすべて校了間近で、もうこれから一、二日うちには印刷所に原稿を入れないと発売日をおくらせるしかない、というその夜八時頃に電話をした。「これから家に来てください」という心細気な野坂さんの声がした。ぼくはこれはもらえる、と、勇んで出かけていった。そして珍しく応接間に通された。暫く待つと、二階から降りてくる足音とともに野坂さんがあらわれ、言った。

「まだ出来ていない。約束は十枚だが、五枚でもいいか。今晩書くから泊まってくれ」

勇んできたぼくは、何処へその思いを向ければいいかとまどい、泊まっても泊まらなくても同じだから明朝訪ねる、そして、五枚でも一枚でもよい、時間は切迫しているのだから、と言ったが、「泊まってくれ」と繰り返すばかりだった。仕方なく家へ電話して応接間に奥さんが敷いてくれた蒲団に入ったのは十時頃だったろうか。

十時に床に就くなどというのは病気の時以外にはなかった頃のことだ。眠れるはずがない。それも他所の家、そして応接間、そのうえ二階では野坂さんが原稿を書いているのだ。寝られる訳がないではないか。

刑罰の一つに眠らせない、というのがあるという。瞼を上下に引っぱり、目を開けたままにするのだそうだ。しかし、人間の生理というのはよくできたもので、ついには目を開けたまま眠ってしまうらしい。さすが、ぼくもいつの間にかトロトロとしていた。

フッと気がつくと、二階からトントントンと降りてくる足音、時間は五時頃らしい。戸を開けて野坂さんが入ってくるや「きのう五枚と言ったが、十枚出来た！」と言った途端、目が覚めた。カーテンの隙間から、薄明がスーッと入ってくる。時計はまさに、五時をさしていた。

それからの、ぼくは眠れる訳がない。九時くらいまで輾転反側するばかりだ。ようやく九時すぎに奥さんが来て蒲団を上げて、朝食を用意して下さった。この朝食、上等の鮭の塩焼の高級旅館の朝食といったもので、実に美味かった。奥さん、こういうことには慣れているような様子だった。

それからまた一時間、十時過ぎに、ようやく野坂さんは降りて来て言った。

「寝ちゃって、書けていない。これから書くから、三時に池袋のコヤマ（喫茶店の名、いわゆる池袋モンパルナスに集まった美術家達が集まったという戦前からの店）に、ぼくは忙しくて行けないので、家にいる坊や（お使いの少年のこと）が持っていく」

ぼくは仕方なく家に帰り、会社に行くと、三時にまた池袋に向かった。待つこと三時を一時間過ぎた頃、坊やが、ようやく到着、五枚の原稿を受け取った。村松友視さんに比べれば大したことはないかもしれないが、野坂さんの担当編集者は、大なり小なり、こういうことを経験している。

もう一つ思い出した。昭和四十三年四月の倒産以来、河出書房は低空飛行をつづけていたので、野坂さんに一冊出版を依頼した。新聞連載が終了したばかりの「あやふや」という公害問題を材料とした作品を下さった。

早速読んで、疑問その他のチェックをして手入れをたのんだのだ。ところが、さすが野坂さん！一年間何の手も入れてくれなかった。そこで、先に印刷所に入稿して、校正で見てもらうことにしたのだが、これまた、校正で一年間、何の沙汰も無し。そこでぼくが相談しながら直して、ようやく、二年半たって刊行出来た。

しかし内容が地味なためだったか、まったく売れなかったのを覚えている。


こうした苦労は編集者となった者にとっては苦労とは言えない。戦前、この一人三人名の著者が活躍した昭和十年前後、講談社の「キング」、新潮社の「日の出」の二誌が鎬《しのぎ》を削った頃の編集者は、作家の家に夜討ち朝駈けはもちろん、泊りがけは当たり前のことだったようだ。戦前「日の出」の編集者だった和田芳恵さんの『ひとつの文壇史』（講談社文芸文庫）には、この辺りのことが詳しく描かれている。とにかく大変だったようだ。和田さんといえば、「日の出」の牧逸馬の担当で、彼が亡くなったその時、短編を貰うことになっていたが、未完のままなくなってしまった。けれど幸い（こういう場面で幸いという語は相応しく無いが）話を聞いていたので後を書きついで完結させ、遺稿と銘打って発表したという。

原稿取りの苦労より、思ったより売れなかった方が、どれほど心に響くか、しれたものではない。

『一人三人全集』第一回配本は、牧逸馬「浴槽の花嫁〈世界怪奇実話〉」二万部で刊行された。ところがまったく売れない。二回、谷譲次「テキサス無宿《めりけんじゃっぷ》」は一万部になった。そして三回目の林不忘「釘抜藤吉捕物覚書《時代捕物》」は、ついに五千部になってしまった。未亡人の長谷川和子さんは三回目を届けた時、言いにくそうに、

「あの……どうして半分ずつになっていくのかしら」

と言った。ぼくはどう答えたかまったく憶えていない。

それから四、五年後、牧逸馬、谷譲次は文庫や、単行本で多く復刊された。少し刊行が早かったのだと思って、自らを慰めるしかなかった。今、古本市などでは、全六巻で〇万円かするという。


（新稿）

己を排除し、見据えつづけた歴史

高校の修学旅行は秋の九州一周だった。修学旅行列車が東京駅を発車したのは夕方五時か六時だったか。中学の修学旅行は東北だったので、子供の頃からの憧れであった京都、奈良は、ついにこの時もおあずけとなった。

東北へは上野から夜行だった。はじめての夜行だったから、眠ることなどまったく出来なかった。青森まで、網棚に上ったり椅子の下に寝ころんだりしたが、駄目だった。おかげで、十和田湖までのバスの中ではほとんど眠っており、美しい奥入瀬《おいらせ》渓谷の景色は、まったく見られなかった。目が覚めた時、右側頭部が、痛くて仕方なかった。右窓際に坐っていたので、その時はまだ舗装されていなかった道路の凹凸のために、頭の右側を窓に打ちつづけていたためだった。

東海道線、山陽線の車内はえらく快適だった。とにかくよく寝た。目が覚めたのは、下関を出て関門トンネルに入る時だった。そしてはっきり目覚めたのが門司に停まった時で、朝陽が実に鮮やかだったのを覚えている。

九州一周の間中、別府温泉、高崎山の猿、青島の鬼の洗濯板、鹿児島天文館通り、熊本水前寺公園、阿蘇山、草千里浜、雲仙、島原、長崎、それぞれ楽しんだが、実は、帰途、京都に降りて、一人で京・奈良を、初めて辿る予定が、心の半分を占めていた。

京都では、一人で大坂に向かった新選組の近藤勇が鉄砲で打たれた墨染に住む遠い親戚に泊り、奈良は伎芸天で著名な秋篠寺に宿泊することになっていた。秋篠寺は、後に「炎環」で直木賞を受ける永井路子、いやぼくにとっては小学館「女学生の友」の編集部員・黒板擴子さんの紹介によった。

黒板さんは、ぼくの父がカメラマンで、小学館の仕事をしていたから、その関係で中学の頃から知っていた。早稲田大学高等学院三年の初夏だったか、大学へは、商学部に行けるくらいの成績ではあったが、文学部国文に行きたいと思っていた。父はそれをきいて、小説は趣味で楽しめばいい、商学部でも、法学部でもどちらでもいいからいくように、と説得した。しかしぼくは頑として諾わなかった。業を煮やした父は言った。

「黒板さんに説得してもらおう！」

こうして黒板さんを訪ねたのだが、彼女は東京女子大学の国文科出身だったから、説教になるわけもなく、どっちつかずの話となり、結局、国文に進むことになった。父としては、翻意させるための人選を、大きく誤ったことになった訳だ。

その黒板さんは、戦前著名だった歴史学者黒板勝美博士の甥の黒板伸夫さんと結婚したため旧姓の永井（そう、永井路子は旧姓をもととしたペンネーム）から黒板に変ったという訳だ。そんなことで、奈良の古寺には詳しく、親しくしているので、その黒板さんの紹介で秋篠寺に泊ったということになる。

国鉄（当時は国鉄だった）奈良線で一時間ほど、木津を過ぎて峠を越えた時、奈良盆地が左側の車窓にパッと拡がった。胸がときめいた。いまでも、あの時の様が思い浮かぶ。左前方に東大寺の大佛殿、興福寺の五重塔が見え、その後ろには枯草で一面覆われた若草山の円い頂きがのぞいている。汽車のはるか前方、南の方には、白い土の上に建つ法隆寺があるのだと思うと、居ても立ってもいられなかった。次の日は東大寺の二月堂、三月堂、南大門、大佛殿、興福寺の宝物殿を心ゆくまで見学、そして五重塔の五階まで上って奈良の街を見下ろした時の気持は忘れられない。

このことは、今、ぼくは文章には出来ないのだ。思い出せないのではなく、文章にならない、心の思い出として、胸の底にデンっとしてあるのだ。

それはさて、泊まった秋篠寺に関しては、修学旅行から帰って間もなく、「学院短歌」(昭和六十年二月)という雑誌に書いたものと、学部に進んで、「槻の木」の若い同人たちといってもぼくにとっては学院の先輩方がやっている短歌同人誌「れんげ」(昭和六十年五月)に書いたものがあるのでそれを左に引用させてもらう。

ついでながら「槻の木」と「れんげ」について一言記しておこう。

「槻の木」は大正十四年、窪田空穂を師とした早稲田の大学生たち、都筑省吾、染谷進、稲森宗太郎らが始めた雑誌で、平成二十七年十二月号で創刊九十年の幕を下ろした。

「れんげ」は、早稲田大学高等学院短歌会員だった、河出朋久、藤田三男、野中茂樹、小坂強、山内太郎、渡辺守利といった人たちが、学部に進んでから、「槻の木」に入会し、そこで、始めた同人誌だった。

ぼくは学部に入ってすぐに、両方の会員となった。

秋篠の朝

障子に朝の光があたって、古びたなんのへんてつもない天井をほんのりと明るくしていた。昨夕床に入ってから読んだ、住職の貸して呉れた美術史の本が開いたまんまおかれていた。読みかけて寝てしまったらしい。枕元の時計はまだ六時前だった。庫裏であろうか、人の気配がする以外は何の物音も聞こえない。

床を抜け出したぼくは外に出た。

白壁の本堂が透き徹った朝の光の中にどっしりと建っていた。瓦屋根のひさしがその白壁にくっきりと影をつくって印象的だった。

昨夕の雨はあがっていたが、境内は濡れていた。そしてその上に露が下りていた。

ぼく自身の足音さえも土にすいこまれてしまって、耳にとどかなかった。静かだった。柿が赤かった。

ふっと、目の前に薬師寺の聖観音があらわれた。その聖観音にかさなるように、なぜか四、五日前に旅をして来た九州島原の粗壁の家々が浮かんできた。そして、その小路を歩いている貧しい子守が歌っている島原の子守歌が聞こえて来た。ぼくもそれに合わせて小さな声で歌った。

おどみゃ島原の〳〵　なしの木育ちよ

本堂には伎芸天女が立っていた。格子を通して入って来る光は、伎芸天に動きを与えていた。昨日暗くなってから見た伎芸天女とは印象が全然違っていた。そして、これが昨夕と同じ伎芸天女かしらと思った。

懐中電灯の光に、自由自在にその表情を変化させられた伎芸天には、人間を超えた大きな力が在るかのようだった。今、自然の光の中の天女は、まさに人間だった。動くかと思った。笑うかと思った。話すかと思った。おこるかとさえ思った。

天平の昔から、この伎芸天女は見る人の心に平常《いつも》このような気持を起こさせたのであろう。そう思うと、ぼくは古人と話をしているような楽しさを覚えた。神と人間との間に在って、神と人間とをつなぎ、古人と現代の人とを繋いでいる伎芸天に、ぼくは前にも増した親しみを感じた。

境内を出ると、朝の霞が笠置や生駒の山々にかかっていた。すすきがゆれていた。

雑木林のかたすみに石の仏が一体、忘れられたように静かに立っていた。奈良にはこういう石仏がたくさん在るということを何かの本で読んだような気がした。そういえば、昨日一日だけでも寺の裏や、道端などにずいぶん見かけたことを思い出した。

秋篠の朝は、しっとりと落ちついていた。露と雨であらゆる物が濡れていた。この石仏も、ひっそりと濡れていた。木の間から日が零れて、石仏に襷をかけていた。供えられた花は枯れてしぼんでいた。

木漏れ日の下に立たせる石仏秋篠寺の秋の朝露
しぼんだ花がかすかに動いた。風がぼくの髪を、吹いて過ぎた。

秋の空に柿が赤かった。

伎芸天

近鉄奈良線、西大寺駅から北へ約十分、そこだけ木々にとりかこまれた秋篠寺がある。

秋篠寺寺務所発行の小誌によると、「宝亀六年（七七五）光仁天皇勅願、善珠《ぜんじゅ》僧正開山として創建、（中略）本堂は、もとの講堂で元来の金堂および東西両塔は保延元年（一一三五）焼亡して以来本堂となった。宝亀六年頃創建、鎌倉期及び明治三二年大修理、（後略）」とある。

西大寺駅から、初めての道を、人に尋きながら、秋篠の里へと歩いた。先刻から、時雨が砂利道を濡らしては過ぎて往った。なんだか、それが、これから行こうとしている秋篠に、非常にふさわしいことのように思われた。

道のつきあたりにある競輪場がこの景色の中では、少し不釣合いに思われはしたけれども、それさえもが、このいくぶん、靄と夕飯の仕度のための煙とで霞んでいる風景の中では、どうしても無くてはならない重要な、構図の一つをなしているようにも思われてきた。

ささやかな東門から境内に入ると、右手に本堂が、小さいわりには力のあふれた、姿を見せていた。何の下調べもなしに、ただ伎芸天を見ることだけを楽しみに来た秋篠ではあったけれども、すでに見物人の少なくなった境内に、小ぢんまりと、いかにもそれらしく建っている本堂は、激烈な感動ではなかったが、静かに、はっきりと、心をとらえて離さない力強さを持っていた。

後になって知ったことではあるが、保延元年の兵火によって、多くの物が焼失してしまっているとはいえ、この秋篠寺には、案外に多くの見るべき仏像がある。秘仏として崇められている鎌倉期の大元帥明王、そして本堂の中央には、本尊薬師如来坐像、同じ藤原時代の日光、月光両脇侍、地蔵菩薩、帝釈天像、それから、それを見ることを目的として秋篠にやってきた、技芸天女など。今ではぼくにとって皆なじみ深い仏たちではあるが、初めて秋篠を訪れたあの時雨でけむっていた時には、おそらく一般の人々がそうであるだろうように、これらの仏たちについての知識は、全くなかった。東大寺、興福寺、薬師寺、唐招提寺などが、人々に受けて、これらの寺を見ただけで帰る人が多く、秋篠まで足をのばす人の少ないこと等が、これらの仏像を一般に知らせるにいたっていないのだろう。けれども、一度秋篠を訪れ、木々の間に、いかにも秋篠の里らしく静かに建っているこの寺を見、これらの仏像を拝《み》るならば、おそらくは、誰であろうとも、再び、三度ここを訪ねてみたくなるに違いない。ぼくがそうであったのだから。

さて、秋篠の美女、伎芸天は、もとはといえば、天平時代の乾漆造りであった。が、しかし、保延元年の兵火によって、乾漆造りとして残ったのは、頭部だけであった。その後、大修理の折、残っていた頭部に合わせて、胴体をつけているのである。頭部だけしか残っていなかったのだから、おそらく胴体の様子は判ってはいなかったはずである。そのため、現在の胴体は、天平時代に造られた時の形とはおよそかけはなれているに違いない。この胴体は、鎌倉期に流行った木彫と、寄木造りの手腕とを駆使して、全く異質である乾漆像の頭部につけられているのである。異った材料で、相隔たった時代に、頭部と体部とが造られたにもかかわらず、全くバランスのくずれが無いばかりか、同一の材質で、一人の作者によって彫られた仏像より、かえって落ちつきや優雅さを感じさせさえする。

いくぶんか首を左に傾げ、少し西よりの南の空を見ているその眼は、黒く底光りのする頬とともに、芸能を司るという伎芸天らしい優しさをたたえていた。そして、ちょっと右へひねった腰は、静かな躍動感を持ち、アンドレ・マルローが薬師寺の東塔について「凍れる音楽」と言ったというが、伎芸天の腰の動きは、「松音《しょういん》の茶」とも言うべき、統一と奥行きとを感じさせる。かつては燦然としていたのであろう極彩色がはげかけた胴体には、かえってそのやさしさを増す力がふくまれているようだった。

静かな林の中に蕭然と佇《た》っている伎芸天女は、西の京の北、一時間に一本程しか通っていないバスが過ぎると、そのほこりでしばらくはガラスを通して外を見ることも出来ないような家々が一かたまりになっているこの秋篠に、最もふさわしい仏に違いない、そんなふうに思われた。

かつて、紅葉した秋篠の里、柿がポツネンと枝にぶらさがっていた秋篠、薄が風に揺れていた秋篠、秋が駈け足で大和盆地を過ぎようとしていた十一月の秋篠、そして薄緑色の芽が木々に萌えだし、霞で生駒や笠置の山々がぼんやり見えた秋篠の里、それでいて春はまだ来るのをしぶっているような三月の秋篠、そんな二とおりの秋篠を、目で見、体で感じて来た。

今考えてみるに、ぼくは秋篠の良い時期だけを見て来たようだ。しかし、生駒や笠置にいまにも雪が降りだしそうな日に、寒さに震えながら、しょんぼりと伎芸天を見るのも、あるいはぼくを喜ばせてくれるかもしれない。また、奈良ボケと言われる程の暑さの中で、ぼんやりと伎芸天を見ることも楽しいことであるかもしれない。けれども、秋から冬へ、そうして冬から春へのそれぞれの季節の変り目に、ほの暗い本堂に佇っている伎芸天ほど良いものはない。

本堂の中は、すでに暗くなっていた。力強いこの本堂の中には、たしかにぼくを引きつけずにはおかない仏たちがいるはずだ、そんな一人よがりの考えで、ほとんど何の見分けもつかないほどの暗さの中ではあったが、仏たちがほのかに息づいているのを感じた。

アルバイトの学生であろうか、懐中電灯を灯して堂内の仏たちの説明をはじめた。一本の、その暗さの中ではひどく明るく見える光でもって、伎芸天は自由にその姿を変えていった。下から光を当てられると、それはたいそう尊く見えたものだった。そして竿の先につけられた電灯が顔を正面から照らしたとき、それは全く人間そのものでしかなかった。うしろの白壁にうつった影は、伎芸天それ自身よりなんと貴く見えたことだろう。しかしそれにしても、一本の懐中電灯の光でもって、色々と変化させられる伎芸天を、この作者は考えたことがあったろうか。ぼくはそれが非常に大切なことに思えてしかたなかった。

はじめて秋篠の土を踏んだ二年前、冬が秋を追い抜こうとしていた二年前、伎芸天は、本当の芸術というものを教えてくれたようだ。いや、芸術と言うより、人間、人生と言った方が適切であるかもしれない。

今、これを書きながら、ぼくはふっとこんなことを思った。

「この伎芸天を広い雪の野に立たせてみたらどうだろう」

あまりに唐突な考えではあるけれども、そうしてみることによって、さらに一層伎芸天を深く見ることができるのではないか、そう思われるのである。もちろん本堂の中の伎芸天しか見たことはないし、こんな大それたことを考えるのは、あるいは不道徳なことであるかもしれない。しかし、どうしてもそうしなくてはならないんだ、それでなくてはいけないんだ、そう何かがぼくに呼びかけている。白い雪原に伎芸天を立たせることは、一種のサディズムであるのかもしれない。人間は誰でもサディズムと、マゾヒズムとを、その強弱は知らないが持っているものだという。もし、その一つでも満足させうるならば、それはそれで充分なのではないだろうか。

夜、秋篠寺の住職、堀内瑞善師と、柿を食べながら四方山話をしたことは、はじめて寺に泊ったことと、一人であったことで、ぼくは大変うれしく思ったものだった。ただ、一日中歩きつかれて少し眠くはあったけれども。

床に入ってから、もう一度懐中電灯の光の中で、首を左にちょっと傾げ、腰を右にひねって立っている、柔らかな躍動を持った伎芸天を思い浮かべた。何か、ぼくの身内をぞくぞくするものが走り抜けたように思った。おそらく明日の朝、格子を通して入って来る朝日に照らされた伎芸天をしみじみと見ることができるだろうことを楽しみに、電灯を消した。

寧楽へいざ伎芸天女のおんまみにながめあこがれ生き死なんかも　川田　順
秋篠の天つおとめの玉の緒はいづれの寺の仏にか燃えむ　吉野秀雄

＊

朝の伎芸天は、住職が境内を散歩するぼくに声をかけてくれて見せて貰ったものだ。夕方、懐中電灯で照らしてくれたのは、アルバイトの学生ではなく、住職の息子さんだったことを、あとで知った。その人工灯に照らされて動く伎芸天と、木枠の窓から差し込む縦縞の朝陽に彩られた伎芸天とは、まったくその姿を異にしていたことを思い出す。どちらがどう、ということでなく、全く異質の天女だった。

少年の頃に自分が書いた文章を読み返し、その時のことを思い返していると、あの純粋な感動が蘇るとともに、あの感動は、あの時だけのものであり、今後、絶対に再来することはないと知る。とともに、あの感動を書くことができたのは、秋篠寺を紹介してくださった黒板さんがいたからだと、あらためて有難くなる。ぼくは黒板さん、いや、永井路子さんの良い読者ではなかったけれど、最後に書き下ろしされた『岩倉具視』について書かなくてはいられなくなった。

ここに平成三十年十月二十七日、古河文学館から刊行された『永井路子初期作品集』がある。昭和二十七年、「小説サンデー毎日」（新年号）に発表したデビュー作「三條院記」から、三十五年十二月号の「歴史読本」に発表した「水底に沈む古河公方悲運の跡」まで八編の作品を載せている。小説四編、史伝四編だ。小説であろうが、史伝であろうが、永井さんは真正面から歴史に向き合って書いている。それは、直木賞を受けた連作「炎環」にも、そしてそれ以前からどうしても書きたいと思っていて漸く四十四年を経て書きあげた「岩倉具視」に至るまで、貫き通した永井路子という歴史作家の創作姿勢だった。

歴史に真正面から向き合って創作することは即ち、徹底的に己を排することだった。そこで形を成したのが、まったく感情のない文体だったから、時に永井さんの小説は、無味な印象を与えることさえあった。しかし、永井さんは「三條院記」以来、「岩倉具視」に至るまで、変わる、いや変えることはなかった。ついに、「岩倉具視」で、完璧に到りついたのだ。

岩倉具視という人は、幕末維新の功臣だった、そして遺欧米使節団の特命全権大使で、この使節団を岩倉使節団と冠にその名を言われる人で……といった程度で、それが何故、五百円札に肖像が印刷されたのか、それほどの人なのか、というのが、ほとんどの人の岩倉具視観なのではないだろうか。ぼくはそうだった。

直木賞を受けた「炎環」の「あとがき」に、

「一台の馬車につけられた数頭の馬が、思い思いの方向に車を引張ろうとするように、一人一人が主役のつもりでひしめきあい傷つけあううちに、いつの間にか流れが変えられてゆく――そうした歴史というものを描くための一つの試みとして」

と書いたが、描く作品に登場する「群像」を、車につけられた馬と見、そこから、その群像、その群像が引っ張り合う時代を、書いていく。それによってその時代が、その群像が、浮き彫りにされ、動き出し、形を見せてくる。それを、「炎環」から、いや、「三條院記」から「岩倉具視」までつづけてきた。それが、永井路子の歴史作品だった。

「岩倉具視」を、永井さんは史伝として書いたようだ。その書き方は、歴史の中で使われたり言われたりされてきた常套句、たとえば、「尊王（皇）攘夷」などの言葉を、剝ぐことだった。そこで、まったくこれまでと異なった時代の様相が、人間像が暴き出される。その積み重ねによって、岩倉具視という下級公家が、維新後、権力の中枢に上りつめ、右大臣にまで伸《の》し上がったのかを、説き明かす。その永井さんの只管《ひたすら》な想いが、あの永井路子の無味乾燥とも言われかねない文章によって、これまで読んだことのない見事な評伝文学を産み出した。奇妙に情味のある文章、名文と言われるような美文で書かれていたら、岩倉具視は、五百円札の写真だけで終わっていたのではないか。

　永井路子さんは、文学に志して已来、歴史小説を書くに際して、歴史に対して己を排除しつくし、「手擦れたキー・ワードを一切はずし」て、そうした耳慣れた言葉を剝ぎ取って、でも真似出来ない確たる文体を創造してきたのだ。そして、「岩倉具視」を書くために、多くの歴史小説、史伝を書いて来たのだ。「岩倉具視」を書くためにこうした生き方をして来たのだ。それらがついに、この「岩倉具視」で完成し、岩倉具視を完成させた。

　さて、史伝と歴史小説との違いは何なのだろう。海音寺潮五郎は史伝を得手としていたが、ぼくにはどうもその違いがよくわからない。「新明解国語辞典」（三省堂）には、「虚構をなるべく少なくし、その代わりに考証をまじえた伝記」とある。この解説が、「国語大辞典」（小学館）の「歴史上の事実に基づいて書かれた伝記」という解説よりずっとぼくには納得できる。というのは、史伝と言われている作品であっても、小説と理解し、読んでもいいのではないかということだ。「新明解国語辞典」の解説は、歴史小説の解説として成り立つのではないか。

十五年前、おくっていただいた「岩倉具視」をはじめて読んだ時、ぼくはこれを小説として読んでいた。今度これを書くために再読して、初めて永井さんは小説を書いているとは考えていなかったことを知った。

〝外交問題と、将軍継嗣問題で大失態をしたのは、「手入」と言われる贈賄で大間違いを犯した、その前日、黒い人影が都の中を秘かに走り廻ったという〟ことを記したあと、

「小説として書くなら、ここを巻頭に据えるべきかもしれない。人影は二つ。一つは岩倉具視、もう一つは具視の同僚の公家大原重徳《しげとみ》。

　彼らは公家たちの邸を秘かに訪れ、何事かを告げて廻った」

と書く。いずれにしても、「岩倉具視」は、史伝であって小説ではないことは確かなようで、最終章を「余白に……」と題して、「王政復古」し、いよいよ新時代となり、岩倉具視が、

「たった百五十石の下級公家から、五千石の右大臣へ。出世物語を書くのだったら、まさにこれから光彩を放ち始めるわけだが、今まで具視についてそれとは全く別の視点から書いてきたつもりである。

歴史小説とは、歴史表現としての人間を書くことだ――というのは五十余年、ここに根を据えてきた私の結論のようなものだ。ある人物をヒーローに仕立てあげ、彼の決断が歴史を変えたとするならば、人々を酔わせもするだろう。また、ある人物の、ある瞬間の行動で歴史が一変したと言え

ば、わかりやすいし、拍手も期待できるだろう。が、歴史とはそのような単純なものではない。かといって、「歴史」とは見えざる巨人で、人々を操り、翻弄させる怪物でもない。ごくありふれたかたちで歴史は人々の中に栖《す》み、人々はそれぞれ歴史を生きている。それぞれがモザイクのように嵌めこまれ、かかわりあって時空を支えつつ明滅しつつやがて消えていく。その存在は微少ではあるが、まぎれもなくその中に歴史は息づいているのだ。ここでは岩倉具視という人間を通して、歴史の息づきかたを見てきたつもりだが、めざましい出世と綯いまぜに、そろそろ彼の後姿を見送るときも近づきつつあるようだ」

長い引用になってしまったが、永井路子という歴史小説家の、作品に対する向かい方、その姿勢を、明確に言い切っているので許されたい。ということは、ぼくはこれ以上何も言うことはなくなってしまうのだが、この姿勢が、己を排除し、何の思いも籠めない文章によって、読む者をわくわくさせる、ということだけは言っておきたい。というと、それだけかい、という声がきこえてくるようだが、ここまで、一所懸命このわくわく感を伝えたいと書きついできた。それが伝わったかどうかまったく自信がない。それはまさに、紀貫之が「古今和歌集」の序で在原業平を評した言、「意あまりて、力たらず」ではなかったか。

しかし、この「岩倉具視」は、永井路子だから書けた、いや永井路子にしか書けなかった歴史文学作品だということはわかってもらえるだろう。そして、多くの人に読んでほしい。さすれば、この作品が、いかに、おもしろく、史伝、あるいは歴史小説として読者を魅きつけずにおかないかを理解してもらえるだろう。

（新稿）

「私はプロだから」

本郷と春日町を結ぶ大きな坂を、彦坂壱岐守の屋敷が脇にあったことから、壱岐坂と言う。その途中、本郷に向かって左に上る細い道と壱岐坂の岐れ道の角に建つ本郷ハウスに瀬戸内晴美さんの東京の住居《すまい》があった。駿河台下の河出書房からは歩いても三十分ほどで行けたから、ぼくはちょくちょく伺った。

鎌倉時代後期、後深草天皇と亀山天皇兄弟の争いが南北朝の発端になったのだが、その後深草天皇の寵を受けた女房二条の日記風懺悔譚を「とはずがたり」という。その存在はしられていたのだが、長いこと所在不明だった。昭和十六年、宮内庁書陵部で発見され話題になった。これを材料に、瀬戸内さんは、「中世炎上」を書いていた。

河出書房は日本古典を現代語に翻訳して、シリーズとして刊行してきた伝統がある。新しく、カラー版「日本の古典」を企画し、瀬戸内さんに、この「とはずがたり」を現代語訳して貰うこととなり、夜を日に継いで、ぼくは本郷ハウスに通った、というわけだ。

そのある日、突然、瀬戸内さんが行方不明になった。原稿の締め切りがせまっていたから、ぼくはオタオタした。知り合いの誰に聞いてもわからない。なるようにしかならない、と諦めかけたそのとき、岩手県平泉の中尊寺で、今東光師を得度親として、得度したとわかった。ホッとしたものの、それからの十日ほど、マスコミの取材にかかずらい、原稿はおくれにおくれた。

というのが、この原稿を書き始めるまでの記憶だった。ところが大間違い。本が刊行されたのは昭和四十八年一月、瀬戸内さんが得度したのは同年十一月だったのだ。人の記憶というのは、なんと当てにならないものだろう。そうすると、壱岐坂マンションの駐車場に停まって、途方に暮れていた記憶は何時のことだったのだろう。

いずれにしろ、「とはずがたり」の現代語訳の収められた「日本の古典・王朝日記随筆集Ⅱ」は、得度十カ月前の昭和四十八年一月に刊行されていた。その後瀬戸内さんは京都西の京の自宅と東京のマンションをたたみ、京都上高野の実に閑寂な里に一軒借りたのが、翌四十九年一月だった。そこに訪ねたのは、四月に刊行した、作家井上光晴との関係を小説とした作品集「吊橋のある駅」を持参した時だった。

さて、これより前、昭和四十七年三月に、「瀬戸内晴美作品集」（全八巻）を筑摩書房から、四十八年十月、「瀬戸内晴美長編選集」（全十三巻）を講談社から刊行を開始した。そして得度後、「瀬戸内晴美随筆集」（全六巻）を五十年一月より河出書房で刊行した。この三シリーズは、得度前の作家・瀬戸内晴美をここで纏めて振り返り、瀬戸内さんご自身の作家としての思いを固めるためだったろうと、ぼくは考えている。

この「随筆集」も担当だったから四十九年十二月に嵯峨野に建てた寂庵に、毎月仕上がった本を届けた。司修さんの装幀で瀟洒な本となって、瀬戸内さんには喜ばれたが、まったく売れなかった。

「随筆集」だけでなく、河出書房で頂いた「鬼の栖」「おだやかな部屋」「吊橋のある駅」は、すべて純文学であったから、その分野では多い部数ではあったが、売れた、というのではなかった。その終着のような感じで、随筆集は売れなかったので部長の藤田三男さんが言った。

「なあ、今度瀬戸内さんとこへ行ったら、売れる作品を貰って来いよ」

寂庵で話したところ、

「三社連合（出版関係の通信社）から一年間の連載をたのまれているの、何を書こうか、まだ決めていないの。案をくれたら、それをあげるわ。時代物がいいわね」

と言ってくださった。ぼくは別に、何の腹案もなかったが、フッと思い出したのが、今参局《いままいりのつぼね》だった。

「あ、私、日野富子（足利義政夫人）が大っ嫌いだから、それもらうわ。出来るだけ沢山の資料をたのむわ」

ということで、実に、五分とかからぬうちに決まり、ぼくは会社に帰って藤田さんに報告した。歴史担当の編集部の福田啓三さんに頼んで、足利幕府、日野富子、今参局などの資料を、大きなダンボール箱一杯、十日後に送った。

ダンボール箱一杯の資料だから、読むのに三ヵ月はかかり、どんなに早くとも四ヵ月後から連載開始とふんでいたのに、二ヵ月後には「東京新聞」に掲載され始めた。

瀬戸内さんと話をする一年程前、司馬遼太郎の「妖怪」という長編を読んでいた。

霊とか、妖とか、怪というものが、生活の中に普通に存在していた中世、足利幕府・八代将軍義政の時代、義政を間にして火花を散らす、正妻・日野富子と側室今参局の確執が、話の大きな筋としてあり、お前は、六代将軍義教の落胤だと娼婦の母に言われた男源四郎が、幻戯《めくらまし》に嘲弄され、政治も幻戯される時代の様をからませた、司馬遼太郎得意の伝奇時代小説《ロマン》だ。ここで、ぼくは初めて今参局という者の存在を知ったのだが、それを瀬戸内さんに、司馬遼太郎とはまったく異なった小説として書いて欲しい、という思いがあったのだと、今思い出している。

横尾忠則挿画で、現代、京都の有閑夫人達が壬生狂言を観、一週間後、銀閣寺で月見をするところから始まったこの作品「幻花」は、まさに、八代を数え、今にも頽《くず》れるほどに熟しきった室町幕府の姿を描ききるに相応しい導入だった。毎日の新聞が待ち遠しかったことを思い出す。

二年間の雑誌「文藝」時代から、ずっと純文学作家瀬戸内晴美と付き合ってきたぼくは、エンターテイナー瀬戸内晴美とはじめて向きあって、本当に驚いた。祇王寺の尼僧をモデルに描いた「女徳」を読んではいたが、学生だったぼくは、作品のことよりも、主人公の祇王寺住職智照尼のことに興味を抱いた。三年の春休み、教授の先導で十人程が祇王寺を訪ねた時は、小説「女徳」とは関わりない感動を覚えた。絵葉書芸者照葉の色気が、墨染めの衣を着た六十歳すぎの智照尼から淡々と滲み出してきた。

それはそれとして「幻花」は、それまでぼくが仕事でつきあってきた瀬戸内文学とは、まったく異なった作品であった。文章自体からちがっていた。話の運びも違った。登場人物たちは、目まぐるしく動き回った。そうか、これが、エンターテインメントなんだ、と、ぼくは、目を開かされた思いだった。連載中も、完結して刊行した時も、瀬戸内さんの口から、

「私、プロだから」

という言葉を、何度聞いたことか。

横尾忠則さんの挿画と、おどろおどろしい足利幕府の爛熟期の様を描く瀬戸内さんの文章とが融けあい、読むものを五三〇年昔に誘《いざな》う。

一年の予定だったが、瀬戸内さんの身体の状態が、どことなく芳しくないので、三百回で完結した。それでも千枚ほどの作品だったので、上下二巻にした。装幀は横尾忠則さんが挿絵を使って、怪異面妖摩訶不思議な作品世界をより以上に盛り上げてくれた。

TVドラマにもなって、上下合わせて三十万近くを売り上げた。

それはそうと、得度後の作品であるが、著者名は〝瀬戸内寂聴〟ではなく、この「幻花」が本名・瀬戸内晴美で刊行された最後の作品だったのではないだろうか。

（新稿）

Ⅲ

「やちまた」の人

白内障の手術をしようと思って予約した。十五年程前に左眼の手術をしたので、右眼も簡単にできるものと安易に考えていた。当然、緑内障と違って、一回で終わってしまう手術だから、何の抵抗もなく予約した訳だ。

ところが、一ヵ月半後に手術が迫った時、急に恐怖に襲われた。手術した後、右眼に眼帯をかけた次の日の九時半までの十数時間を想ったら、居ても立ってもいられなくなってしまったのだ。というのは、左眼の下半分が、見えないということに思いがいったためだった。左眼は、まず網膜剝離で手術、その後遺症の如き網膜前膜というので手術、そして白内障と、三回手術しているのだが、前膜という網膜に付着する小さな粒子の様なものを掻き落とす時に医者が小さな傷をつけてしまい、そのため半眼が見えなくなってしまったという訳だ。そのため、かつての白内障の手術の時とは、術後の状態がまったく異なっていたのだ。そのことに気がついたとき、急にその状態が恐ろしくなってしまったということになる。閉所恐怖症の嫌いがあるぼくにとって、たとい一時であっても、我慢ならない恐怖を呼び、抱くことになり、考えただけでそういう状態になったら気が違ってしまうかもしれない、とまで思いつめてしまい、その夜は一晩中、まんじりともできなかった。

早速眼科に行き、状況を話すと、何てことはない、すぐにキャンセルしてくれた。進行を遅らせる点眼薬をもらい、このままの眼を保持する、ということになった。完全に盲目になることは無いということなので心おきなくこのあとを生きることにした。

「その盲目の語学者がわたしに巣くってしまったのは、丘の松林のなかの、神殿のように床の高い古風な教室においてであった」

これは、本居宣長の長男でありながら、三十歳を過ぎてから盲目になってしまったことにより、弟子の稲懸大平《おおひら》を養子として本居家を継がせ、眼を治療しながら動詞の研究に生きた春庭の評伝「やちまた」の冒頭である。著者は足立巻一。

「天秤」という雑誌があった。神戸の詩人たちの同人雑誌だった。B5判のコート紙で、墨一色でありながら、瀟洒で大胆で華麗な割付が目を引く惚れ惚れする誌面だった。その第二十三号（昭和四十三年一月）に載った「やちまた」の冒頭を読んだぼくは、足立さんに巣くった盲目の語学者・本居春庭を描いた「やちまた」とともに、その著者足立巻一が、心の裡に住み着いてしまった。とは言っても、すでにぼくは、尾崎秀樹主宰の大衆文学研究会で足立さんとは知り合っていた。そこで早速、足立さんに連絡をとり、神戸のオリエンタルホテルで会うことになった。それは、神戸の元警察官である春木一夫さんの出版記念会の会場だった。春木さんは、初めて神戸を訪ねたのに、ぼくは彼の会に出席のためにわざわざ東京から行ったと勘違いした。ぼくはそれに対してどう言っていいか、とまどったことを覚えている。

「書きはじめたばかりで、このあとどうなるのか、どのくらい続くのか、皆目見当がつかないので、何とか目鼻がつくまで出版の返事は待ってほしい」

ということで、その日はパーティに出席し、二次会まで参加し、オリエンタルホテルで泊まった。

それから以後、毎日のように電話、手紙、そして、神戸訪問と、五月蠅《うるさ》いくらいに連絡をとりつづけた。連載開始から三年を経た昭和四十六年のはじめだったろうか、「お世話になります」と言われたのは。それからも連載をつづけ、昭和四十八年十月に発行の「天秤」三十八号で完結となった。原稿用紙一六〇〇枚を越す大作となった「やちまた」の内容は、次の如きものだ。

「ハーモニー」というセイコー・エプソンの社内報に「紙魚の戯言」と題して平成七年四月から一年間連載した第四回に「「やちまた」の裏表」として書いたものを引用する。

この作品は本居春庭という人の評伝です。

さて、本居春庭を知っている人はほとんどいないでしょう。この人は国学者本居宣長の長男ですが、32歳で失明してしまい、そのために本居家の家督は弟子の大平に譲り、自分は眼を治療しながら、一人、動詞の研究に専念し、生涯に2冊の本を著しました。『詞《ことば》の八衢《やちまた》』と『詞の通路《かよいじ》』です。『詞の八衢』は動詞の活用を研究、ほぼ現代の活用形に近い姿を示しています。そう、高校で習う古文のあの四段活用というあれです。『詞の通路』は自動詞・他動詞の研究です。

その春庭に、伊勢の専門学校に入学した足立巻一は取り付かれてしまいました。というのは、文法概論の白江教授の講義に魅せられたからです。1人の人の影響が生涯に関わるというのはよくあることですが、足立巻一はそれから40年、春庭を追い続けることになります。そしてついに『詞の八衢』の原稿を探し出し、盲目になった原因を特定することになるのです。

専門学校の生活、戦中・戦後、そして現在へ、足立巻一の半生が語られ、それを縫うように春庭の生涯と仕事、当時の国学の世界が開示されていきます。

いわゆる自分史（ぼくはこの言葉が嫌いだが他に相応しい言葉を思いつかないので仕方なく記す）の中に、江戸中期の国学・国語学の状況と、その学者たちの姿を綯い交ぜるように描いていき、本居春庭という一人の国語学者の伝記というに止《とど》まらず、江戸文化史、国語学史、そして国語学研究と、実に広く深く探り、描いた一大文学になっていった。こういうと変に小難しいものに思われるかもしれないが、実におもしろい作品に仕上がっているのだ。

足立さんが中学の時に担任だった教師が、伊勢の専門学校を出た人で、その人の授業にのめりこみ、是非とも足立さんもその専門学校に行きたいと想ったところから、ついにそこに行きついた喜びと、自らの大目標を見つけることの出来た嬉しさが「やちまた」には静かに、併し強く底流している。ぼくはその足立さんの喜びと嬉しさに完全に参ったのだと思う。

「やちまた」を読み始めるまで、足立巻一という評論家は、「立川《たつかわ》文庫」の研究家で、特にその中でも忍術の研究をする（即ち、猿飛佐助、霧隠才蔵などの忍術から、ガマに乗った石川五右衛門、自来也などまでの）人だと勝手に想っていたことに恥入った。足立さんは、実に広大としか言いようのない仕事を、これまた実に丁寧にする人で、詩人でもあり、灰谷健次郎を認め、大阪文学学校の講師であり、TVの「真珠の小箱」のプロデュースをし、ディレクションをする、そして、それらの出発点は、日本で初の横組新聞「新大阪」の文芸担当記者、という、何とも大変な人だったのだ。

「新大阪」は「大阪毎日新聞」の系列会社で、その創刊と終刊を「夕刊流星号」という詩に書き、それを同名の小説としてその後に書きついでいる。

詩を書き、評論をし、テレビの仕事もこなし、文学学校の講師も勤めながら、足立さんには、常に本居春庭がいた。それは、中学の先生の母校である神宮皇學館で、巣くわれて以来、どうしようもないものに育ったのだろう。その発端となった中学校の先生との話は、「夕暮れに苺を植えて」として上梓された。

その後、子供の頃に父を亡くした足立さんは祖父に育てられたことを「紅滅記」にまとめた。漢詩人だった祖父敬定に育てられたことが、後の足立さんを創りあげたことはこの本を読むと、よくわかる。

足立さんの人となりについて書くのがこの稿の目的ではないので、この辺りでおくとしよう。


完結まで、ぼくは毎号たのしみに読みつづけた六年間だったが、盲目ということがどんなことなのかに、まったく思いいたらなかった。こんど白内障の手術をキャンセルしたことで、今、ようやく、本居春庭という人間の偉大な精神を思いやることができ、あらためてこの作品の偉大さにも気づかされることになった。何とも奇妙なことである。

いずれにせよ、完結してからの半年、足立さんは「やちまた」の切り抜きに手を入れはじめた。一六〇〇枚のうち八〇〇枚ほどの不要部分を削り、八〇〇枚ほどの原稿を加えた。それがどこか、どのように手を入れたかは、もう、まったくわからないが、それほどに力を入れた作品だったということだ。

いくらおもしろい作品とはいえ、国語学、国学、といったちょっと難しそうな言葉と、高度な内容の作品だから、カチッとした装本で全一冊、二千部、六千円ほどの定価としたいと、企画会議で申し述べたが、上司の藤田三男さんが、いや、上下二巻で各六千部、一冊一六〇〇円にする、と言い、ぼくは驚くとともにそのほとんどが返品となることを恐れた。ところが、蓋を開けてみると、大変な評判となり、三十点以上の書評がでて、売れ行きはグングンのび、ついに、上下合わせて三万部を越してしまった。その上、その年、昭和四十九年度の芸術選奨文部大臣賞を受け、ますます評判を呼んだ。

この昭和四十九年という年には、当時の国有鉄道（現ＪＲ）が、大々的なストライキをおこなった。引き込み線にずらっと並んだ国鉄の車両の写真が、その日の夕刊に載っていたのを、今でも鮮明に覚えている。国鉄民営化への大きな一歩が、この年に築かれたと言っていいのかもしれない。

それはさておき、「大衆文学研究会報」の38号（昭和五十九年八月）で、奇しくも足立さんの亡くなる一年前だが、足立巻一特集を編集した。そこに「思い入れの記——足立巻一さん江」と題して十二枚の足立巻一讃を書いている。

五年前に河出書房新社を退社、編集事務所木挽社を「やちまた」の上下二冊各六千部を促した先輩・藤田三男さんと行を共にして、足立さんとは、直接著者と編集者という関係ではなく、ゆるやかだが、より親しい不可思議な間柄になっていた頃の文章だ。五十年近く前になるが、今のぼくよりちゃんと足立さんを見ている文章だと思うので、恥かしながら、左に全文を引く。

＊

「一九七八年春のことである。ある友人がいきなり言った。『きみはそんなに晋堂さんと親しいのか。〝浄瑠璃〟という陶彫の首根っ子に〝だんだん足立巻一さんに似てきた〟と彫ってあったぞ』。その人は京都で辻晋堂さんの個展を見て来たのだ。言われて驚いた。親しいも何もない。ただの一度お会いしただけである」

〝日本詩人クラブ賞〟を受けた足立さんの最新詩集『雑歌』の〝あとがき〟の冒頭である。足立さんはこの時から二十六年前に夕刊紙「新大阪」の美術記者として辻さんに会っただけだという。何気なくこの〝あとがき〟を読んだのだが、考えてみれば大変なことだ。二十六年前に一度会っただけの男のことを、自分の作品に彫り込む彫刻家がいるだろうか。何の疑問もいだかずに読んだそのことに、むしろひっかかってしまった。というより、足立巻一という人のこと、そしてその作品群を考えたといったほうがいいかもしれない。

足立巻一さんの著書は多いとはいえない。詩集四冊、考証・評論九冊、そして一つの言葉で括りようのない本が八点（九冊）、それと共著その他で数点である。このどうとも括りようのない八点が、足立さんにとって大変に大きな作品であり、読者にとっても心ひかれる作品なのである。この八点を刊行順に挙げてみよう。

鏡―詩人九鬼次郎の青春と歌稿	一九七〇・九
やちまた（上・下）	一九七四・一〇
大と真―おじじの子育て記	一九八一・二
夕暮れに苺を植えて	一九八一・五
夕刊流星号―ある新聞の生涯	一九八一・一一

虹滅記　一九八二・四
戦死ヤアワレ―無名兵士の記録　一九八二・八
親友記　一九八四・二

この八点の作品は「やちまた」の本居春庭、「夕刊流星号」の〝夕刊新大阪〟以外はすべて無名の主人公である。もっとも、春庭といっても国語学にある程度興味をもっている者でなければ知らないだろうし、戦後の夕刊新聞のパイオニア〝新大阪〟だって関東のそれも朝毎読の三大新聞を読んでいる人たちにとってはまったく未知の新聞といってよかろう。すなわち、この八点の作品は、足立さんの周りの、無名の人々を描いた作品なのである。それらの人々を描くことによって、足立さん自身の歴史を述べて来たといえる。ほぼ十五年間、足立さんはこの仕事だけにそのほとんどの時間と力を割いてきたといってもいいだろう。最新刊の『親友記』の〝あとがき〟でこう書いている。

「ここ十数年ほど、わたしはそれらの師友の人生を記録するのに熱中してきた。……それはまた、自分自身の歴史を、生を告白することであった。そうしてどうやら私は終点にたどりついたらしい」（傍点・久米）

『鏡』『やちまた』を起点として描きつづけて来た師友のことが、この『親友記』で一応カタがついたということとなのだろう。

いずれにせよ、この「親友記」で、どうしても書きたかった「神戸詩人事件」を書き、たとえ無名の詩人たちでも、言論弾圧によって、思いもよらぬ人生を歩まなければならなかった時代に対する強い怒りをぶちまけた。もしかすると、いや、絶対に、自由人足立巻一は、この事件を書きたいばかりにここ十五年間仕事をしてきたのだ。それがこの〝あとがき〟の言葉となったにちがいない。

「文学」というと何を考えるだろうか。小説だろうか、評論・エッセイだろうか、詩歌だろうか。

「文学」とは懐の広い、奥深いものだということを知ったのは「やちまた」であった。ちょうど十年前に本にしたのだが、最初に目にしたのは同人誌「天秤」でだった。

「その盲目の語学者がわたしに巣くってしまったのは、丘の松林のなかの、神殿のように床の高い古風な教室においてであった」

この書き出しに参った。毎号をどんなにたのしみに待ったことか。そして上下二冊の単行本として刊行した時、帯に麗々しく「評伝文学」と書いた。今その帯を見ると恥しい。決してただの「新しい評伝文学」なんかではない。まさしく「文学」なのだ。まぎれもなく「文学」なのだ。「文学」以外の何ものでもない。

登場人物（師友たち）と時代と自分、そしてもう一つ横糸としてある大きな愛との交錯が、「やちまた」ばかりでなく他の作品でもその根幹となっている。そして「文学」となさしめている。どうも正面きって愛というといささか恥しくなる。しかし他に適当な言葉がみつからない。男女の愛でも、単なる友情でも、師弟の愛でもない。そして宗教的な愛でももちろんない。足立さんの作品が一つの範疇に括れないように、この愛の内容も一言では説明しようがない。

『大と真』は孫をひきとって面倒を見なくてはならなかった二年ほどの間のことを、日記風にまとめた本である。孫のこととなると、とかくベッタリなりがちなものだ。けれど足立さんはそうではない。

「大の字は手の指を吸い、おしめをかえるときには足の指までしゃぶったが、やがてはいだすと、手あたりしだいに口に入れた。オモチャはもちろん、ゴミだらけのソケットやコードをしゃぶり、ベビーサークルのワクにいつも口をあて、ほこりのたまった障子のさんをなめ、あるとき気がついたら新聞折り込みのちらしを食っていた。これでよくも病気にならないものだとあきれた。はじめて砂場へつれていった日にも、いきなり砂を食べてしぶい顔をしていた。（中略）

ただ、わからないのは、紙や砂まで口に入れるくせに、微妙きわまる鋭い味覚を合わせ持っているということだ。赤ん坊にとって、口は他者を認識する器官であるとともに、舌には繊細な感覚が精妙に働いているらしい。この混沌には「造化の妙」という古いことばを思いおこす」

「大と真」の一節である。祖父としての愛情と人間としての愛情、そしてその上に冷静な眼差しを感じる。「大と真」は典型なのだが、他のどの作品も、関係者（肉親・友人・師など）への愛情、人間の愛、そして冷静な観察眼、この三つが間合よくないあわさっている。これが、愛なのである。生きることの苦しさと哀しさを越えた人間讃歌なのだ。

この原稿を書くために「鏡」をパラパラとめくっていたら、主人公九鬼次郎とその〝分身のような友〟地良田稠《じらたしげし》と足立さんの三人が写っている写真が印刷してあるページが目についた。当然、贈っていただいたときに読んでいるのだから、この写真も見ていたはずである。それがすっかり忘れていた。小説風評伝としてしか、その当時読んでいなかったからで、作品の読みの浅さをさらけだしているようなものだ。

昭和七年十一月十七日撮影の写真だから、足立さん十九歳、九鬼次郎十八歳である足立さんが前に坐り、その後ろ、向かって左に九鬼次郎、右に地良田稠がいる。この構図は、足立さんが二人を従えているかのように思えるが、実際はどうだっただろう。「九鬼よ、俺が、君をきちんと世に知らしめてやるぞ、黙って好きなことをしていろよ」と言っているように思うのは、足立さんへのぼくの思い入れが強すぎるのだろうか。足立さんの仕事を見ていると、そう考えたくなる。

「鏡」には九鬼次郎の短歌を巻末に載せている。本当は詩も入れて、九鬼次郎全詩集としたかったというう。しかし様々な理由で〝歌抄〟となっている。また年譜も付している。

関西学院中学の恩師石川乙女先生の歌集を足立さんは編んだ。石川先生は「夕暮れに苺を植えて」の主人公である。足立さんの生涯を決定したといって過言でない先生だ。

そして現在、一昨年亡くなった詩人竹中郁の評伝を、同人誌「苜蓿《もくしゅく》」に連載している。「苜蓿」は庄野英二、大谷晃一、足立巻一の三人が同人の雑誌である。一周忌までに『竹中郁全詩集』の編集を終えたので、今後はその評伝に専念したいという。パリへ取材旅行までしている力の入れようである。

足立さんにとって、九鬼次郎、石川乙女、竹中郁、この三人は、どうも他の人たちとは違うらしい。別格のようだ。七十年の足立さんの人生にあって、それぞれがそれぞれの形でもっとも大事なものを残していった人たちである。この三人の人たちを書くことは、鎮魂であるとともに足立さん自身への問いかけでもあったに違いない。

言うまでもないことだが、自らに課したが如くこの三人を書くことは、もっとも真摯に自分を見つめることであり、もっとも厳しく自分に問いなおすことであったと思う。その厳しさがさきにも書いたように、足立さんの作品を「文学」以外の何ものでもなくしている第一の理由であろう。

ここでちょっと言訳を言わしてもらう。とにかく、「親友記」の〝あとがき〟を読んだとき、「鏡」「やちまた」から「親友記」までの一連の作品に触れながら足立巻一論みたいなものを書きたいと思って書きだしたのだが、気持がどうしても先走りし、業平ではないが意あまりて力足らずということになってしまった。足立さんに対する個人的な思いも大きすぎるのかもしれない。

また、一個の作品への論評と、一かたまりの作品群への論評の仕方の違いがよくわからない、ということがあり、どこに中心点を置くか、ここまで書いてきてもつかめないでいるのだからいやになる。

何はとも、足立さんの作品は「文学」であり、それ以外の何ものでもないということを言いたかったことだけはたしかだ。そして、「文学」というのは恥しいことであって、羞恥心が「文学」の推力であり、足立さんはもっとも羞恥心の強い人だということも言いたかったのである。

自分の書いたものを引用するのは気がひけるが、同じことを違う言い方で書くのもいやなので、「親友記」の書評から末尾を左記する。

「……他の著書にも、足立巻一は多くの友人たちを登場させている。その描き方は驚くほど律気であり、作家灰谷健次郎が『それにしても足立巻一は含羞の人である』と言うように、自分のことをいっさい語らない。彼が詩人であることの第一のあかしであり、『親友記』はまさにその詩人が書いた持ち重りのする作品である」

これは『親友記』ばかりでなくすべての足立作品に言えることであって、持ち重りのする作品の少ない現在、足立巻一さんの存在は、はかりしれない大きさを持っている。

小さな世界で小さな仕事をしているつもりが、足立さんにはあるようだ。それがいかにも足立さんらしい。しかし、その作品は、「文学」という小さな世界で書かれても、大きな仕事として残っている。いや、「文学」をこえた大きな世界でなされた大きな仕事である。だからこそ、本当の文学になるのだ。

＊

多くの文学少年がそうであるだろうように、大衆小説（今でいうエンターテインメント）は、ぼくにとってはどこかで下に見るべきものだという思いがあった。それはぼくの心の裡にずっと潜んでいたのだが、昭和四十二年六月第一回配本の時代、歴史小説の全集『国民の文学』の担当になってから、それまでのぼくの認識の如何に片寄った下らないものであったかを思い知らされた。第二回配本の司馬遼太郎『燃える剣』を読んで、こんなにおもしろい小説があったのか！　と、己の不見識とともに、エンターテインメントのおもしろさを、会う人ごとに言いつのったものだった。そして足立さんの「大衆芸術の伏流」を読んで『立川文庫』の思いもよらぬ明治・大正時代の少年たちへの大きな影響力を知る。

丁度その頃、『大衆芸術の伏流』にも書いている「女紋《おんなもん》」（池田蘭子著・昭和三十四年刊・河出書房新社）がＴＶドラマ化されることで、装幀を改めて復刊することになり、それをぼくが担当することになった。これは明治末から大正にかけてベストセラーになった『立川文庫』は、講談の速記本の売れ行きがよいので、新しく書き講談として刊行しようとして企画されたもので、その創作過程がいわゆるプロダクション型式だったことを書いていた。その一員であった池田蘭子さんがはじめて書き下ろした作品だ。この企画が、足立さんだったということで、間接的にぼくは足立さんとここで繋がることになった。そして、ぼくが装幀に興味を持ち、担当の本の装幀をするようになった最初の本だった、とも言えよう。

四国今治へ巡業に来た大阪の講談師玉田玉秀斎を追い、夫と五人の子供を置いて大阪へ出奔した山田敬《けい》が、『立川文庫』を創り出し、死ぬまでの実伝風小説が、「女紋」である。この題名は、嫁入り先の紋でない、実家の紋を言う女紋からとった。即ち、敬が山田家に嫁す前の実家の紋のことだ。それは揚羽蝶だということで、揚羽蝶の紋を使った装幀で、初めて手がけた装幀としては、なかなかのものだったのではないか？

それはさておき、「女紋」に関わったことによって、池田蘭子さんにも会え、『立川文庫』という稀代な存在に触れられたことは、それまでの偏見の固まりのようだったぼくには、大変に有り難いことであった。そして、『国民の文学』の担当になったことと、「女紋」を読んだことにより、大衆文学研究会に何の抵抗もなく入会することになった。大衆文学研究会は、昭和三十六年に南北社の後援によって発刊された「大衆文学研究」が発端となり、翌三十七年に、尾崎秀樹、真鍋元之の二人を中心に発足した。石川弘義、武蔵野次郎、村松剛、大竹延、司馬遼太郎、そして足立巻一などが、発足メンバーに名を連ねている。この会で、ようやく足立さんと知りあい、その結果、「やちまた」担当ということになる訳だ。

こんなことをウダウダと書いていても仕方ない。「思い入れの記」でここで言いたいことはすべて尽きている。ただ、一つだけ書いておきたいことが残っているので、それを記して、足立巻一讃の文章を終えよう。

実に長い時を足立さんは本居春庭に執心してきた。そして「やちまた」を書き始めたのだが、その執筆を始める直接のきっかけとなったのが、昭和四十二年に発見された大量の資料だった。「詞の八衢」の語彙カード、摘記、草稿本そして、ふすまの下張になっていた最終稿などだ。一つのことに向きあいつづける一人の人間の執念ほど大きいものはない、という証拠のような気が、ぼくにはするのだ。この発見がなければ、「やちまた」は成らなかったろう。

最初の装幀が『女紋』であったが、『やちまた』もぼくの装幀だった。「詞八衢」に記された動詞の活用表、ほぼ現代の活用表と同じような表を、そのまま、表紙とカバーに使った。カバーはそれをそのまま使い、表紙はそれをネガに印刷した。カバーの「やちまた」の題字は紫色、表は黒《スミ》。この二色だけだが、実に迫力あるカバーに仕上がった。ぼくの装幀本の中でも、自慢の本だとはいえ、初めのぼくの配色は、題字は黒《スミ》、活用表は紫だった。それだと、いかにも学術書風だから、色は逆にした方が良いという藤田三男さんの言によって変更して、非常に良かったということなのだが……。実は、藤田さんは榛地和《しんちかず》という名で装幀を多数手掛けている、いわばプロ級の装幀家なのだ。

いずれにしろ、河出書房での編集者生活十五年間でもっとも自慢出来る出版物だった。足立巻一さんと知りあい、「やちまた」を担当できたことで、編集者になって実に良かったと、心より思っているのだ。

（新稿）

「演技」と「生きている人間」

昭和四十二年の初夏だったか、あるいは初秋だったか、挿絵画家、といっていいのだろうか、中一弥氏を訪うての帰りがけ、回りに人は一人もいなかったろうか、ちょっと広い道を荻窪に向かって歩いていた。フッと気がつくと、向こうからくる見知った男に気がついた。

大学一年の時に国文専修で同級だったが、二年から演劇専修に転じ、卒業後、今はなくなった演劇出版に入社、雑誌「演劇界」の編集者となっている大笹吉雄君だった。

これが、大学二年以来六年ぶりの再会で、それから五十年以上に亙る付き合いの始まりになった。

中一弥氏は、子息が博報堂に勤めている時に書いた「カディスの赤い星」で直木賞を受賞した逢坂剛氏で、実はぼくの弟が日大芸術学部の写真科を出て博報堂に入社したが、たまたま彼と同期の入社だった。二人とも退社しているが、時々、同期の人たちが集っているという。「カディスの赤い星」は大変に面白かったことを覚えている。昭和六十二年の受賞だから、もう三十五年も前のことで、ページを操るのがもどかしいほどおもしろかったことだけしか覚えてはいないけれど。

さて、昭和三十年代中頃から四十年代初め頃は、とにかく本がよく売れた時期で、河出書房も、全集というシリーズを五本くらい刊行していたのではなかったろうか。ぼくはその全集の一つである

『国民の文学』という時代・歴史小説の全集を担当していて、野村胡堂の「銭形平次捕物控」の挿画を中氏に依頼していた。

駿河台下の河出書房からは、すずらん通りの演劇出版はつい目と鼻の先なのに、神保町では一度も出会わず、杉並の閑静なところで巡り会うとは何とも不思議としか言い様がない。

以来、芝居に関わりある写真が欲しい時は、大笹君に連絡した。といった記憶が、今のぼくにはある。ほんの数回の依頼だったのだけれど、記憶とか思い込みというものは、自分に関わることの大きいものは、勝手に強く残っているものだ。

そんな付かず離れずの関わりであったが、会った翌年、昭和四十三年三月末に河出書房は不渡りを出し、昭和三十二年以来、二度目の倒産をした。倒産前には、関連会社もふくめて六百人にも及ぶ社員数になっていた。希望退職に応じようかと思ったのだが、大先輩編集者で、あの坂本龍一の父である坂本一亀《かずき》さんの飲み屋での四時間に及ぶ話、というのは、三十二年倒産時に会社に残り、地を這うようにして仕事をしてきた、辞めるなとは言わない、と言いながら、メンメンと話されたら、辞める訳にいかなくなった。そしてそれこそ営々として働いた。しかし、その頃から次第に本の売れ行きが少しずつ減っていったためか、その後も、何度か希望退職者を募った。ぼくはその何度目かの募集に手を挙げて、昭和五十四年三月で退社することになる。

その間、大笹君は演劇出版に勤めながら、只管《ひたすら》芝居を観つづけていた。新劇、歌舞伎、新派、能、狂言、そしてアングラまで、あらゆるジャンルに亙っている。そして昭和五十一年に退社し、演劇評論家として出発した。

一方、河出書房は長いこと基点としてきた駿河台下の社屋を売り、新宿河田町のフジテレビの下になる住吉町の倉庫を改修して移転した。移転して間のない昭和五十二年夏過ぎだったか、大笹君に会い、これまで書いた文章を全部見せてほしい、と依頼した。コピーは厚さ十センチを越すほどに多かったのではないか。

実に多岐にわたる内容で、まったく退屈することなく読了した。しかし、一冊にまとめるには、何故かトリトメがない、と思ったとたん、「思想としての演技」という文章が目にとまった。それは、戦後、劇作家の転向は問われたが、俳優の演技の転向が問われなかったのはなぜだったのか、という、思いもかけない演劇論だった。

芝居は、戯曲があっても、演技者がいなければ、芝居とは言えない、と気がつき、あらためてコピーを読みなおした。すると、演技論が多いのだ。そこで「思想としての演技」を冒頭におき、演技論を中心とした編集にした。そして出来上がったのが、大笹吉雄第一評論集「正統なる頽廃」である。六十年安保闘争をいまだに心の底に残しているような表題だと、藤田三男部長が言ったことを思い出す。実際、〝あとがき〟に、こんな事を、記している。

「わたしが東京に出て来たのは、昭和三十五年のことで、大学に入ったその日から、思いもかけない「政治」の渦に巻きこまれた。右を見ても左を見ても、「アンポ」「アンポ」だったのである。（中略）わたしはそういう空気にゾクゾクした。これが東京なのだ、これが東京なのだとわたしは思い、気づいた時には、デモの隊列の中にいた。（中略）そして六月十五日、わたしは国会の構内におり、放水車の水を浴びて歌を歌った。が、この日を境にほとんど一気といえるほどに、あのぞくぞくした空気は消えていった。あまりの急変にわたしはふたたび面くらった。（略）

そのうち、わたしはひどく生きている人間が見たくなった。わたしの周辺の日常では、決して出会えない生きている人間を見たくなった。そういう人間に出会える場所が、わたしにとっては劇場だった。そういう時に、かぶきや新劇という区別の仕方はわたしの意識に上らなかった。それらはともにいきている人間を見ることの出来る時空だった。わたしの中に、こうしてあらゆる演劇が、どっと入ってきたのである。（略）

題名をつけるのに最後まで迷った。結局、ご覧のようなものになったが、わたしとしては思いきったつもりである」

どんな芝居が（たとえば歌舞伎、あるいは新劇とか）好きなのか、との多くの人の質問への解答が、この〝あとがき〟になっているため、いささか長い引用になった。これはしかし、大笹君の仕事が、演技論に向から解答にもなっていると思う。それは、六〇年安保が、いかに大笹君に大きく関わったか、の解答にもなっているし、それが、この年は、あれから十七年以上過ぎているのに、いまだにそれを引きずっていることも読者は理解出来るのだ。

ぼくはいわゆるノン・ポリだったから、あの年、三回デモに行ったが、ファッションだと思っていた。「アンポ反対！」と叫んでいても、何故反対なのか、さっぱりわかっていなかった。ただ、六月十五日には、ぼくもデモに行っていたが、国会の回りをデモして帰って来ただけだったのに、奇妙な緊迫感が、ついてまわっていたことを覚えている。

さて、そんなことなので、大笹君の演技論は、江戸時代の見巧者による芝居評判記などに見る上っ面の演技論ではなかった。彼の、人間を見たい、という心底《しんそこ》からの願いからの文章だった。

新劇の演技、歌舞伎の演技、能の演技、アングラの演技、等々、例えば、能や歌舞伎には様式がある、しかし新劇はそうした様式は創れなかった。けれど、様式を持った方がいい、とは言えない。とにかく、これという演技論がなかった演劇界で、あらためて、それを持たなくてはいけない、それが、芝居という、戯曲、演技者、見物、という三位一体によって成立する芸術のあり様《よう》、あり方《かた》が問われていくのだ、という。

昭和五十三年一月半ばに刊行されて一月後《ひとつき》の二月十三日の「朝日新聞」に、五段抜きの書評が掲載された。「現場見すえた「演技論」」という題がつき、大笹君とぼくが、この本で伝えたかったことを、充分以上に汲み取ってくれた書評だった。

本の帯の惹句にこう書いた。

「〝演技論〟を喪失した現代演劇の総体を、日本近代の史的展開を踏まえ初めて本質的に捉えかえす。若き世代が世に問う注目の第一評論」

帯の裏表紙側にはこう書いた。

「われらにとって演劇とは何か？　演劇の近代とは何か？　演劇はいかにして甦るか？／歌舞伎、新派、新劇、アングラ劇……現代日本に並列共存する演劇の全領域を、本質的な〝演技論〟の視座から歴史的に捉えかえし、新たな展望を拓く若き世代の果敢な試行！／常に現場を凝視し、勘三郎・猿之助・水谷八重子・杉村春子等の演技の意味を生き生きと開示しつつ、狂言、歌舞伎以来の脚本・原作と演技との原理的構造を鮮やかに解明する」

自分のコピーを写しながら、大笹君の文章も若さが溢れていたが、二人とも三十代半ば、ぼくのコピーも、ガンガン唱っていると、ちょっと恥ずかしくなった。しかし、当時、演劇評論家は、四十歳を越えたばかりなのは渡辺保さんだけで、戸板康二さんは六十三、安藤鶴夫さんは丁度七十歳だった。

さて先の書評であるが、こう書いている。

「本書に一貫するのは、演劇の全領域に適用されるべき「演技論」の模索である。ただし著者は美学的空論にも見巧者ぶった役者評判記にも、陥ることはない。あくまで現場における凝視から出発して、その体験を批判的に掘りさげてゆく過程で、体系としての演技論ではない、おそらくもっと重要な発見や問題を次々と示してくれるのである」

この書評、無署名だが、当時朝日新聞学芸部演劇担当だった扇田昭彦さんが書いてくれたと思う。大笹君のことを、もっとも知っていた記者だった。そして、大笹吉雄という、芝居に人間を見ていた評論家、いや、一人の男は、「思想としての演技」をこう結ぶ。

「演劇が時代の鏡だというのは、テーマを肉化した「思想」としての演技が、状況とどうかかわっているかにほかならず、この二つの関係が一つの「かたち」をとった時、演技の質は必然的に時代を映しているに相違ない。そこでは劇作家のみが「転向」を問われるということは、およそあり得ないことである。変わるとすれば、舞台の構造そのものが、変わってきているはずだからだ。

あらゆるテクニックは自律し得る。しかし以上のように見てくれれば、演技は自律しないのである。「転向」を問われなかった演技とは、おそらく演技の影にすぎない」（傍点・久米）

この傍点を打った結末の文章が、以後の、いや、それまでもそうであったが、それ以後の大笹吉雄の原点であり、土台であり、見据えつづける目標でもあり、総てであったと思う。

昭和六十年、凡庸な人間なら考えも及ばない近代演劇史を刊行しはじめた。それは、近代演劇の起点を天保時代に取ったのである。現代演劇界に並列共存する能狂言、歌舞伎、新派、新劇、アングラ劇等の様を考えるには、そこまで遡らなくてはならない、という考えによる。その第一巻が、サントリー文化財団主催のサントリー学芸賞を受賞した。河出時代から、多くの文学賞受賞式に出席してきたが、この時ほど嬉しいことはなかった。

昭和五十四年十一月、先輩の藤田三男さんと、二年後輩になるが、西村久仁子さんの三人で、編集事務所・木挽社を設立した。河出書房で刊行中の『人生読本』、新潮社で新しく『新潮日本文学アルバム』、そして小学館での『昭和文学全集』などを、企画、編集した。

昭和六十一年、サントリー文化財団編集の雑誌「アステイオン」が創刊、山崎正和さんが文化財団の伊木稔さん、今井渉さんと木挽社に来られて、編集実務を依頼された。編集長は中央公論社を退社された粕谷一希さんとの事。あの大笹君のサントリー学芸賞の授賞式の時に祝辞を述べた人だった。

ぼくにとって、いわゆる総合雑誌は、はじめての経験であり、まったく新しい体験だった。一年半ほどたって、粕谷さんが、大笹君に連載をたのもう、と、企画してくれたため、早速ぼくは彼に会った。大笹君は非常に喜んで、いわゆる評論でなく、評伝を書きたい、と言った。それは、新派の名女形・花柳章太郎伝だ、と。

「雑誌連載が決まり、最初の約束は一回の原稿が五〇枚で、六回ないしは七回で……（略）『アステイオン』は季刊誌だから、年四回の発行である。そこでの連載は一九八八年の夏号から九一年の冬号まで、四年がかりの一一回（略）しかも一回が五〇枚でおさまらず、六〇枚から七〇枚という風に増えた」

と「あとがき」で書くように七〇〇枚にもおよんだ大作で、平成三年三月に刊行され、大佛次郎賞を受賞した「花顔の人　花柳章太郎伝」に結実した。

大笹君は、というより、大体の著述業の人は、原稿用紙に文字を一字一字書いて仕上げていた。昭和四十年代後半からワード・プロセッサーが次第に普及した。実は、大笹君は、「現代演劇史」で受賞したサントリー学芸賞の賞金で、そのワープロを購入して、この「花顔の人」から、それで執筆を始めたのだ。また、まったく慣れていないワープロの原稿は行間と字間が同じで、読みにくいことこの上ないものだったのを覚えている。

また、初めての評伝、そして慣れないワープロのためか、どうもギクシャクした文章が気になり、チェックをさせてもらった。回を追うごとに、ワープロ原稿の姿も、文章も、スマートになっていった。

大佛次郎文学賞を受賞した時、友人十人程で、お祝いの集まりをもった。その時の挨拶で、「俺は、何でこんなに久米に言われなきゃならないんだ、よし、次回は一切言われないように書いてやる。それが、この受賞になったと思う」

と言ってくれた。しかし、巫山戯《ふざけ》んじゃない、とぼくは言いたかった。それは、ぼくのおかげであることはまったく無く、大笹吉雄という評論家の力なのだから。しかし、ぼくが担当できて、それが大佛次郎文学賞を受けたのだから、そう、サントリー学芸賞よりも、どんなにうれしかったかしれない。まるで、ぼくが受賞したような気持だった。そのためだろうか、「新潮日本文学アルバム」で「大佛次郎」を担当した時、なんのためらいもなく、「大佛次郎研究会」に入会したのだから。

その後、「杉村春子」を書き、「文化座の佐々木母娘」を書き、あの厖大な「現代演劇史」を書きつづけ、一応十三巻で完結させたが、そこで書きえなかった新劇史を、小山内薫の自由劇場から現在までを書いているという。

大笹吉雄という演劇評論家のこれまで辿ってきた道は、「正統なる頽廃」でやろうとしたことの深まりと、拡がりであることが、実によく理解されるのだ。それを、扇田昭彦さんは、充分に読み取り、理解し、あの朝日新聞の書評を書いてくれたのだと思う。

三宅正太郎、安藤鶴夫、戸板康二などのように、一般にはほとんど知られないが、今後、大笹吉雄のような評論家は、なかなか出ないのではないか、というのが、ぼくの思いである。その評論家の第一評論集を担当できたことを、嬉しく、誇りに思う。

（新稿）

尾崎秀樹の生と死

尾崎秀樹《ほつき》さんの出発点は、兄秀実《ほつみ》への限りない憧れと愛だった。処女作「生きているユダ」の冒頭、兄と秀樹とのエピソードは、その関係を如実に示している。

秀実の母、すなわち父秀太郎の正妻の葬儀の時、一人で遊ぶ幼ない秀樹に話しかけてくれた兄の思い出。そしてその正妻の座に坐ることとなった秀樹の母。

「……ぼくの頭には母を失った秀実の、あのときの瞳の色が焼きついている。澄んだ、何か訴えたげなあの瞳……。／ぼくは成長するにつれて、肉身の兄という以上の結びつきが、秀実を思う心のうちにでき上っていることを知った。それはぼくと母とをひき離そうとした親族会議の模様や、戸籍謄本に書いてあった「私生児」という文字や、ぼくが自分の出生について尋ねるときに、きまって見せる母の渋い表情と関係していた。またそれらにたいするぼくのせいいっぱいの反抗とつながっていた。子供ごころに世間の白い眼を意識しながら育ったぼくの幼い頃の記憶のなかで、兄秀実の思い出は、母の愛情のほかに、たった一つといってもいいほどの暖かい印象として残った」

これあるが故に、戦時中を、「スパイの弟」「非国民」「売国奴一家」と迫害されたことを、自らの問題として受け止めえたのだと思う。それが、戦後の十年すべてを、「生きているユダ」に賭けることが出来た力を与えたのだと思う。

尾崎秀実は、尾崎秀樹さんにとって、己のすべてだったのではないか。

さて、尾崎秀実を書くということは、「ゾルゲ事件」を書くことにもなる。しかし、ここでぼくは尾崎秀樹さんのゾルゲ事件関係の著作について触れるつもりはない。というより、ぼくにはそれを云々するだけの知識がないのは言うまでもないが、あの事件そのものに思いが向かないのだ。それよりも、その真っ只中にあって、尾崎秀樹さんが何を感じ、何を考え、何を求め、何をしようとしたか、それがぼくにとっては意味をもってくる。

だから、ここでは『生きているユダ』『デザートは死』、『ぼく、はみだし少年?』『歳月』の四作について、尾崎秀樹さんの仕事、というよりも、ぼくの尾崎秀樹感、といったものを書いてみたい。

「ぼく、はみだし少年?」の「あとがき――それからの歴史」で次のように書く。

「ぼくは結核にかかり、けっきょく七年間の療養生活をつづけることになるのだが、そのあいだに心のささえになったのは、兄の獄中通信だった。戦争中にぼくは、どれほどこの兄の獄中通信にはげまされたかわからない。戦後のたたかいにおいてもそれは変わらなかった。

兄の獄中通信は、『愛情はふる星のごとく』と題して、戦後ベストセラーになり、ひろく愛読された。ぼくは七年の療養生活中、なんどこの本を読みなおしたかわからない。くじけそうになる気持を、ささえはげましてくれたのは、兄の獄中だよりだった。

兄は死をまえにして、けっして屈することなく、あかるい日本の未来を信じてうたがわなかった。その希望の夢は、あたえられた日々をせい一ぱい生きることから生まれてくる。ぼくは血をはきながら、またせきこみながら、死をまえにして懸命に自分の生をたしかめようとする兄の生き方にふかくおしえられ、みちびかれて生きぬくことができた。ぼくが死をえらばず、生きながらえたのは、兄の獄中だよりのはげましによるものだ」（傍点・久米）

少し長い引用になったが、この結論のような傍点部分が、ここにとりあげる四作品に通底しているもので、尾崎秀樹さんの胸底に生涯に互ってデン、と腰を据えていた確たる物だった。それが、あの「澄んだ、何か訴えたげなあの（兄の）瞳……」と相俟って、この四作を書かせたのだ。

遺著となった『歳月』では、祖父松太郎、父秀太郎（秀眞《ほつま》）、兄秀実、そして母きみの真摯な生き方を、繰り返し述べている。ところがその中に、家族のことに一切触れていない一章がある。
「肺結核で清瀬の診療所に入院中知った無名の詩人と、らいで逝った作家北条民雄の生死に思いを馳せた『私の死生感』の章には圧倒される。死を待つ人間の生の重さ、それは刑を待つ兄秀実の生でもあったのだ。これが、評論家尾崎秀樹の依拠するところであり、人間尾崎秀樹の根元でもあった」と『歳月』の書評に書いたが、昭和三十四年刊の『生きているユダ』から、平成十一年刊の『歳月』まで、四十年間、いや、秀実が逮捕された昭和十六年から秀樹の死までの五十八年にもおよぶ、これが、尾崎秀樹さんの人生の根幹だった。

『デザートは死』は、「尾崎秀実の菜譜」とサブタイトルがあるように、獄中書簡の中から「食物考」と題した書簡風エッセイをとりあげて十三章（十三階段に擬したのか？）にまとめたものだ。秀実が投獄される以前に食べた物、会食した人などを描いて、ゾルゲ事件にかかわる人々に新しい照明を当てる。

「「デザートは死」には、肉親のほかに、関屋敏子、石井花子、山崎淑子、リヒアルト・ゾルゲ、スメドレー、魯迅、近衛文麿、北林トモ、川合貞吉、宮城与徳など関係者も登場し、それぞれがひきずっている歴史が交錯する。しかしゾルゲ事件という複雑な政治的事件は、これだけでは、解明されない。あるいは逆に奇怪さを増す結果になったかもしれない」

と「デザートの後に」と題したあとがきに書く。そして最終章「最後の晩餐」に、

「その「食物考」も、封緘はがきを入手できなくなって、おわりとなった。死刑の宣告を受けた尾崎にとって、メーン・ディッシュはおわっている。あとはデザートを待つだけだ。そのデザートは

……」

そして結語として、

「私は考えた。ゾルゲや尾崎にとって、デザートは何だったのか。彼らにとってそれは死だったかもしれないが、ふたりはその先に何かを見ていた。それは何だったのだろう……と」

と書く。これは、「デザートの後に」に結びつく。「それぞれがひきずっている歴史が交錯」し終ったところに、デザートが出される。そのデザートに至りつくまでの、それぞれの生のありようが、「食物考」を通して語られる。

処女作「生きているユダ」は、昭和十六年十月四日、兄尾崎秀実が東京目黒祐天寺の自宅で逮捕されて以来、十九年十一月七日の処刑を経て、二十年八月十五日の敗戦までを「スパイ」「非国民」「国賊」などと非難されつづけて、その多感な十代の半ばを過した尾崎秀樹さんが、

「裏切られ、死刑にされた兄・尾崎秀実の、その検挙にまつわる疑惑をとき、秀実を絞首台に送ったユダ——発覚の端緒を提供した男——をさぐり出そうとした戦後十年にわたる記録」である。その十年の尾崎秀樹さんの闘いは壮絶なものだった。不可解な中傷やデマに、転々と居を変えなくてはならないほどであり、そのあいだに結核を患い、二十一歳で右肺の成形手術を受け、ユダ探索をあきらめるところまで追いつめられた。ようやく、疑惑のユダ・伊藤律の共産党除名が発表された昭和二十八年、一時断念していた手記を再び書き始めることが可能になった。完成した作品が、この『生きているユダ』だ。

二十代のほとんどをこの記録に費やした尾崎秀樹さんがその怨念（と言っていいだろう）を持続できたのは、先にもふれたように、「死をまえにして懸命に自分の生をたしかめようとする兄の生き方」を、自らのものとして受けとめていたからにほかなるまい。

今年九月に刊行された『尾崎秀樹歴史対談集　乱世の群雄』の年譜の平成十一年に、

「八月、第三回中日大衆文学研究シンポジウム（東北）団長として訪中。帰国後、体調をくずして入院し、九月二十一日胃癌のため死去」

とある。入院した時はすでに、身体中に癌は転移し、手の施しようはなかったという。ほとんどの人がこんなに早く逝くとは思ってもいなかった。本人は人と会うことを嫌がったという。伊藤桂一さんが病院を訪ねた時も、会えなかったそうだ。

そんなことを聞くと、尾崎秀樹さん自身は、自分の病のことを知っていたのではないか、と思う。

ここで取り上げた四つの作品が、死を目前にした人間の生を見据えたところに基点を置いて書かれていることを考えると、そして、それが尾崎秀樹さんの生の根本であることを思うと、ぼくはそう考えざるを得ないのだ。生きることの哀しさ、苦しさ、しかし、だからこそ今を生きる、そのことをもっとも知悉していたのが、尾崎秀樹さんだったと、この四つの作品を読むことで知る。

この四作は、ゾルゲ事件という政治事件を材料としている。それはまぎれもなく公的な事件ではある。但し、それはあくまでも第三者の立場からの見方であって、その家族の一員として事件を見る場合、そう簡単な一言で済ますわけにはいくまい。

たとえば北条民雄、たとえば堀辰雄、たとえば梶井基次郎といった人たちは、病によって死と常に向きあって生きた。尾崎秀樹さんは、死病を克服し、刑死の兄の遺した死をも克服した。二つの死に正面から挑んで七十年の生涯を生きた。

だからこそ、入院した時、尾崎秀樹さんは自らの死を予感、いや実感したのではなかったか。死の床で、祖父、父、兄、母、そして尾崎秀樹さんの人生に関わった死者たちを思い、間もなく到来する死を、静かに従容として受けとめていたにちがいない。

それが、『生きているユダ』『ぼく、はみだし少年？』『デザートは死』『歳月』という四作を遺した尾崎秀樹さんの生であり、死であった。

＊

遺書とも言える「歳月」の静岡新聞（一九九九・一一・二一）に書いた書評を載せて、この稿を締めよう。

「人の一生は重荷を負ひて遠き道を行くが如し」と徳川家康は言い遺した。この本はその家康の遺訓を証したような重い一冊である。

大衆文学の評論家として第一人者であった著者は、ゾルゲ事件の研究家としても世に知られていた。それは、事件の首魁の一人として逮捕処刑された尾崎秀実の異母弟であり、そのために戦時中に「非国民」「売国奴一家」と迫害された経験から、事件そのものを根底から究明しないではいられない思いに駆られたことによっている。

昭和三十四年、兄の復権と事件の本質を究明した『生きているユダ』を処女出版するまでの尾崎家三代の歴史を、連作風エッセイでまとめた本書は、いってみれば、九月二十一日に急逝した著者の遺書である。

祖父松太郎は平田国学に心酔し、廃仏毀釈にのめり込む。父は依田学海に漢学を、高崎正風に和歌を学んだ文人で、台湾民政長官だった後藤新平に誘われて台湾日日新報の編集主幹となった。そこで著者は生まれた。ちょうどその年、兄秀実は朝日新聞記者として上海に赴任し、ゾルゲ等と知り合うことになる。

こうして本書の内容をいくら紹介しても意味がない。

いかに生きるかは、いかに死ぬか、ということであって、それは、いかに己に忠実にその日その日をおくるかということでもある。祖父松太郎も、父秀太郎（号＝秀眞）も、兄秀実も、そして母きみも、そのように生き、死んでいった。著者はそのことを自らのありようとして、繰り返し述べていく。

肺結核で清瀬の診療所に入院中知った無名の詩人、らいで逝った作家北条民雄の生死に思いを馳せた「私の死生観」の章には圧倒される。死を待つ人間の生の重さ、それは刑を待つ兄秀実の生でもあったのだ。これが、評論家尾崎秀樹の依拠するところであり、人間尾崎秀樹の根元でもあった。

人の生き死にの哀しさと美しさに涙する。

（二〇〇〇「大衆文学研究」大衆文学研究会）

歴史の悲哀を生き抜いた日本女性

昭和二十四年（一九四九）から二年半ほど世田谷の野沢に住んだ。その頃、一緒に道を歩いていた母が「あ、あれ、東條さんの奥さんよ」と言ったことが二度ほどあった。ぼくは「どこどこ」とまわりを見たけれど、人にまぎれてしまったのか、確認出来なかった。「東條さん」と言えば、幼児でさえも、それは、あの東條英機のことだと知っていた。東條英機処刑後、まだ間もない頃だった。

この時に母が見たのは東條かつ子その人ではなかったかもしれない。東條家のある用賀から野沢まで、直線にしても四キロはあるのだから、そんなところまでかつ子夫人が出て来る筈がないとは思う。しかし、戦時中から新聞に載っていた割烹着を着、タスキを掛けた東條夫人の写真を見慣れていた母にすれば、見間違う筈はないと言うだろう。

あの時の母は、いかにも秘密めかした態度と言い方だった。そしてこう付け加えた。「東條さんの家族は、ほとんど外へ出ないで、家の中にひっそりと暮らしているらしいけど」

ここでぼくがいかにもおもしろいと思うのは、母が「東條さん」と言っていることだ。「東條」とか「東條英機」と呼び捨てにしていない。戦後、極悪人の如く言われた東條英機に対して、普通の主婦である母は本当はそう思っていなかったのだろう。何とはない親しみさえ抱いていたのではないか。

そして、この母の思いは、ぼくの心にさり気なく留まったようだ。ひっそりと暮らす東條家の人々のことを（夫人どころか、遺族の誰をも知らないくせに）、時に思いやったりしていたのだから。

また、太平洋戦争（大東亜戦争）に対しても、肯定ではないが、絶対的な否定ではない。誰であれ、否応なく辿らざるを得ない道を歩んだ遅れて来た国家の指導者となった者は、ああしなくてはいられなかったにちがいない、そう考えるようになった。

著者、佐藤早苗さんは、まったく偶然のことから、かつ子夫人に会ったという。

昭和五十四年（一九七九）、待ち合わせた知人が東條家を訪ねるのに随いていった。そこで初めて会ったかつ子夫人の印象が、それまで知っていた（勝手に自分で創りあげていたということではあるが）のと、まったく違っていたことにまず驚いたという。ザックバランで、何の隠し事もなく接する夫人に、惹かれた。そして、部屋部屋を案内されたその折のことは、本書の「はじめに」に書かれているとおりだ。

七人のA級戦犯の名が書かれた色紙とともに、芳名簿が置かれていた。それには、絞首刑後に霊前を訪れた各界、さまざまな人の名前が記されていた。歴代総理をはじめ、政財界の主だった人たちの名前もあった。それればかりでなく、侵略され、迫害されたと言われているアジア諸国の政治家たちが、日本を訪れると、必ず、東條英機の霊を訪うたことが、その名簿からわかった。それは、佐藤さんにとって、大きな衝撃だったという。

「何故だろう？」

当然、洟もひっかけないどころか、位牌に唾をはきかけてもいいくらいなのに。確たる意識はなかったものの、七年後に形となるこの本の最初の灯が、小さく点った。

東條英機という、日本の歴史の大きな転換期（過ぎ去ってみれば転換期と言える）に指導者にまつりあげられた男の妻、家族を書くことによって、戦後のある一方からの見方だけでは欠落している姿を炙り出した。当り前の日本の男と女が、いや、日本人には珍しい愛情濃やかな男と女が結婚し、当り前な家庭生活を営み、静かにその生涯を終る予定であった筈なのに、丁度あの時期に、その立場に立たされる地位にいたために、すべてが変わっていかざるを得なかった。本書のはじめから結末まで、どの部分をとっても、その哀しさが通底音の如く流れている。

英機がドイツに三年間留学した折の夫婦の交換書簡の多さ。そしてその内容の細かさ。また行間に滲む愛情と信頼。これあればこそ、戦後の東條家悲哀の時を乗り越えられたのだろう。そして、夫婦だけだったなら、戦中戦後の英機のありようを、何にせよ、最後の決断は英機自身が為したことなのだから、静かに受け入れていくだけでしかない筈だ。しかし、子供たちとその配偶者への責任は、英機、かつ子両人とも、どんなに重く受けとめていただろう。

二女満喜枝の夫古賀秀正参謀少佐に対する英機の苦衷は計りしれない。戦後、三女幸枝への手紙の一言一言に付した言葉の濃やかさはどうだ。父として側にいてやれない苦しさと哀しさと、そして責任を伴った詫びの思いに溢れている。

それは、夫のいない家族をまとめ、守っていかなくてはならない妻かつ子とて、同じだったろう。（現代の単身赴任などとは桁違いだ）そして、当時の普通の主婦の姿が、浮かんでくる。夫の留守を、他人に後ろ指を差されないように、子供や孫たちを道から外れないよう、そして不自由を覚えさせせないように守っていく、戦中であれば銃後の主婦の姿だ。その涙ぐましいまでのかつ子の暮らしぶりは、読者を感動させる。

ただ、かつ子は単なる戦争未亡人ではなかった。あの前代未聞の戦争を引き起こした張本人の妻だった。それが、彼女および家族たちに及ぼす影響はぼくたちの考えの及びもつかないものだ。

国家的組織である「遺族会」に戦犯の遺族は入れてもらえない。特にB・C級戦犯の遺族たちも入れないことから、彼らは東條かつ子を筆頭とするA級戦犯の遺族たちを恨んだ。この遺族間の確執を記した「七光会」の章は、人のどうしようもない利己的な性《さが》を抉り出して、読者につきつける。誰もが自らの心に問いかけずにはいられない。

日本女子大学にすすみ、創立者成瀬仁蔵の教え「LOVE AND SERVE」を信奉した十九歳の娘と、あまり期待されないが、とにかく陸軍大学入学を目指す二十五歳の陸軍歩兵中尉。この表面にあらわれたところでは相容れる要素がないとしかいえない二人が結婚した。けれど、先にも書いたようにこの二人は、今のぼくたちが見ても考えられないほどに愛情に満ち溢れていた。不思議としか言いようがない。とにかく羨ましいばかりの夫婦愛だ。家族愛がその夫婦の一人が欠けたとき、残された一人はどう行動するか、目に見えるようではないか。そのうえ、かつ子は日本の女としての充分な躾を受け、成瀬仁蔵のキリスト教的〝愛と奉仕〟の精神を植えつけられながら、仏教に心を寄せる。

戦後の東條家の姿は、まさに、佐藤早苗さんが見、取材し、本書に記したそのままだったろうと思う。従容と死についた夫、そのあとをきっちりと守りとおした妻。ぼくは、ここに良き時代の日本の典型的な家庭を見せてもらった。

　戦後間もない頃、祖父母から日露戦争の話を聞いた。もちろん、祖父母とも明治三十七、八年（一九〇四、五）には子供だったから、戦争そのものの話ではなかったが、小学校へ入るか入らないかのぼくは、遥か昔の、歴史上の話として聞いていた。しかし、昭和二十三年（一九四八）、ぼくの小学校入学時から計算しても日露戦争は四十三年前のことである。今、ぼくたちが終戦と言っている昭和二十年（一九四五）は、すでに五十二年も前のことになってしまった。あの時、昔と感じた四十三年より十年も多い年月を経ているのに、戦災後の瓦礫の東京はぼくにとって昔ではない。

「時間」というものの人に与える印象の違いとは、そういうものなのだろう。現代の中高校生にとっては、太平洋戦争はまさに、かつてぼくが感じたように、歴史なのだ。アメリカと戦争をしたことを知らない少年がいる、いや、知っていても日本が勝ったと思っている少年がいる現代だ。

　そう、すでに歴史となった太平洋戦争、極東軍事裁判なのだ。しかし、現在の日本にそれが多大な影響を与えていることだけは確かである。一時期の「一億総懺悔」、このごろ流行りのアジアへの迫害の自虐的肯定、それに対する開きなおり、これらはすべて、戦勝国の勝手な裁きが起因しているとしか思えない。

　十年前に出版されたこの本が、文庫として広く読まれることは、あの戦争をあらためて見極めるうえでも、半世紀を過ぎた戦後を振り返ってみるためにも、そして今、ことさらしく論議されているアジア諸国に対する責任問題を我がものとして考えるためにも、喜ばしいことである。

　また、女性としての立場から淡々と描いた、戦前、戦中、戦後を生き抜いた一人の女の有りよう、そして、否応なく歴史に名を残さざるを得なくなった女の生きようは、多くのことを読者に宿題として提示する。五十年近くも忘れていた、冒頭に記した母とぼくとの会話を思い出させてくれたのも、この本のおかげだ。他愛ない話ではあるが、ぼくにとっては大変に大きな意味を持っている。きっと、この本を読んだ人は、そんな些細なことから歴史、政治に関わる大事（?）まで、何らかの感興を覚え、考えずにはいられないだろう。

（一九九七・七「東條英機の妻勝子の生涯」解説・「河出文庫」河出書房新社）

Ⅳ

○○家で……

吉行家のヒジキ

吉行淳之介さんに『贋食物誌』という本がある。食通ぶった話を書くことはもっとも苦手、というより嫌だという吉行さんのことだから、この本も「贋」という字を標題の頭に付けているように、いわゆる食い物に関する連作エッセイ、という内容ではない。

昭和四十八年十二月十一日から翌四十九年の四月十日まで、「夕刊フジ」に連載した短い一〇〇編の文章で、一〇一回目を「あとがき」としてこう書いている。

「エッセイの連載というのは毎回違う話を書くわけで、これは甚だ辛い。（中略）かなりヤケクソで新聞連載のときのタイトルを『すすめすすめ勝手にすすめ』とつけておいた。

連載のはじまる直前に、一つの手口をおもいついた。いろいろの食物の名を列記しておいて眺めていると、なにか書くことをおもい付く。その内容は、食物のこととはかけ離れていることが多いので、書物としてまとめるときに、『贋食物誌』というタイトルに変えた」

と言うとおり、見出しの食物からおもい付いた話（といっても、誰もがおもい付くのではない。吉行さんだから、おもい付くおもしろい話なのだ）が書かれていて、その見出しの食物がまったく登場しない文章も処々にある。これぞ吉行流味付けと、うならざるをえない。その62に「ひじき」がある。昭和五十四年、吉行さんが中央公論社から発行されていた文芸雑誌「海」に、井原西鶴作「好色一代男」の現代語訳を連載した。実は、その下訳を私がさせてもらったのだ。その経緯は別に書いたのでここでは触れないが、そのために五十四年から五十五年にかけて、月に一度は原稿を持って吉行邸を訪ねた。その時、ヒジキを御馳走になった。もともとアッサリした食べ物ではあるが、このヒジキの煮物は甘味が少なく、妙にサッパリしていた。

「どうだい、吉行家のヒジキは」

と訊いたあと、つづけて言った。

「梅干で煮るんだよ」

と私は聞いた。なるほど、それでこの喉越しのよい味が出るのかと納得した。帰宅して早速カミさんに報告、ヒジキを煮てもらった。

私の説明によって、カミさんはだし汁に梅干だけの味付けで煮た。吉行家で頂戴したヒジキとはちょっと違うが、サッパリしていることはこの上なく、以来、他家にはない我家の煮方ということで、気のおけない客には、吉行家の煮方だよ、という前置きをして食べてもらっている。実際、その味わいは、ヒジキ自身の持っているカスカな海草の香りと、陽に干したあの日向くささがひき出されて、他で味わえないものとなっている。もともとこうした食品が好きなので、今も時々食卓に出てくる惣菜の一つだ。

このヒジキの煮方を、吉行さんは何度もエッセイに書いているのは知っていたが、今まで一つとして、それに目をとおしたことがなかった。今度この文章を書くについて、前出の『贋食物誌』を読んでおどろいた。我家のとは違っているのだ。初めて食べたときに、吉行家のとはどうも味がちょっと違うと思ったのも道理だった。『贋食物誌』の「ひじき」の頃から、その煮方を引用する。

「味醂をつかい、アブラゲを細かく刻んだものと一緒に、甘辛く煮ても一向構わない。私の場合は、上等のカツオブシを削り、引き上げずにそのまま煮こむ。ミリンも砂糖も使わないショウユ味である。

一つだけコツがあって、梅干をいくつか丸いまま投げこんで煮る。最後には、この梅干は捨ててもよい。それが底味《そこあじ》となる」

そうだったんだ。ショウユを味付けの中心に据えていたのだ。梅干は隠し味みたいなもので、吉行さんが書いているように、一つだけあるコツだったのだ。

我家のヒジキの味付けは梅干しだと思っている私は、このことをカミさんに話した。すると、

「うちもオショウユは少し入れてるわよ」

当り前だといわんばかりの顔で答えた。ということは、吉行家のヒジキはショウユを中心にして、梅干を隠し味とした煮方、我家は梅干を味付にしてショウユを隠し味としているのだ。しかし、どちらもぼくにとって好ましい味であることは確かである。

平成六年七月二十六日の暑いさかりに亡くなった吉行さんの、いつも電話の第一声、

「こんにちは」

の声を思い出し、これを書いている今、ヒジキを御馳走になった時の様子が目の前に浮んできて、あのヒジキの味が舌先に滲み出してくるのを押えようがない。

今夜あたり、久しぶりにヒジキを煮てもらおうか。それも、吉行家と我家の両方を。そして、並べ

て食べ比べてみるのも一興だなあ。

（一九九六・五「味の味」アイデア）

山本家の春雨サラダ

毎年正月に文芸評論家山本健吉さんの家に、十人程度の編集者が集まった。三時頃から夜更けまで、飲めや唄えやのドンチャン騒ぎをしたものだった。

山本さんは長崎で生まれ、幼少年期も過したので、正月の宴会には長崎の名産であるカラスミがふんだんに出されるし、小粒だが何とも言えない甘味のある伊木力《いきりき》蜜柑が枝葉をつけたまま卓に載る。そして長崎郊外の茂木の名産茂木枇杷のゼリーなど、他所ではなかなか口に入れることのできない美味なるものが机の上にあふれることになる。

山本さんはほとんど酒は飲まないのだが、こういう時にはスコッチをストレートでグラスに二杯ほど、本当に時間をかけてすすっていた。そしてぼくたちが腹一杯食い、したたかに酔い、大声でバカ話に興じ、それぞれ自慢のノドを聞かせる姿を、何とも言えない優しい眼差しで見ては、微笑んでいた。山本さんも歌う。上手くはないが、様ざまな時を経て来た人だけが表現できる味わいのある歌だった。同郷のさだまさしや、同じ九州の八代亜紀などが得意（？）だった。

山本さんは赤坂のマンション住まいだったが、評論家という職業柄、本があふれ、廊下といわず、階段（二階のあるマンション）といわず、至るところに積み上がっていた。さすがにぼくたちが放歌高吟する座敷とダイニングキッチンは片づいていたが（いや、いつもはゴロゴロと転がっていたのかもしれない）、ただ、十人もの客に出す皿を置くにはそのダイニングキッチンがあまり広くないものだから、机に置ききれない皿が、廊下に積まれた本の上にズラッと並べてあったりした。

乃木神社の裏手の高台に建つマンションから赤坂方面に急坂を下りたところに珉珉《みんみん》という台湾料理屋があり、そこで様ざまなものを皿に盛ってもらい、ぼくたちがその皿を受け取りに行ったものだった。これがどれもこれも美味くて、こんなに沢山の皿があって、あまってしまうのではないかというくらいなのに、帰り際には一カケラも残っていないのだ。

その珉珉は一度なくなったが、再建して今もやっているという。一度また行ってみよう。

山本さんには安見《やすみ》さんという娘さんがいる。この名前は、中臣鎌足《なかとみのかまたり》（中大兄皇子《なかのおおえのおうじ》とともに蘇我氏を滅ぼし大化改新を行ない、後に藤原の姓を賜わる）が評判の女性を妻にした時に詠んだという、

我はもや安見児《やすみこ》得たり皆人の得がてにすとふ安見児得たり

（私はああ、安見児を得たんだ、男たちが得たいと思っていながら得られなかったという、あの安見児を得たんだぞ）

という、恋に勝利した喜びを満面にあらわした有名な万葉集の歌から取ったものだと、ぼくは思っている。山本さんにも、安見さんにも聞いたことはないのだが、ほぼ間違いないだろう。その安見さんが、腕によりをかけてつくってくれるものがある。それは決して最初に出てくることはない。

一騒ぎがすみ、中休みといった頃合い、それまでの様子が変わり、小説だとか、詩だとか、はたまた今月のあの雑誌に掲載されたあの作品は、だとか、次の何々賞はどの作品になるだろうとかいった話になりかけた頃、ダイニングキッチンの戸がスッと開けられる。ちょっとハニカンだような顔をし

て、安見さんと奥さんがお皿を捧げて入ってくる。

とたんに、それまで真面目な顔をして話に興じていたぼくたちは膝を正し、口々に囃し立てる。

「これが出て来なくちゃ、何のために山本家に集まったかわかりゃしない」だの、「今日はないのかと思った」などと言い、口笛や拍手で迎えるのだ。

それは春雨の中華風サラダで、湯がいた春雨にハム、胡瓜、生湯葉、若布などを刻んで和え、三杯酢で混ぜ、胡麻油を香りづけにかけただけで、別に「これは！」といった料理ではない。しかし、何故かこれが良いのだ。大皿二枚に山盛りにされた春雨は、アッという間に無くなってしまう。

もちろん美味であることは確かなのだが、しかし瞬く間に無くなってしまうほどのものでないことも確かで、これは演出と時機が多大に影響しているに違いない。初めから出してないこと、すなわち、宴がいささかだれて来た頃に出すということ、恥かしそうでありながら、どこかに自信を感じさせる安見さんと奥さんの姿が、ぼくたちの心と胃に響くのだ。

この稿を書くについて、安見さんにサラダの作り方を電話で訊いた。

「あら、春雨だけじゃないわよ。茶碗蒸しも作ったわよ」

と言われてしまった。そういえば、長崎らしい薄味の特大茶碗蒸しで有名な店吉宗《よっそう》風で、これも東京ではなかなか味わえない味だったことを、思い出した。

思い出したといえば、山本さんが亡くなって、この五月七日で満十年になった。ということは、もう十年以上、安見さんの春雨サラダを御馳走になってないことになる。


（一九九八・六「味の味」アイデア）

瀬戸内さんちで頂いたキィウィと玄米

東京本郷の高台から、講道館のある春日町へ下る大きな坂がある。壱岐坂と呼ばれている。坂の半ばあたりに十二、三階建てのマンションが建っている。本郷ハウスというその十一階に瀬戸内晴美さんが仕事場を持ったのは昭和四十五年のことだった。

一三三六年、後醍醐天皇が吉野に逃れて、京都と吉野に二つの朝廷が並び立つという異常事態となった南北朝時代。鎌倉時代中頃、後深草・亀山という兄弟の天皇が、それぞれの子孫を交互に位に就けようと約束した事に、このことは端を発している。中世の一大事件の元となったことで歴史に名を残すこととなったその二人の天皇と関係を持った、二条という宮廷の女房の性の告白書「とはずがたり」の現代語訳を瀬戸内さんにお願いしていたので、その頃は月に何回か十一階の部屋を訪ねていた。そんなある日、

「久米さん、これ知ってる、果物らしいけど」

と言って、側面に、ウズラのような、はたまた夏の雷鳥のような鳥と、マリモみたいな、どうやらその鳥の卵らしいものが描いてあるダンボール箱を差し示した。鳥の傍に〝KiwiFruits〟という文字も見える。

そう、今や珍しくも何ともないキィウィ・フルーツなのだった。しかしこの時、瀬戸内さんもぼくも初めて見るのだから、決して美しくないばかりか、ちょっと不気味なそれを、ただ見つめるだけだった。

とにかく、ニュージーランドから瀬戸内さんの知人が贈ってくれた珍しい果物なんだから食べてみましょう、という事になった。皮をむいて恐る恐る口に入れた。

「ああ！」

と言ったきり、二人とも言葉がなかった。その甘さ、その潤い、その香り、その舌触り、その歯ざわり、どれをとっても、それまでに口にしたことのない素晴らしいものだった。

単純この上ないが、世界は広い、ぼくはキィウィを食べながら、本当にそう思った。今、果物屋や八百屋の店頭に山のように並んでいるキィウィはまったく別種の果物だ。

あの真実のキィウィよ、再びぼくの口に！


瀬戸内さんは自筆年譜の昭和四十八年の項に次のように記している。

「十一月十四日、奥州平泉中尊寺にて得度、法名寂聴。得度は世間を騒がせたが、自分としては内的欲求の自然の波に従ったもので、平静であった」

その一年後、京都の嵯峨野に庵を建て、寂庵と名付け、拠点をここに定めた。田圃と竹藪に囲まれた、まさに寂庵だった。

その頃、寂庵にいる時、瀬戸内さんは、玄米食にしていた。今もそうかどうか、ここのとこ随分と御無沙汰しているので知らないが、きっと同じだろうと思いたい。

『瀬戸内晴美随筆選集』という全六巻のシリーズを担当していたから、寂庵には毎月伺った。その日はちょうど昼食時だった。

「久米さんも玄米を食べてごらんなさい」

と言われて御馳走になった。どんなお菜があったか、汁は何だったか、すべて忘れている。ただ玄米の感触だけが、もう二十五年も以前のことなのに、はっきりと歯と舌に残っている。

「よく噛むのよ」

という言葉に従って、本当によく噛んだ。ぼくは早食いで、ほとんど物を噛むことをしない。麺類など、一回噛むか噛まないかで飲み下すのが常である。米飯だとて、せいぜいが五噛みくらいだろうか。

ところがこの玄米という奴、噛まないではいられないのだ。驚くことに、噛まないと飲み込めないではないか。圧力釜で炊いていて、充分に噛める固さになっているのだが、それでも噛み切れない。精米した飯とはまったくちがっている。プリン、とした米を包む皮の歯ざわりが変に心地よい。それを噛み破ることに快感さえ覚えた。

ぼくは意地になって噛んだ。顎が草臥《くたび》れるまで噛んだ。米を砕く快味と顎の疲労は、サディズムとマゾヒズムの両方を満足させた。酔うように噛みつづけているうちに、微かな甘さが口中に拡がってきた。

「あ、これが米の飯の甘さだ」

三十三歳にして、初めて米の甘さを知った。「早飯早糞芸のうち」というが、早飯は芸でも何でもない、とその時思った。とはいえ、それで早飯が改まったかといえば、そんなことはない。相変わらず咀嚼はほとんどしない。

今年五月、瀬戸内さんは七十七歳になった。京都、東京、徳島、岩手その他、日本全国を飛び回り、そして本来の執筆活動は衰えをしらない。元気なことこの上ない。八面六臂の活躍とはこういうことを言うのだろう。

その様子を拝見していると、今も玄米を主食としているにちがいないと思う。そして、ニュージーランドのキィウィも時々食べているのではないだろうか。

（一九九九・八「味の味」アイデア）

五木さんちでステーキを

仕事が忙しくなった五木寛之さんは、それまで数年を過した金沢から横浜に居を移した。自宅から交通に便利な芝の東京プリンスホテルに仕事場を持っていて、編集者との打ち合わせなどはホテルの一階のコーヒーラウンジでなされることが多い。

ぼくが担当した二冊目の単行本、世の中の変化についていけない老紳士を主人公に、現代を風刺した、哀しくもおかしい長編小説『夜のドンキホーテ』の打ち合わせだったと思うから、昭和四十七、八年頃か。例の如く東京プリンスホテルの一階で会うことになった。

「ちょっと手が離せないので、暫くぼくがお相手をいたします」

と言って、弟の松延邦之《まつのぶ》さんが来てぼくの隣に坐った。そして注文したのが〝カフェ・オレ〟だった。その飲み物の名前をぼくはその時はじめて耳にした。

「どんな飲み物なんだろう？　美味そうだったら今度俺も注文してみようか」

そんな事を考えながら松延さんと話していた。ところが、ウェイターの運んで来たものは、ただのミルクコーヒーではないか。

「あれ、松延さんはカフェ・オレと言った筈なのに………」

と思ったが、何の文句も言わずに飲んでいる。不思議に思いつつも、ぼくの口を出すことではないので当り障りのないことを話しながら、チラッ、チラッと松延さんの飲み物を見ている。

しばらくして降りて来た五木さんが、これまた〝カフェ・オレ〟を注文した。

「よし、今度こそ充分に確かめてやるぞ」

と注意万端おこたりなく待っていた。またもやミルクコーヒーが運ばれて来たではないか。

その時はじめて〝カフェ・オレ〟とはミルクコーヒーの事らしい、と気がついた。しかしこの言葉がフランス語だということを知ったのは、それから何年もあとのことだった。


昭和四十五年十一月中旬、朝鮮戦争頃の、貧しいけれど充実していた大学生たちの生活を描いた自伝的短編を表題作とした作品集『こがね虫たちの夜』が出来たので、横浜の高台にあるマンションの五木さんを訪ねた。初めて担当した五木さんの本だった。

昭和四十一年に「さらばモスクワ愚連隊」で小説現代新人賞を、四十二年一月に「蒼ざめた馬を見よ」で直木賞を受賞した五木さんは、一躍若者のヒーロー的存在として月に二、三本の短編、数本のエッセイ、連載が四、五本、そのあい間に講演、取材と、超多忙な毎日だった。だから、この日、まったく仕事をせずに過すというのはこのころの五木さんにとっては稀有なことだったのではないだろうか。

五木さんは、当時も今もとにかく格好いい。ただ見かけがいい、という上っ面だけの格好よさではない。生き方として格好いいのだ。『生きるヒント』とか『大河の一滴』とか、かつての若者のヒーロー、今流行りの言葉で言えば〝カリスマ〟だった五木さんが、その姿を違った形で現在の私たちに見せてくれている。なんと素晴らしいことか！　きっと、あの当時とは質のちがう忙しさで、今も仕事をなさっているのだろう。

その人気作家の作品集をようやく刊行出来たのだから、ぼくの心は躍り、東横線の白楽駅から高台のマンションまでのかなり急な坂道も苦とせず、スキップを踏むような思いで登っていった。

ぼくもうれしかったが、五木さんも大変に喜んで下さった。奥さんともども、出来上がった『こがね虫たちの夜』をタメつスガメつ見ては、労《ねぎら》いの言葉を繰り返して下さった。

午後二時頃だったろうか。

「これから元町へ買物に出よう。その前に腹が減った、食事を摂ろう。ステーキがあったよな」

と五木さんは言った。そういえば、朝食からもうずいぶんの時が経っていた。腹も減ってきていたから、部屋の窓から眼下に拡がる横浜の市街を見たり、五木さんと話しながら待っているぼくに、ダイニングで奥さんの焼く牛肉の音と匂いは何とも無遠慮に襲いかかり、鼻と腹に染み込む。

あッ、湯気と煙りと牛肉の香りを漂わせ、奥さんがダイニングから出て来た。

テーブルに並べられた皿の付け合わせは何だったのか、主食がパンだったか米飯だったか、スープがあったか、サラダはどうだったか、そんなことはまったく覚えていない。牛肉の得も言われぬ歯ごたえと舌ざわり、肉汁が濃いのにスッキリした口当り、サッパリしたショウユの味付けと香りが一杯に口中に拡がる。

早食いのぼくは、五木さんのペースに合わせるのが一苦労だった。

もう三年近くも五木さんと付き合って、漸くはじめての本を出させていただいたという嬉しさの上に、昼から家で（フランス料理店などではないという意味）牛のステーキをいただく。なんと幸せだろう。精神《こころ》の幸せ口の幸せ。

それから間もなく、腹と胸のくちくなったぼくたちは、横浜の元町へ向かった。

（二〇〇〇・五「味の味」アイデア）

V

年譜について

保昌正夫さんに「年譜の話」（小学館ライブラリー『昭和文学の風景』所収）という文章がある。たまたま文芸文庫（講談社版）の吉行淳之介、伊藤桂一両氏の年譜を書いたぼくにとって、この文章は心に沁みるものになった。

作家の年譜が作成されたのは「新潮」大正五年から四十回、夏目漱石から南部修太郎までを取り上げて掲載した「文壇諸家年譜」が初めてに近く、文学全集に付されたのは改造社の円本『現代日本文学全集』あたりだろうと書き出し、『昭和文学全集』（小学館版）まで、年譜の六十数年に亙る歴史の中で、特に印象に残る良い年譜を紹介している。

「「小伝」と「著作年表」とを合わせたところに「年譜」が成り立」ち、「その人を見てゆくのに必要不可欠」なことが書かれた「読まれる、読ませる」年譜が良いものだという。そして、

「その作者に愛着のない年譜は腑抜け年譜だ。限られたスペースのなかでも、その作者の立ち姿があらわれてくるような年譜、年譜自体が一つの制作として自立している年譜が好ましいのだ」と断言する。

ぼくは、二人の年譜を書きながら、かつて昭和三十年代半ばから四十年代初めの全集ブームの頃に

刊行された文学全集に付されている数多の年譜のように、制作された作品をただ年代を追って記していくことに苦痛を覚えていた。作家なのだから作品を記していかなければならないのは当然だが、とかくそれに偏して、保昌さんのいう年譜の二つの要素のうち「小伝」が疎かになってしまいがちで、それでは作家の姿が見えて来ない、ただの著作年表だ、そう思いつづけた。

そこで、後に記すような年譜制作へのぼくなりの考えに則って書き上げた。

吉行さんの『悩ましき土地』が出た時、坪内祐三さんが「週刊文春」の「文庫を狙え！」で取りあげ、

「文芸文庫、個々の作家の著作目録と年譜がとても充実している（中略）著作目録と年譜を手がかりに、読者は、一冊の本から、さらに多層的な読書の世界に旅立つことが出来る。『悩ましき土地』の巻末に載っている年譜も、また、読みごたえがあった」

と書いてくれた。

我が意を得たりだ。ともすれば、付録としての意味しか持たされず、他の全集にも載せているから、という感じの年譜が多くなりがちなのだが、年譜の出来不出来によって、坪内さんの言うように、その作家への読者の踏み込みが違ってくる筈で、それほどに大きな意義を持っている。

二つや三つの年譜をつくったからといって、おこがましくもさも解ったふうな文章を連ねるのには、実は訳がある。

編集者になりたての頃、先輩の言を入れて、初めてお目にかかる著者を訪ねる前に、その人の年譜を読んでみた。ところが、丁度その頃は全集ブームのまっただ中で、その年譜は例によって作品が列記してあるだけのものだったから、ほとんどぼくの役に立ってはくれなかった。それ以来、年譜とい

うものは、その作家を調べる時だけに必要なもの、と勝手に決めつけ、まったく繙くということをしてこなかった。だから、もしぼくが年譜を手がけるなら、自分なりに納得のいく年譜をつくりたい、と密かに思っていたのだった。その思いが十全とはいかないまでも、ある程度は満たされたと、自負している。

ただ一つ気をつけなくてはいけないことがある。保昌氏の言う「作者に愛着のない年譜は腑抜け年譜だ」に関わる。すなわち、愛着がありすぎ、思い入れが強すぎて、作家の心の中にまでズカズカと入り込んでしまうのは考えものだ、ということだ。実際、ある作家の未亡人が年譜を読んで、「主人はこの時にそんなふうには考えていなかった」と不満を述べたという話を聞いた。その辺りについては、実に多くの年譜を書かれている保昌さんは心得たものである。たとえば今年の四月に刊行された和田芳恵著『暗い流れ』（講談社文芸文庫）の年譜の昭和六年には、

「『日本文学大辞典』の編集部に配属（このあたりからのことは『ひとつの文壇史』が参照される）」

また昭和二十四年には、

「四月、『日本小説』終刊（『日本小説』については大村彦次郎『文壇うたかた物語』〈筑摩書房〉も参照される）」

などと記し、保昌さん自身の思いをフッと脇へ掠めさせる高度な術を使用している。ぼくの如き若輩者の使い熟《こな》せる技ではない。

直接本人に会って話が聞け、書いたものに手を入れてもらえるならそれが最上だが、そう出来ない場合は、遺族や親しかった人の話を聞くこと、自筆年譜を引用させてもらうこと、エッセイなどの著

作物から関係箇所を引いてくることなどが、読めて、年譜制作者の思いを込められ、作家に対する余計な穿鑿をしないですむ年譜をつくる、せめてもの手立てだろう。

幸いなことに、吉行さんには青山毅、山崎行雄両氏が作成した詳細な年譜、そして自筆年譜もあり、宮城まり子さんから話も聞けたし、伊藤さんの場合は御本人からのお話を伺え、これまた精しい自筆年譜を書いていらしたので、たのしくそして未熟ながらも自分なりに領ける年譜が書けたと思っている。

今後、他の作家の年譜を手がけることがあるかもしれない。それが、この二人の年譜のようにうまくいくかどうかわからないが、思いの籠った、その作家が立って読み手に向かって歩いてくるような年譜を書きたい。その作家の書庫に入って発表誌の月号を調べたり著作物の奥付を写したり、文芸年鑑の雑誌新聞掲載作品目録を繰るだけで仕上る年譜にはしたくないものだと、つくづく思う。

（二〇〇〇・一二「すばる」集英社）

「座頭市」と「座頭市物語」

カラオケという、コミュニケイションを阻害するような、逆に促進するような奇妙な物が世を席巻してどのくらいになるだろう。否定的な言い方をしたが、実はこのカラオケが大好きで、声が出れば何時間でも歌っている。数あるレパートリーの中で、おそらくほとんどの人が歌わないだろう曲が勝新太郎の歌う「座頭市」だ。セリフから入り、最後のリフレイン〽夕陽を浴びる……まで、何とも気持よく歌える。他人《ひと》が歌わないとか、歌唱力を誇示したいとかいうより、始めのセリフ「俺たちゃな御法度の裏街道を行く渡世なんだぞ……」というあれに参っているのが本音である。これは作詞家・川内康範の言葉かと思っていたのだが、実は子母澤寛が書いた「座頭市物語」の主人公座頭市のセリフだった。若い女房おたねに、笹川の繁蔵に敗れた飯岡の助五郎一家の政吉が死んだことを知り、助五郎を批判してつくづくと言う。

「人間はな、慾には際限のねえもんだ。親分も、金も出来、子分も出来、役人達もすっかり手に入ったとなると、その上の慾が出た。出たから人の道を踏みはずした。おれはな、親分の兄弟分松岸の半次が、八州さんの桑山盛助《くわやまもりすけ》の旦那のお妾のお古を下げ渡されて大よろこびをしているときいた時から、これはもういけねえと思ったよ。な、やくざあない、御法度の裏街道を行く渡世だ、言わば天下の悪党だ。こ奴がお役人方と結托するようになっては、もう渡世の筋目は通らねえものだ。おれ達あ、いつもいつも御法というものに追われつづけ、堅気さんのお情でお袖のうらに隠して貰ってやっと生きて行く、それが本当だ。それをお役人と結托してお天道様《てんとうさま》へ、大きな顔を向けて歩くような根性になってはいけねえもんだよ。え、悪い事をして生きて行く野郎に、大手をふって天下を通行されて堪《たま》るか」（傍点・久米）

これである。大体、編集者というのは、汗水垂らして働いて生きている訳ではない。ほんの片隅で仕事をさせてもらって食べているのだ、という思いのあるぼくにとって、このセリフはふるいつきたくなるほどだ。

子母澤寛の『ふところ手帖』の中に十三枚ほどの「座頭市物語」は収められている。

「天保の頃、下総飯岡の石渡助五郎のところに座頭市《ざとういち》という盲目《めくら》の子分がいた。何処からか流れ込んで来て盃をもらった男だが、もういい年配で、でっぷりとした大きな男、それが頭を剃って、柄の長い長脇差をさして歩いているところは、何う見ても盲目などとは思えなかった。

それだけに、物凄い程の勘で、ばくち場へ行っても、じっとしていてにやりと笑った時はもう壺の内の賽の目をよんでいて、百遍に一度もそれが違ったことがなかったという」

と書き出し、その居合いの常人を絶した力量、飯岡と笹川の喧嘩《でいり》、そして市が考えるヤクザのあり方、生き方が語られ、助五郎に盃をたたっ返して行方知れずになるところで締めくくっている。

ところが、「キネマ旬報」の〝座頭市シリーズ〟紹介欄は、

「原作はといえば、もはや伝説的になってることだが、子母澤寛の随筆集『ふところ手帖』にたった一、二行記されていたという、あんまの座頭市の話。そこに目をつけた企画のすぐれたセンスが、

思いもかけないこの長丁場のシリーズ……」

と書いている。『ふところ手帖』を読んでいないこと歴然としているではないか。しかし、これ以後、映画「座頭市」について何か言う場合、この文章が下敷きとなってしまい、子母澤寛は座頭市についてほんの一二行しか書いていず、そこから企画した映画プロデューサーの偉大なセンスが称揚されることになってしまった。このこと自体はそう大きな問題とは言えないかもしれないが、こうしたことはとかくありがちなことで、誤って伝えられたことを改め、訂正していくことの困難さ、そして誤りが誤りでなく闊歩していくことの怖さをひしひしと感じるのだ。物を書いたり書かせたりする者たちが、もっとも心しなくてはいけない問題だと思う。とはいえ、掌編に近い作品をとりあげ、25本というシリーズを創り出したその企画力は大変なものである。

身体的に完全ではない男が、常人を遙かに超えた力を備えてい、それがしかもアウトローであり、そのアウトローがインローの連中を助ける、という、たとえばスーパーマンのようなキャラクターではない主人公が、観客を惹きつけたのだ。それは、すでに25年の長きに亙り47本のシリーズとなった「男はつらいよ」とはまったく逆のキャラクターである。ちょっと常識からはずれ、ちょっと生活力のない、ちょっと見映えもよくない、ちょっとお人好しな男・車寅次郎を、一応自分は正常と勝手に思い込んでいる大方の人々が、半分蔑み、半分哀れみ、半分共感しながら観つづけているのが「男はつらいよ」だ。「座頭市」とは観客の主人公に対する感情が正反対なのである。「座頭市」は昭和三十七年に第一作が上映されてから昭和四十三年までの六年間に十九本制作されている。そして翌四十四年には一本も制作されず、その昭和四十四年に「男はつらいよ」が発表され、その後昭和四十九年の「笠間の血煙」まで六本で「座頭市」は終っている。「座頭市」の人気が下降線をたどり始めた時、「寅さんシリーズ」が始まった。これは考えてみる価値のあるテーマではないだろうか。

さて、昭和三十七年、映画「座頭市」の第一作「座頭市物語」が封切られた。原作「座頭市物語」に則り、笹川と飯岡の喧嘩《でいり》を話の中心に据えていた。第二作「続・座頭市物語」（同年）は盲目になる前、兄与四郎（勝新太郎の実兄・城健三郎のちの若山富三郎）と一人の女を争った。そして現在（ドラマの中で）、敵味方に別れて兄弟は斬り合い、市は兄を斃す。第三作はカラーとなった「新・座頭市物語」（昭和三十八年）で、故郷で剣の師匠の裏切りと、師の娘の求愛が、市のその後を規定することとなる。即ち、仕方なくではあっても師を斬ってしまえば、その娘を受け入れることは出来る筈がない、そこから市は裏の世界に生きるしかなくなっていく訳である。

そして四作目の「座頭市凶状旅」（昭和三十八年）から、主演勝新太郎のキャラクターに相応しい市の姿が形づくられていく。ただ強いばかりでなく、どこか憎めない粗野な市、それが、少しずるいところのある市をソフトにし、ユーモラスにしている。それはかつてのノッペリした二枚目スターでなく、少し太りだした勝新太郎、どこか抜けている印象の勝新太郎だからこそ、なりたったキャラクターなのである。

こういう言い方はぼくの範疇にはないのだが、六〇年安保挫折後、大学紛争を経て七〇年安保、そして七二年の連合赤軍、浅間山荘へ、この煮えたぎるような十年が、映画「座頭市」の活躍した時代だった。それが落ちつきはじめた頃から「寅さん」が動き始める。これはまさに象徴的と言わざるを得ないだろう。

子母澤寛がどう考えて書いたかは別として、文字から映像に表現形態が移行したとき、映像はすべて文字から離れて一人歩きを始め、文字を遥かに凌駕して人々に迎えられる。それは単に表現方法の違いだけでなく、それぞれが持つ独自の意味合いの違いなのである。

ところで、ぼくの好きな歌「座頭市」である。この曲は映画の主題歌として制作されたものではなく、すでにない大映レコードから発表された。現在、はっきりした年は調べようがないが、ほぼ、映画「座頭市」がヒットをつづけていた昭和四十年から四十二、四十三年頃に制作されたものと思われる。川内康範作詞、曽根幸明作曲、勝新太郎歌のこの曲、大ヒットこそしなかったけれど、いまだにカラオケのナンバーとして（歌うにはちょっと難しいが）残っているくらいのヒットはした。

〽音と匂いの　流れ斬り

〽涙しのんで　さかさ斬り

〽花を散らして　みだれ斬り

どういう斬り方かは判然としないが、市の心情と結びつけたいかにもそれらしい詞句ではある。

〽肩もさびしい　〽どこへ行くのか　〽夕陽を浴びる　のリフレインも、盲目の孤独なヤクザ座頭市の来し方行く末を暗示して、哀しくも美しい。

間奏中のセリフ「いやな渡世だなあ……」「ああ、眼があきてえなァ……」も、自らにひきつけて心に滲みる。始めのセリフだが、原作で「言わば天下の悪党だ」となっているところを「言わば天下のきらわれもんだ」に変える。これが、流行歌の流行歌たるところである。

なお、映画の主題歌として製作された、そのキャラクター、イメージなどを得てつくられる歌というのはよくあることで、受け手としては、どちらでもよいことだ。双方を勝手に結びつけても、それぞれ独立したものとして考えても、受け手の自由であり、だからといってそれが否定されるものでもない。

最後に一言。四、五年前までは深夜、TV座頭市がよく放映されていたが、勝新太郎が問題を起こしてから一切見られなくなった。それがTVという物のエセ正義面であり、エセ人道主義なのである。そして放送されていたときでさえ、「この奴盲目《ドメクラ》め！」のセリフが消去され、「このド……め！」となっていた。笑ってしまう以外どうしようもない。差別を直視すること以外、差別をなくすことは出来ないのだ。悪しき平等主義は、ますます不平等を助長する。イジメの問題もこうしたところに遠因があるかもしれない。

本題から離れてしまったが、いずれにしろ、様々な問題を考えたくなる「座頭市」ではある。

（一九七八「大衆文学研究にゅーす」大衆文学研究会）

流行歌私論

ここ数年、ほとんど流行歌を聞かなくなった。たまに聞こえてくる好みに合った歌以外は、かつてのように真剣に覚えなくなった。五球スーパーのラジオに耳をそばだて、歌詞を書きとり、風呂に入っても便所にいても歩きながらも覚えたものだった。昭和二十年代の終りから三十年代にかけてローティーンの頃である。

誰もが言うことだが、この頃は大人の歌がない。当時は大人の歌しかなかった。もちろん子供は歌ってはいけないと言われていたのだが、丁度、読むことを禁じられた小説を部屋の隅で盗み読みするような、あるうしろめたさをともなった喜びが、流行歌を聞き歌うことにはあった。子供から大人になりかけの歳頃に、人生の何たるかを微かな羞恥心とともに教えてくれた。それは文学の持っている羞恥心と同質のものだったと思う。居ても立ってもいられない恥しさと初めて垣間見る大人の世界への興味とが、同じ強さで迫ってきたように覚えている。

それはいい意味での〝毒〟であった。今の歌にはその〝毒〟がない。またたとえあったとしても歌いこなすだけの歌手がいない。

加太こうじ氏は購買力のもっともあるのは少女たちだから、そこに向けて現在のレコードは造られている、という意味のことを言っている。キャンディーズ、ピンク・レディー、ビューティー・ペア、これらの歌い手たちに熱狂する子供たちを見ていると、何処にその購買力があるかと思う。少女たち自身は金を持っていない。彼らは両親からもらった小遣いでレコードを買い、劇場へ足をはこぶのではなかろうか。ということは、いってみれば家族全員がテレビに見入り、一緒に歌っていることになる。茶の間（DK）に堂々とその場所を占めてしまったのが、現代の流行歌である。ここには、かつて三橋美智也、春日八郎、美空ひばり、戦前から歌いつづけていたベテラン（いやな言葉だ）歌手たちにあった、天下の大道を大手を振っては歩けないという、何処か卑屈な感じはまったく見られなくなっている。

少女たちに、そしていわゆるニュー・ファミリーに快く受入れられる歌だけが、朝から夜までブラウン管を占領し、ラジオから流れつづける。

台頭期のフォーク・ソングには〝毒〟があった。いまや、ポップ・コンなどという奇妙な略語の素人コンサートまで出現して、牙を抜かれた蛇よろしく、我世の春を謳歌している。「帰ってきたヨッパライ」のもっていたあの批評精神とバイタリティーは何処へ行ってしまったのだろうか。新宿西口広場を埋めつくしたあの熱気は高層ビルに吸いこまれてしまったのだろうか。

「戦争を知らない子供たち」などという甘ったれた歌が出るにおよんで、フォークの旗手たちは前線を退き、あるいは山に籠りあるいは畑を耕すことで〝毒〟を保とうとした。これは逃避ではあるが、そこで造りつづけている彼らの歌は、必ず現代フォークを覆すものとして再び脚光をあびるに違いない。

五木寛之氏は「風に吹かれて」の中で、

「流行歌は、みずからをなぐさめる歌であると思う。なぐさめることで、その場かぎりの安らぎと連帯感が生まれる。それが、その場かぎりであることは、歌っている当人たちが一番よく知っているのだ。（中略）

それにしても、最近、われわれのうらみつらみを如実《にょじつ》に歌うような歌が少なくなったという気がする。戦意高揚歌ではないが、何だか景気づけの歌ばかりが耳にはいる。そろそろテレビの歌番組もつまらなくなって来たようだ」

と言っている。そして、一種のスノビズムで艶歌を好きだという人たちが増えたことを嘆いている。実にそのとおりだと思う。

彼が書いてから十年、流行歌の世界はなんら変化がない。しかし、その中で目についた歌がないではない。

酒を飲むと歌うのが、このごろの流行である。人後におちず、どころか率先してマイクを持つことにしているが、新しい歌は数少ない。「想い出ぼろぼろ」「港街ブルース」「女の海峡」など、せいぜい十曲ぐらいだろうか。ほとんどが〝懐しのメロディー〟である。

〽背中合わせの　ぬくもりと
〽静かな寝息が　聞えてくる
〽瞳こらして　闇ん中

「想い出ぼろぼろ」の三番の一部である。背中を合わせて寝るしかなくなっている二人に、暖かい触れあいはすでにない筈である。しかし、それを背中合わせのぬくもり〟という否定の言葉と肯定の言葉を使うことによって、二人の追い込まれた場所を表現する。このフレーズだけで二人のここ何年かの物語が窺い知れる。もちろん一番、二番の歌詞が、このフレーズにつながっている訳だが、たった十一文字が何倍、いや何十倍の言葉を使っても表わしきれないものを伝える。

一曲の時間が三分そこそこである流行歌で人生を表現出来る訳がない。小説という表現形態でさえも人生の襞しか描けないのだ。ここに引いた「想い出ぼろぼろ」も、あたかも一組の男女の人生を歌っているように見えるが、単に人生の断片を伝えているにすぎないのである。作詞家の阿木燿子はそれを知って書いている。だから言葉が生きてくる。

たとえば〝貴方が望むなら私なにをされてもいいわ〟などという、ただそれだけの意味しか伝えない歌詞が幅をきかせている中にあって、出色の歌と言えよう。

〝瞳こらして　闇ん中〟も、聞く者を戦慄させずにおかない。微かに街燈の光が窓のカーテン越しに差し込む部屋、寝息をたてはじめた男の傍で、目をカッと見開き、一人目覚めている女――

流行歌はあくまでもその名のとおり、流行歌であって、歌を聞いて人生を考え、哲学をし、イデオロギーに目覚める、などということはないし、決してあってはならないと思う。流行歌は人生の断片しか表現できない。ということは、誰でも、その歌に思いを入れられる、ということである。歌詞の中に、人それぞれの人生の一瞬を見ることができる訳である。だからこそ、何年も経ってからフッと口をついて出てくる歌は流行歌なのであり、懐しのメロディーというものの存在理由があるのだ。

ところが、このごろは（どうも年寄くさいことばかり言うようだが）そうした歌がないのである。「ウォンテッド」「ローラ」「失恋レストラン」「暑中御見舞い申し上げます」「ひなげしの花」など、どれをとってもその場かぎりの歌である。せめて「愛の始発」「横浜たそがれ」「襟裳岬」くらいの歌がほしいのである。子供は隠れて歌い、大人は人にバカにされるのではないか、という恥かしさで大きな声では歌えない、そんな歌がほしいのである。

マスコミ（TV・ラジオ）の発達で乱造される歌の中に、もっと、汗や涙や血や土や、白粉の臭いのある歌を、人のうらみやつらみや、哀しみや苦しみや、やりきれなさや、みにくさを歌いこんだ歌をふやしていかなければならない。

流行歌を云々することは、誰にも出来ることで実際にはもっとも難かしいことだと思う。書いているうちに流行歌の持っている恐しい力に気圧されるのをどうしようもなかったことを最後に付け加えておく。

（一九七七・一〇、一二「大衆文学研究会にゅーす」）

カメラで覗いた日本文学史

この四月二十六日（平成十四年）刊行の『開高健』の巻で、『新潮日本文学アルバム』は古典篇（『新潮古典文学アルバム』全二十五巻）と併せ全一〇〇巻が完結した。第一回の『太宰治』が昭和五十八年（一九八三）九月に刊行されているから、あしかけ二十年、よくもまあ辿り着いたものだ。古典篇を含めて三十巻に関わったこの企画の担当者の一人として、読者にとって興味を引きそうな、いや、ぼく自身がおもしろいと思うエピソードをいくつか記そう。

写真でその作者、作品を見せる「アルバム」という形だからこそ、文学作品の字面からだけではわからない様ざまな作家の姿が垣間見えてくる。また想像できる。それがたのしいし、おもしろい。

『虚空遍歴』を「小説新潮」に、『ながい坂』を「週刊新潮」に連載、全集も新潮社から刊行しているし、『山本周五郎テーマコレクション』というシリーズも出していて、新潮社と親しい山本周五郎から始めよう。

『青べか物語』という連作短篇形式の作品がある。新潮文庫のカバーにはこうある。

「根戸川の下流にある、うらぶれた浦粕という漁師町をふと訪れた私は、〝沖の百万坪〟と呼ばれる風景が気にいり、ぶっくれ舟〝青べか〟をテもなく買わされてそのままこの町に住みついてしまう。やがて〝蒸気河岸の先生〟と呼ばれるようになった私の眼を通して、およそ常識はずれの狡猾《こうかつ》さ、愉快さ、質朴さを持ったこの町の住人たちの生活ぶりを、巧緻《こうち》な筆に描き出した独特の現代小説」

そう、一言で言えば、この作品はそういう内容である。そして、浦粕は千葉県の浦安町がモデルで、今ではまったく想像もつかないだろう鄙《ひな》びた漁師町だった。実際ぼくが潮干狩に行った小学校五年の時（昭和二十七年）も田舎だった。

昭和三年夏、スケッチブックだけを持った周五郎は、初めて浦安の町に足を踏み入れた。それまで見たことも触れたこともないこの町の独特な風景、味わいに魅かれて、翌四年の秋までここに住みついてしまう。その時の経験が、「青べか物語」に結晶したという訳だ。しかし、この物語は浦粕町での話のあとに付けた二つの章が重要だ。それは「おわりに」と「三十年後」である。

「おわりに」には、浦粕町を出て八年ほどのちに再訪した時のことが書いてある。そこにはすでに〝蒸気河岸の先生〟を忘れている人たちがずいぶんいた。そして「もう二度とこの町へ来ることはないだろう、と心の中で呟」くのだが、「三十年後」にまた浦粕町へいってみた。ところが、そこは道も建物も新しくなり、先生の記憶の町ではなくなっていた。それだけではなく、一人として先生を覚えている人はいなくなっていたのだった。

すなわち、この「青べか物語」という作品は「浦島物語」なのである。この「あとがき」風の二章があることによって、この作品はまさしく完結したのだ。ぼくは丁度「猿の惑星」のラストシーンの自由の女神を見た時のように、ある感動をもってこの二章を読んだのだった。

さてアルバムだが、巻頭に折込の口絵がある。『山本周五郎』の口絵は「青べか物語」の原稿の冒頭である。それを見てぼくは驚いた。

「浦粕町は根戸川のもつとも下流にある漁師町で、貝と海苔《のり》と釣場とで知られてゐた……」という書き出しの「浦粕町」はもともと「浦島町」と書いてあるではないか。「島」を●で消し、「粕」に書きかえているのだ。

山本周五郎の小説作法《さくほう》の上手《うま》さには定評がある。この「おわりに」と「三十年後」も、物語が完結したので、まるで今思いついて書いた、というように上手く書いている。しかし山本周五郎は、最初からこの物語を「浦島物語」として書くつもりでいたのだ。実物がそれを示している。

実物の持っている強さと言っていいだろう。原稿は、作者の思考の過程を示してくれている。推敲《すいこう》したり訂正したりしている文字面からは、作者の息づかいや、姿形まで見えてくる。ワープロ原稿では決して知ることの出来ないものだ。ちなみに、ぼくのこの原稿は、原稿用紙にシャープペンシルで書いている。

さて一転、次は小林多喜二。もっとも有名な作品は「蟹工船」で、プロレタリア文学の旗手として活躍したが、悪名高い戦前の東京築地警察の特高に逮捕され、拷問を受けて殺された。

このアルバムの59ページ、カラーのページだが、ここに「防雪林」という作品のノート稿が載っている。そこには北国特有の防雪林らしきものがスケッチされ、その下にこう書いてある。

「行かふかもどろふか　行かふかもどろふか」

これはどういう意図があって書いたものなのだろうか。ぼくはいろんなことを考えてしまった。そ

してキャプションには、ぼくの思いをおさえて、
「ただ『さすらいの唄』（北原白秋作詞）の唄い出しを書きつけただけなのか、あるいは独り言なのか」

とだけ書いた。

しかし、「さすらいの唄」は大正六年（一九一七）、帝国劇場で上演されたトルストイ作「生ける屍」の劇中歌としてつくられたもので、松井須磨子が歌っている（中山晋平作曲）。「防雪林」は昭和三年（一九二八）の作品であり、ノートは前年、二年（一九二七）に書かれたものだから、「さすらいの唄」はそれより十年も以前の歌である。実際にヒットしたのは大正八年に須磨子が島村抱月を追って自殺した以後だということだが、それにしても、七、八年前の歌となる。それをここに記すだろうか。

この小林多喜二の評伝を執筆したのは藤女子大学教授の今は亡き小笠原克さんだが、多喜二が「防雪林」を執筆した当時の箇所に次のように記している。

「この時、小林多喜二が直面していたのは、〈俺のあらゆる事件に打ち当っての、矛盾、不徹底〉（大一五・九・二一「日記」）を再度えぐり出し、決定的におのれの小市民的インテリゲンチァ性を揚棄《ようき》することだった。問われていたのは一労働者としての自己認識なのだった」

おそらく、この自分の矛盾、不徹底を、この「行かふかもどろふか」に仮託したのだろう。そう考えるのが妥当だろう。実は、十年前（大正六年）に出来たソビエト・ロシアへ亡命したいと思ったのか、それはいけないと考えなおそうとしていたのか、あるいは共産主義に対する自らの不徹底さをこの言葉にこめたのかもしれない、などとも考えた。そんなふうに考えることによって、拷問によっても転ばずに死を選んだ、あまりに強すぎる男への親愛感を少しでも持ちたい、ぼくらと同じ弱い人間

だということを確認したい、ということだったのかもしれない。

そうそう、ノートと言えば、ある女流文士の創作ノートのことを思い出した。ある小説家に彼女は恋している、という話があって、それを遺族は全面的に否定していた。それはそうだろうと簡単に思っていた。ところが、彼女の創作ノートのある見開きページに、作品についてではなく、その噂の作家の名前がビッシリと書き散らしてあったのだ。それを見た時の驚愕《きょうがく》は言葉では言いあらわせないものだった。

これも、実物の持っている偉大な力と言えよう。

小林多喜二についてもう一つ、築地警察から返された遺体を前にして知人、同志たちが集っている写真がある。これは多喜二に関する写真の中では、もっとも有名なものの一つと思う。女優で中野重治の妻・原泉、作家・立野信之《たてののぶゆき》、鹿地亘《かじわたる》、俳優・千田是也らの沈痛な顔が並んでいる。その後ろは障子である。ところが、その障子に、一人の人の顔が浮んでいるのだ。障子に顔が映る訳がない。心霊写真なのだろうか。多喜二の想いが凝ったものなのだろうか。よくわからない。誰かこれを解決というか、解釈してほしいものだ。アルバムの95ページに載っている。誰もこの顔について言う人がいなかったのは何故だろうか？

『新潮日本文学アルバム』の姉妹編として、『新潮古典文学アルバム』がある。全二十四巻、別巻一の二十五巻立だ。この別巻はすべてのラインナップが決まってから入ったもので、それは『ユーカラ・おもろさうし』である。

私的な話に亙って恐縮だが、この古典アルバムで、ぼくは大学の同級生三人と仕事が出来た。これがまた何とも言えず嬉しいことだった。『太平記』の名古屋女子大学教授・大森北義、『松尾芭蕉』の早稲田大学教授・雲英《きら》末雄、『おもろさうし』の琉球大学教授・池宮正治の三人である。『太平記』の打合せに名古屋へ行って大森君と話していた時、彼がトツトツと言い出した。

「鹿児島にいた頃（彼は名古屋の前には鹿児島で教鞭をとっていた）よく沖縄の池宮君と会う機会があって〝おもろさうし〟が日本の古典としてまったく無視されている、これはおかしい、古典文学として扱っているのは『朝日古典全書』だけであり、あとは岩波の思想大系に入っているだけだ、と嘆いていた。ぼくも確かにそう思う。何とかこの古典アルバムに入らないだろうか。入れればそれは大変な見識だよ」

思いもかけない言葉だった。ぼくは実は「おもろさうし」の何たるかは全く知らなかったのだけれど、見識とまで言われたら考えざるを得ない。そこで少し勉強してみた。記紀から江戸の戯作まで、二十四巻の本巻の間、何処に挿入したらいいか迷ってしまった。というのは、「おもろさうし」のつくられた時代は室町末期から江戸初期までなのだが、本土の文学史の中にスパッと入ってこない。というより接点がないのだ。そこで窮余の一策、北のアイヌの「ユーカラ」と一緒にして別巻にしようということになった。

言ってみれば見識のためだけにつくった巻だったが、開けてみておどろいた。よく売れるのだ。別巻だから最終回配本だったのだが、初めの方に出していたら、大ベストセラーになったかもしれない。読者の皆さん、是非手に取ってみて下さい。手許に置いときたくなりますよ。

古典の第一回は『源氏物語』だった。ここには、現存の「源氏物語絵巻」を、すべて掲載した。この類いの本では、他に例がないのではないだろうか。

いや、どうも宣伝臭が強くなって来た。これはいけない。軌道修正しよう。

『堀辰雄』のページに小さく、しかし文字は読める一枚のハガキが掲載してある。昭和九年六月十二日付のハガキで、川端康成から堀辰雄に宛てたものである。「七日からこちらに来ました。犬の難産に帝王切開したりして遅れたのでした。例の牧場行の話はどうなりましたでせうか。二三日後ならたいていお伴出来さうです。表の川向ふの旅館ですが、この絵葉書よりは景色がいいところです。明日ちよつと越後の湯沢へ行つて来ます。十二日」

表とは、川端康成が七日から滞在していた群馬県の上牧駅と上越線に並行して流れ利根川の向こうの上牧温泉が写っている写真のことだが、そんなことより、このハガキの重要なところは最後の一文だ。

「明日ちよつと越後の湯沢へ行つて来ます」

これが意味があるのだ。実はこの時、川端康成は初めて湯沢へ行ったのである。何の重い思いもなく、ちよつと出かけたのである。それが、あの名作『雪国』になろうとは……。

村松友視が『「雪国」あそび』という名篇を去年出版したが、川端夫人に宛てたこの時（初めて湯沢へ行った時）の手紙は引用しているけれど、このハガキには一言も触れていない。両方が相俟って、昭和九年六月の湯沢行きがくっきりとした姿をあらわすのではないだろうか。

『雪国』は昭和十年一月、その序章ともいうべき「夕景色の鏡」（「文藝春秋」一月号）を書き、以後つづけざまに八編の連作を発表、そして戦後の昭和二十二年に発表した「続雪国」で一応の完成を見た。この「続雪国」は、本誌「小説新潮」（十月号）に掲載されたものである。因縁話みたいなものだが、文学というのはつまりは因縁話そのものなのではないだろうか。

与謝野鉄幹を鳳晶子（結婚前の与謝野晶子）と争ったのは〝白百合の君〟と新詩社（鉄幹主宰の結社で、雑誌「明星」を出していた）内で呼ばれていた山川登美子である。晶子が勝利することにより、登美子は傷心を抱いて郷里である若狭の小浜に帰り、意に染まぬ結婚をする。その登美子、ぼくはどんなに美人かと思っていたのだ。勝手に想像していたのだから仕方ないが、残っている写真を見ると、美人でもなんでもない、小太りで円い顔をした、何処が白百合か、と思ってしまう。

嗚呼！　写真なんか無い方がよかった！

話は変るが、『与謝野晶子』の71ページに載っている夫妻と子供たちが、巨きな松の枝の前にいる写真。これはこのアルバムが出るまで、何処かの海辺の近くでの写真とされていた。しかし、晶子の末娘である森藤子さんとためつすがめつ見ているうちに、この松の枝は海辺の松ではなく、東京の四谷から飯田橋にかけて中央線の上を並行している土手の松ではないか、ということに思い至った。確かに写っている人物たちの服装は海辺にいる姿ではなく、和服だったり学生服だったりするのだから、決して海辺らしい様子ではないのだ。たとい長期滞在の海辺の家の近くで、と言っても、どことなく不自然な印象だったのだ。

そこでこの写真のキャプションは、

「大正6年、富士見町の家の近所、飯田橋の土手にて……」

と書いたのである。

たった一枚の写真ではあるし、別に海辺としようが飯田橋の土手としようがどうでもいいことのようだが、決してそんなことはない。文学研究というのは、そのたった一枚の写真から、思いもよらない発見がなされることがあるのだ。

このたった一枚の写真のバックが確認されたことだけでも、『与謝野晶子』のアルバムをやってよかったと思う。他に多くの新しい写真や資料が掲載されているが、万が一、この一つだけが新しい発見であったとしても、それだけでこのアルバムの意義はあったという大きな喜びを感じている。


女優・檀ふみの父というふうに言った方が通りがよくなってしまったろう檀一雄。最後の無頼派と言われ、家庭は顧ず、気随気儘に振る舞い、原稿の締切は守らず飲み歩いている、いわゆる小説家というイメージで見られがちな作家だった。そしてそれを証したかのようなベストセラー『火宅の人』。女優入江杏子との関係を赤裸々に描いたこの作品が刊行されて二ヵ月も経ぬ昭和五十一年一月二日に亡くなる。十何年もかけて完成した作品。それを手にした直後に死んでいく。その本と死には別に何の因果関係もないのだが、檀一雄が醸し出す何とも言えぬ潔さを覚えたのだった。

さて、一所不住の如き感を呈する檀一雄の印象だが、案に相違して、子供たちとの写真が非常に多く残っている。

「これだ！」

檀一雄の秘密の一つはこれだった。彼に会った人間は皆その虜になる。いい気なもんだよ、という感じの『火宅の人』がベストセラーになり映画化までされる。その在り様《よう》が、この子供たちとの写真だ、と思った。そこに写っている檀一雄の顔は、何とも言えずたのしそうで、幸せそうで、この世にこれほど素晴らしいものがあるだろうか、といった風情だ。料理が好きで得意で、料理をしている写真もある。そして入江杏子との写真も掲載した。しかし、そのどれにも増して嬉しそうな顔であり姿なのだ。ぼくはできるかぎり子供たちとの写真を入れることにした。それが担当者のその作家へのアプローチであり、読者へのメッセージであるとともに、担当者の作家論（こうまで大袈裟に言うこともないが）のある表われだと言ってもいい。

偉大な畸人・博物学者・南方熊楠《みなかたくまぐす》は、何とも心ひかれる人である。慶応三年生まれ、夏目漱石、宮武外骨、幸田露伴、正岡子規、尾崎紅葉、斎藤緑雨と同年だ。これはこのアルバムと関係はないが、この七人を取りあげた『慶応三年生まれ七人の旋毛曲《つむじまが》り』という本を坪内祐三が去年出版した。おもしろい本だ。慶応三年という明治の前年生まれのこの癖のある七人。その中でも特に秀でた熊楠。晩年に近づくとその辺のオッサン風な体軀と風貌になってくるが、眼光だけはイヤに鋭い。しかし、若い頃の熊楠は日本人離れをした顔で、眼差しは強いが、美男子であると言える。そして彼自身、美少年が好きだった。

紀伊田辺に取材に行き、熊楠研究家の中瀬喜陽《ひさはる》さんに大変世話になった。年譜を書いていただいた。ホテルの部屋で二人で話した。熊楠のことをまったく知らないと言っていいぼくは、失礼なことを沢山おききしたのではないかと思う。その中の一つ。

「熊楠は三十九歳で初めて結婚しましたが、それまで女は知らなかったんですか」

中瀬さんは一瞬間を置いて、

「うーん……女は、知らなかった、けれど、男は、知って、いた」

と言いづらそうに、しかしどこかうれしそうに答えて下さった。

アルバムには、熊楠をとりまく美少年たちの写真も載っている。超人的な記憶力と物事を見透す力を持っていた熊楠だが、こんな話、こんな写真があると、こちらはホッとするのだ。凡人とはそういったものだ。

美男の詩人・萩原朔太郎について触れよう。

この巻には大岡信さんが〝巻末エッセイ・一枚の写真〟に「美貌の妹」と題して原稿をよせて下さった。

「彼にはワカ（若子）、ユキ（幸子）、みね（峰子）、アイ（愛子）という四人の妹があった。美人姉妹で有名だった。中でも、今私が目の前に置いて眺めている一枚の写真に写っているユキは美貌である」

と書くその写真は97ページに載っているが、フランス風蝶ネクタイを締めてギターを弾く朔太郎、その前に跪き、しなだれかかるように朔太郎に身を寄せて斜め下を見るユキ。大岡さんもそこで書いているように、この風情は兄妹というより、恋人同士そのものである。

以前からこの写真は見知っていたので載せたかったのだが、ちゃんとした写真がぼくの取材に行ったところには無かった。斜に写真が切られ、ユキをカットしているのだ。それは誰がそうしたのかはまったく不明だが、そのことは様ざまな想像を掻き立てられる。他の妹が切ったのか、妻が切ったのか、はたまた……。

どこでだったか完全な写真があったので、大岡さんの文章の扉に掲載できたが、このエッセイともども、二人の写真を見てもらいたいものだ。そして読者の皆さん、想像をたくましくして下さい。

最後はやはり、最終回刊行の開高健で締めることにしよう。

必ず新しい写真、新しい資料を載せよう、というのが編集各人の暗黙の了解だった。さすが最終回。陸続と新資料・写真が開高健の巻には掲載されている。

9ページ、10ページの未発表原稿「めぐり会い」「裏切り者」、盟友・向井敏、谷沢永一（二人とも評論家。同人雑誌『えんぴつ』の仲間。向井敏は、今年一月四日に急逝）宛てのハガキなど、後の開高健の様相を想像させるに足る新資料だ。たとえば向井敏宛ての一枚のハガキの書き出しはこうなっている。

「私は自信をなくした。……」

これは出版社に電話をかけてきて言う、

「あわれな開高です……」

の開高、いや開口一番のあの口調と同じじゃないか。

どうも、開高健は、文学にしても、人にしても、嗜好にしても、それらへの対し方は初めから死ぬまで、一切変っていないらしい。十九歳の頃からパイプを銜《くわ》えて写真に写っているし、大切そうに手に握っている写真もある。変ったのは、神経質そうな痩せた容貌姿だけのようだ。

疲れきってはいるが、なまじなものには驚ろかないフテブテしささえ感じさせる例の秋元啓一撮影のベトナムの密林での写真（47ページ）、86ページのモンゴルのパオの中らしい室内での愉快そうな写真（昭和六十三年）等に、一見豪放磊落に見えるが、ジーッと見ているうちに、開高健の心根が見えてくる。目指しの強さとやさしさ。

昭和五十三年の暮近かった頃か、ぼくが勤めていた出版社の調子が良くなくなり、原稿料が遅れることになってしまった。編集担当者たちはその弁解に著者の所を訪ねた。ぼくは開高さんのところへ行った。今年の十月に開高健記念館として開館する予定の茅ヶ崎の広く明るい家を訪ねた。33ページに写真が載っている。懐しい。

ぼくの説明を聞いた開高さんはあの開高弁とも言える大阪弁で次のようなことを言った。

「ああ、これで安心した。実はおかしいと思っていたんだ。この間出た『オーパ！』が、バカ売れに売れている、そんなことがあっていい訳がない。何かおかしい、大きな落し穴でもなければいいが、と思っていたんだ。君のその話でようやく安心した。プラスとマイナスの収支が合った」

この言葉を聞いたぼくの嬉しさをわかってほしい。こう言って安心させたのだ。その開高健さんの心根、心情がこのアルバムには充満している。

写真というのは、どんなに装ったって、その人のすべてを表わしてしまう。そしてまた恐ろしいことに、文章が写真にも増してそうなのだ。それはこの『新潮日本文学アルバム』全一〇〇巻を見れば一目瞭然だ。特に最終回の『開高健』はそれが著しい。

最終回に相応しいアルバムだといえようか。

判型も大きくなく、ページ数も一一〇ページほどだ。ただ漫然と見ているのでなく、じっくり、たとえば虫眼鏡を持ちだして見るとか、一つの写真や資料を一方からだけでなく、可能なかぎり多方面から見たり考えたりしてみると、このハンディな文学アルバムから、偉大な発見をするかもしれない。本を手に取り、ページを開いたその時から、読者それぞれの世界が拡がってくること間違いない。ぼくたちは、そんな編集の仕方をしたつもりではある。

しかし、机の廻りに写真を散らかし、一日十時間、いや、時に二十時間にもわたって割付け（レイアウト）をしていると、俺は生涯こうして机の前にこの写真たちと坐りつづけなくてはいけないか、と暗然とすることしばしばだった。けれど、校正刷が出、製本された見本を手にした時の気持は、他の本が出来た時より、その感激は格段に大きいものだった。

そんなぼくたちの思いがおのずとベージにあらわれ、そのうえ作家たちのリアルな姿を知ることが出来るハンディなアルバムだったから、全一〇〇巻にもなり、それぞれが好評をもって迎えられたのだろう。

是非皆さん、本屋に出かけて一冊でも二冊でも、手にとってみて下さい。


（二〇〇二・五「小説新潮」新潮社）

師・都筑省吾と尾崎一雄さん

昭和四十二年春の過ぎゆく頃、都筑省吾先生は高田老松町から三原台の新築の家に引っ越された。藤田三男さんから言われて、ぼくが車で先生をお送りした。同乗したのは松田足生《たるお》、鈴木昭紀の二人だったと思う。建築途中の家を、先生は一度御覧になっていたのだが、ぼくたち三人は当時の地番表記土支田町、ということだけしか知らなかった。

先生の方向オンチは夙《つと》に有名だが、一度くらい、それも例えば昨日訪ねたとしても、絶対にその場所に二度と一人で立つことは出来ないのだから、建築途上の家を誰かに連れて来てもらっただけでは、先生にその家の地図を説明出来るよう筈がなかった。しかし当時のぼくたちは、それほどとは知らなかったので、新しい所番地をメモしてくることさえ怠っていた。とにかく近所まで来ていることは確かなのだが、さっぱり目的地はわからない。道行く人（といっても、たまに見かけるだけ）に、この辺で新築の家はありませんか、と尋ねるのだが、それがぼくたちの為すただ一つの手立てでしかなかった。何度同じ所を行きつ戻りつしただろう。

「う？　ここだ、ここだ」

という先生の声を何度その間聞いたことか！　すべて違っていたし、同じ所で同じように間違える。

老松町に戻る訳にはいかない。とにかくここで見つけなくてはならない。もう、どうともなれ、と半分ヤケクソになりかけたころ、ようやく辿り着いたのは、迷い始めて三十分以上も過ぎた時だった。

　閑静な住宅地には、老松町の家とは比べ物にならない、木の香の匂う、明るく素晴らしい家が建っていた。木材は紀州尾鷲の野中茂樹さんの家から提供されたものだという。ちらほらと辺りに建つ建て売り住宅とはおよそ比較にならぬ高級な家だ。その年五月に結婚する予定のぼくは、いつかはこんな家に住みたいと、真剣に思ったものだった。


　昭和三十二年四月、早稲田大学高等学院に入学したぼくたちのクラス担任が、都筑先生だった。担任といっても、ホームルームでのそれらしい話は何もなかったように覚えている。いわゆる国語の先生、でもなかった。ああこれが文学者なんだ、そういう姿だった。

　初めてのホームルーム。教室に入って来られた先生は、何も仰しゃらず、黒板に向かい、やおらチョークを取るや、漢字を書き始めた。先生独特のあの書体である。高校一年生のぼくたちははじめ呆気に取られていたが、書きすすめるに従って、あちこちから忍び笑いが洩れはじめた。しかし先生はそれをまったく意に介さずに書き続け、書き終り、振り返られた。そしてかすかに首を曲げて笑声の鎮まるのを待っているように、斜め右上をじっと見つめている。と正面に向き、「これは額田王の歌です」と一言言われた、その後、この歌の説明をしただけで、教室を出て行ってしまわれた。いわゆるホームルームはせずに。この初めての出合いは強烈だった。ちょうど四十年前のことで、この学校には、本当に奇妙な先生がいるものだ、というのが、偽りのないその時の思いだった。

　三年間、古文、現代国語、作文を教えていただいた。現代国語の時間、「ハムレット」だったと思うが、教科書を読んで、というのは先生が一節を読まれたのだが、そのあと窓際に教科書を持ったまま行き、空を見上げて「いいですねえ……」と言ったきり、微動だにせずに立っている。生徒たちはただボーッとその先生の姿を見ているだけだった。それが授業だった。そして、先生の試験の成績はほとんどの者が八十点以上だったのではないだろうか。暗記などというのはまったくなかったのだから。

そういえば、期末試験の監督に来られて一切生徒の方を見ずに、教壇の椅子に坐り、持参の本を取り出して時間中ずっと読んでいるだけだった。だからぼくたちは自由自在にカンニングに精出すこととなる。藤田三男さんの話によると、「君、ぼくの試験監督の時には、誰もカンニングをしないよ」と言われたというが、まったく見ていないのだから、先生にとってカンニングは〝無い〟と同じなのだ。

三年の四月、最初の授業の時だった。「学院には〝学院短歌会〟というのがあったのだが、君たちの先輩が卒業してからは名前だけになってしまった。是非とも復活させたい。やってみたい者は紙を回すから名前を書くように」と言われた。そして集ったのが、松田足生、鈴木昭紀、村瀬修、中村春雄、本間弘一とぼくだった。そして一年後輩の持田鋼一郎、小川太郎がいた。

ぼくは短歌というのは恋を詠うものだという先入観があり、何の経験もないのに啄木の「一筋の血」のような歌を詠んだりした。

修学旅行は九州だった。列車の中では、都筑先生と職員室で机を並べていて、心の底から先生を尊敬していらっしゃる保昌正夫先生とずっと話していた記憶がある。短歌会に入り、都筑先生の薫陶を得られるのは、いかに素晴らしく、今後、どんなに君の肥しになるかしれない、といったような話ばかりだったように覚えている。

それはともかく、先生は本当に休講が多かった。それでいながらぼくたちには休むな、とことあるごとに言われる。そう言われても、何言ってんだとか、矛盾しているとかとは思わなかったのだから、不思議である。先生のお人柄なのだろう。休講は多かったけれど、国語、いや文学とはこういう物なんだ、という授業をして下さった。ぼくは史学科に行こうと思っていたのだが、国文科を専攻してしまったのは、絶対に先生に三年間教えていただき、短歌会に加わったためだ。それ以外には考えられない。

空を見上げてただ一言。「いいですねえ」とやられたら、もうどうにも仕方ないではないか。秋の学院祭には、河出朋久、藤田三男、山内太郎、渡辺守利、小坂強さんたち諸先輩の歌を頂戴し、先生も出詠して下さり、盛大（？）に参加した。しかし、ほとんど客は入らなかった。先輩諸氏と保昌先生くらいだったのではないか。高校生にとって歌とはそんなものなのだ。

四十年の長きに亙っておつきあいを願ったのは、考えてみると先生以外にない。三原台のお宅には、来嶋靖生さん、原田清さん、河出さん、藤田さんたちのように通ったわけではないが、年始には必ず御挨拶に伺った。歌の話もそうだったが、それ以上に、窪田空穂先生、山口剛先生、五十嵐力先生、岩本素白先生、会津八一先生など、都筑先生が教えを受けた諸先生の話をおききすることが、大変にたのしかった。ああ、早稲田に入って、国文科を選び、都筑先生の弟子の一人に加えて頂いて、本当によかった、いつも帰宅途中に、その思いを強く抱いたものだった。

（一九九七・五「槻の木」槻の木会）

都筑省吾先生と尾崎一雄さんとの話を、あらためてここで言うほど野暮なことはあるまい。しかし、次に書くことは、おそらく「槻の木」のどなたも初めて知る話ではないだろうか。

＊

下曽我の尾崎邸は、曽我神社への緩やかな上り坂の参道の半ばを過ぎた右側にある。東海道線国府津で御殿場線に乗り替え、下曽我で降り十分ほど歩く。都筑先生の追悼号に、道を覚えない先生のことを書いたが、不思議なことに、先生は、早稲田大学、早稲田大学高等学院、そして尾崎邸の三ヵ所だけは誰にも手助けされずに行きつくことが出来たという。

さて、その尾崎邸の二階の座敷を改築することにした。それを聞いた都筑先生はお祝いに自作の歌を書いて贈った。尾崎さんは大変に喜んで、早速掛軸に仕立てた。

改築なった座敷を是非見てもらいたいと、尾崎さんは都筑先生を招待した。先生はそそくさと石神井公園から西武線に乗って下曽我に向かったのだろう。その折の先生の姿が目に浮かぶ。澄してはいるが、心の裡は浮き浮き、そわそわだったにちがいない。

尾崎邸の座敷の床の間には、先生の書が堂々と掛かり、窓からは霊峰富士が軒先に望める。先生はうれしかったろうと思う。尾崎さんもたのしかったろう。

暫く二人の話し声が、二階の座敷から聞こえていた。一時間ほどした時、その声がしないことに、尾崎さんの奥さん、あの「芳兵衛物語」のモデル松枝さんは気がついた。どうかしたかと思ったが、二人とも年だし（八十歳になった頃だろうか）寝てしまったのかもしれないと、そのままにしていた。

しかし、もし転寝して風邪でもひいてはと心配になり二階に上ってみた。ところが、二人は部屋にいない。呼んでも返事がない。窓から外を見てもいない。念のため、窓から屋根に出てみた。すると。

何処から上ったか、二階の屋根の上に、二人が暖かな陽に照らされて、ボンヤリと空を見ながら寝ころがっているではないか。何を話すでもない、ただ初夏の陽差しの下の老人二人は、何とも幸せな顔をしていたらしい。

これは、「新潮日本文学アルバム」の「志賀直哉」の巻に掲載するために、尾崎さんが所蔵していた（後に、尾崎一雄さん所蔵の文学関係の品々は、神奈川近代文学館に寄贈された）志賀直哉の書を撮影させて頂くために伺った時に奥さんからおききした話である。昭和五十九年の夏だったか。その時も、床の間には都筑先生の書が掛かっていた。

八十歳を過ぎた二人の友人が屋根の上でただ寝ころがっている。この美しい姿は、ぼくの心にズンッとその座を占めてしまった。これが本当の男の友情というものだ。ぼくは親友という言葉が、どうしても好きになれない。何を考え、何をしようとしているか、二人は何も言わずに解りあえる、久しぶりに会っても、毎日会っていても、同じこと。ぼくも、こういう友達関係を、持ちたいと、心から思った。

そして思い出したこと。

尾崎さんの師である志賀直哉の事。息子さんの直吉さんに聞いた話だ。

ある日、渋谷の志賀邸に、武者小路実篤さんが来て、下の道から大きな声で、

「おーい、志賀！」

と声をかけるという。すると志賀さんは、二階の自室の窓から顔を出し、これまた大声で、

「おー武者、上って来いよ！」

と応えるのだという。

これまた八十歳を過ぎた老人の友達関係だ。若い頃とまったく同じ仲なのだ。何とも羨ましい！

ただ、この話、阿川弘之著『志賀直哉』では、武者さんではなく、里見弴になっていたかと思うが、いずれにしても同じことだ。

男の友情の、サラッとしていながら決して切れない、その微妙な関係を大事にしていきたい。あらためて、この二つの話はそうぼくに語りつづけている。

なお、尾崎さんに贈った都筑先生の書も、今、神奈川近代文学館にある。尾崎一雄展で、展示されていた。

創刊八十年の「槻の木」の初期、尾崎さんも誌面を飾って下さったと聞いている。多くの、そして大きな歴史を創って来た「槻の木」のほんの片隅に関われたことは、本当に幸せだった。その歴史に直接繋がってはこないかもしれないが、ちょっとした関わり、少しの触れ合いがある話として、紹介させて頂いた。

蛇足ながら、ぼくのこういう友達は、学院のクラスメートで、かつて「槻の木」でも一緒だった信州富士見にいる松田足生君であることを記して、この稿を終えたい。この友達を持てたのは、「槻の木」のおかげでもあるのだ。心からありがたいと、お礼を申し上げたい。

（二〇〇六・二「槻の木」槻の木会）

あとがき

とにかく、ずいぶん以前に書いたものや、新しく書き下ろした文章を、こうしてまとめて読み返してみると、なんと取り留めのないことかと、驚いている。しかしそれは、ぼく自身が取り留めないのであって、改めて驚くには当たらないのかもしれない。

吉行淳之介さん、和田芳恵さん、田中小実昌さん、足立巻一さんなど、ぼくにとって掛け替えのない方々だが、他にも、河野多恵子さん、竹西寛子さん、幸田文さん、川端康成さん、多田道太郎さん、山崎正和さん、中上健次さんなどといった錚々たる人たちも、ぼくには忘れることは出来ないし、仕事によって実に多くのことを教えていただいた欠くことのできない方々である。他にももっと記したい作家、評論家、という方がいるけれど、これらの方々との関わりや、作品についての文章を書いていたら、どれだけの原稿用紙を使わなくてはならないかわからない。

仕方なく〝あとがき〟という便利なところで一言二言、思い出し、それが、その方の作品、人柄を垣間見ることができるのではないだろうかということを記して、あとがきの役目をしてもらうことにしよう。

竹西寛子さんは、早稲田大学と、河出書房の先輩で、丁度一回りぼくが歳下だ。しかし、十二歳も上とは思えない若々しく、美しい人で、駿河台下に来られるとよく近所のS・ワイルというケーキ屋で話したり、等々力のお宅へ伺ったりした。けれど、思い出そうとしても、竹西さんと仕事をしたという記憶がまったく無いのだ。不思議。なんでよくお目にかかったり話したりしたのか、わからない。

その容姿に相応しいスッキリした文章は、小説にしても、随筆にしても、スーッとぼくの芯に入ってきて、河出と筑摩書房の二社の編集者の経験が、ぼくのような稚い編集者を、煽てるでもなく、軽《かろ》しめるでもなく、対して下さった。

ここまで書いてきて、本当に、ぼくは竹西さんと、何をやってきたんだろう、と、あらためて奇なる思いに囚われている。

吉行さんの「焔の中」について書いた文章の中に、あるがままをなんの誇張もなく、描写し示すことが、その事をもっとも強く、正しく伝えられる、と、原民喜を読んで思った、という竹西さんの言葉を思い出して記した。これは、原爆体験というある意味、特異な様を作品にする場合だけでなく、あらゆることに言えることだと思う。しかし、広島を体験したことは、どうしても作品化しなくてはいられない、作家としての竹西寛子の仕事の結果、この結論に至ったことの、大きさを、ぼくはつくづくと感じるのだ。

雑誌「文藝」で河野多惠子さんの「最後の時」を担当した。結末は決まっているのだが、書き出しがどうしても出来ない、と言って悩み続ける姿が、非常に印象的だった。編集長の寺田博さんが、一言手助けすると、パッと目を輝かせて書き出した。のはいいが、大日本印刷では他の原稿はすべて校了間近なのに、まだ三分の二程しか出来ていない。ぼくは夜中に伺って、隣の部屋で「これでも食べて待っていて」と言われた揚小丸をポリポリ噛みながら、一時間に二、三枚出来る原稿に赤を入れて待ちつづけた。ようやく明け方脱稿し、何とか間に合ったが、いい思い出だ。

「東海道四谷怪談」の現代語訳もお願いしたが、これは何とか間に合った。先代の中村勘三郎がお岩役を演《や》った芝居にもご一緒した。

そうそう、河野さんは鶏は見るだけでも怖気をふるうほど嫌いだという。ある作品で鶏のことを書かなくてはならないことになった。するとどうだ！　毛を毟った鶏を、台所にブラ下げていたという。そうすれば、常に目にしない訳にいかない。小説に対する、この執念き想い！

幸田文さんは、担当ではあったが、ぼくは何だかわからないが、ちょっと若々しいそして可愛らしいお祖母ちゃんちに遊びに行くような気持でたびたび伺った。

「私、馬が大好きなの。あの細い足で、懸命に走っている姿、いいわ!!」

と言われるので、ある日、同僚の石野泰造さんと府中の競馬場にお伴した。和服一筋のあの小粋な姿で、すぐ目の前を馬が走るところまで行き、着物の裾をちょっとめくると、柵を握りしめるや、デンッとしゃがんで、馬の脚の動きを、じっと見つめだした。とにかく立派！

原稿は、父露伴の弟子で、盲目の塩谷贊との関係を描いた「呼ばれる」という短編で、異性との関係の微妙なあり様《よう》を然り気ない文章で、しんみりとした味わい深い作品をいただいた。綺麗な字の原稿は、五十年以上昔のことなのに、思い出せるほどに、ほのかな美しいものだった。

競馬といえば、中山にご一緒したのは、筒井康隆さんだった。同僚の龍円正憲さんと三人でいったが、丁度筒井さんのはじめてのお子さんが、ゴーゴーと言い出して、うれしがっていらっしゃった。そこで、それを記念して、障害レースの連勝で55を買った。ところが残念！　このレースの55は、ビリとブービーに終わった。その時の筒井さんの言。

「大体トップを応援して見つづけるのが多いはずで、ビリを最後まで見つづけることはまずない。それが出来たのがよかった！」

多田道太郎さんと京都で飲んでいたとき、

「私小説はやっぱりエーナア！」と、しみじみ言われた。ぼくはその時、まだ二十六歳だったためか
「そうですか……」と言ったまま、話はすすまなかった。今思うと、もっとじっくり話をお聞きしておけばよかったと、ちょっと残念に思っている。

そうそう、別のある日、多田さんと小松左京さんと、福田紀一さんと四人で京都で飲んでいた。多田さんは留学していたフランスのブルターニュから帰国したばかり、小松さんは世界中を飛びまわっている方。一方、福田さんは当時、一歩も日本から出たことのない人だった。その時、小松さんが、

「アフリカの〇〇国の××空港を出てまっすぐ行った……」

と言いかけた時、突然福田さんが割り込んだ。

「その先の四ツ角を右に曲がったところに、郵便局があるやろ！」

それを聞いた三人は、一瞬、唖然とした。何で日本を出たことのない福田さんが知っているのだ?!

直後、大爆笑！

「これぞ、教養というもんや！」

とは、小松、多田両氏の言。

山崎正和さんとは、本当によく飲んだ。そのことしか思い出せないくらいだが、戯曲を二冊、評論集を一冊担当した。

毎年、年末か年始には、サントリー文化財団の今井渉さん、新潮社の柴田光滋さん、藤田三男さんと、銀座の小料理屋三亀で一夜を過ごすのを例とした。河出書房の奇妙な名物編集者飯田貴司も、亡くなる前の、平成十二年正月までは一緒に飲んだ。

ぼくの前著「流行歌の情景―歌詞が紡ぎ出すもの」をえらく評価して、書評をしたいと令和元年十二月のサントリー学芸賞のパーティで言ってくれたのが、最後だった。

中上健次さんともよく飲んだ。そして唱った。同じ四七《よな》抜きの流行歌が好きで、ある夜、「おい久米、俺、都晴美に会ったぞ、うらやましいだろ！」と、いかにも「ザマー見ろ！」という顔と声で言った。その時、どう返事をしたか忘れたが、うらやましいと思うしかなかった。

しかし、そんな風に遊んでいたばかりではない。昭和五十二年十月五日、和田芳恵さんが亡くなった時、何故か一緒にいたのだが、すぐその場で追悼文をたのんだ。ぼくが二度目に「文藝」の編集部にいた時だった。「老残の力」という、非常に和田芳恵さん好きだった健ちゃん（ぼくは彼を健ちゃんと呼び、彼はぼくを、久米と呼びすてにしていた）らしい、未だに和田さんのことを言う時には、外すことのできない追悼文を、締切前にもらえたのではなかったろうか。

昭和五十三年四月に出版部に戻ったのだが、そのことを知った健ちゃんは、「赫髪」を書いてくれた。「餞別みたいなものさ。俺の初めてのエロ小説だぞ！」と言って。

この辺で本来のあとがきに戻ろう。

編集者として、ぼくは良い時代を過ごして来たようだ。そのことを残しておくのも悪くはないかもしれない。そう思った。そして、二人の孫に、お爺ちゃんはこんなことを考え、こんなことをしてきたんだと、伝えておこうという思いもあった。いずれにしても自己満足ではあろうが。

こうして一本に纏めることが出来るのは、拙いぼくに原稿を書かせてくれた編集者のおかげだ。お礼申し上げる。

ここに載せたよりずっと多くの拙い原稿を読んで、取捨選択し、構成を考えてくれた佐藤美奈子さん、疲れたでしょう。ありがとう。そして、種々知恵を下さった。これも嬉しかった。また、サブタイトルも考えてくれた。本人には考えつかない標題だ。

前著「流行歌の情景」でも読んでくれた國井龍君と田辺志南子さんに校正してもらった。お疲れさまとしか言い様がない。

大学の同級だった白濱洋征君が出版を引き受けてくれた。これも嬉しかった。そして前著を刊行してくれた田畑書店の大槻慎二氏が発売元になってくれた。有難かった。

そして何よりぼくの力になったのが、尾崎一雄さんの娘さんで、大学同級の渡瀬圭子さんの励ましだった。その励ましは、

「とにかく私が読みたいのよ、他にも読みたい人がいる筈よ。早く出版《だ》してよ！」

というもので、ぼくにとっては、最高の励ましだった。そして付け加えるように、お孫さんのためにも……と言ってくれた。

本当にありがとうございました。いくら感謝してもしきれません。


ぼくには編集者として五人の先生がいる。それぞれまったく異なった仕事をする人たちだったが、皆さん、ぼくを弟子だなどと思ったことは一度たりともなかった筈だ。ぼくの勝手な思いだ。

まず、本文にも度々登場した藤田三男さん。高校三年の秋、学院祭以来、「槻の木」の先輩として、河出書房の先輩編集者として、そして編集事務所木挽社で、と、もぅ六十五年近くのおつきあいを願っている。先輩として編集者として、どんなにお世話になったか。そうそう、山崎正和さんが言って下さった。

「この二人の付き合いほど奇妙なものはないよ」と。その時皆笑ったが、どういう意味だったのか？

次に竹田博さん。河出で最初の上司だった。川端康成さんをはじめ、大御所の担当で、著者との、ある距離を置いたつきあい方を覚えた。

そして武田穎介さん。いわゆる市井物と呼ばれる「日本三文オペラ」「一の酉」などで評判をよんだ武田麟太郎の次男で、著者との付き合い方と原稿の読み方を教えられた。

次が寺田博さん。「文藝」の編集長と、その部員という関係だったが、実に叮寧な仕事をする人で、原稿の読み、割付、校正と、一分《いちぶ》たりとも気を抜かない人だった。

そして最後に坂本一亀さん。あの坂本龍一の父君で、何事にも厳しく向きあう人だった。恐い人だった。机の前に坐って、眉間にシワを寄せて仕事をしていた。ところが夜、新宿の飲屋での姿は実に可愛らしい人だった。必ず毎晩飲んで帰った。

この五人の先輩編集者のことも書いていったら、十枚二十枚の原稿用紙では不足すること間違いない。いずれにしろ、ぼくはこの五人の先輩からこうしろ、ああしろと、編集者としてのあり様《よう》、編集テクニックといった、編集に関わるものを教えて貰ったことは一度たりともない。すべて、見て、やって、ぼくが勝手に覚えてきたものだ。

木挽社を始めるに当って藤田三男さんが言った。

「俺たちは職人だ。職人の集まりらしい、それに相応しい社名にしたい」

そしてついたのが、木挽社だった。そう、編集者は職人なのだ。職人は名前が無い。左甚五郎はそういう職人たちの代表として名づけれらたものなのだ。あくまでも、黒衣《くろご》なのだ。それを、この五人のぼくの先生たちは生涯とおして生きた。潔い文藝編集者だった。

ここで一つ思い出した。坂本さんに言われたことで、当時は皆、手書きの原稿だったので、その原稿で読んでも、校正刷や印刷されたもので読んでも、同じ評価が出来るようでなくてはいけない、ということだった。今の編集者は楽（?）かな。

もう一つあった。「会社の奴とは飲むな。飲むなら、著者か、他社の編集者と飲め」

この五人の先輩の薫陶を受けたことは、何にもまさる喜びだった。しかし、今は藤田さんを残して皆さん鬼籍に入ってしまわれた。

ありがとうございました。

カバー・表紙に配した原稿用紙
は吉行淳之介氏愛用のものです。

久米勲（くめ　いさお）
1941（昭和 16）年、東京に生まれる。1964（昭和 39）年、早稲田大学文学部国文学専修卒、河出書房新社入社。日本文学関係書籍、および雑誌「文藝」の編集に携わる。1979（昭和 54）年、退社。編集事務所木挽社設立に参加。1992（平成 4）年、退社。以後、フリー。2002（平成 14）年より 2009（平成 21）年まで、青山学院女子短期大学にて講師。著書「不敗の極意『五輪書』を読む」「流行歌の情景」他。

住所：埼玉県所沢市北中 1-208-23

黒衣《くろご》の歳時記　文藝編集者という生き方

令和6年5月24日初版印刷／令和6年6月1日初版発行

著者　久米勲　発行者　白濱洋征

発行所　〒101-0015東京都千代田区神田神保町二-一四朝日神保町プラザ911
株式会社　共育舎

発売所　〒130-0025東京都墨田区千歳二-一三-四跳豊ビル301
株式会社　田畑書店

印刷製本　モリモト印刷株式会社

ISBN978-4-8038-0439-3 C0095 Printed in Japan
定価はカバーに印刷してあります。落丁・乱丁本はお取替えいたします。